LUIS SELLANO

Portugiesisches Schweigen

EIN LISSABO

WILHELM HEYNE VERLAG
MÜNCHEN

MIX
Papier | Fördert gute Waldnutzung
FSC® C014496

Penguin Random House Verlagsgruppe FSC® N001967

Originalausgabe 05/2025

in der Penguin Random House Verlagsgruppe GmbH,
Neumarkter Str. 28, 81673 München
produktsicherheit@penguinrandomhouse.de
(Vorstehende Angaben sind zugleich
Pflichtinformationen nach GPSR.)

Redaktion: Joscha Faralisch
Umschlaggestaltung und -motiv: Johannes Wiebel | punchdesign,
unter Verwendung von Motiven von shutterstock.com
(Tetiana Chernykova, Helissa Grundemann, Maximiliane Wagner)
Satz: Satzwerk Huber, Germering
Druck und Bindung: GGP Media GmbH, Pößneck
Printed in Germany
ISBN: 978-3-453-44236-8

www.heyne.de

»Die wirklich Leidenden rotten sich nicht zusammen,
bilden keine Gemeinschaft.
Wer leidet, leidet allein.«

Fernando Pessoa, aus Das Buch der Unruhe

1
Henrik

Fahrplan Linie 28 E, Haltestelle N° 23 Santa Catarina nach Campo Ourique, Abfahrt 19:09 Uhr

Rückblickend musste die Frau bereits tot gewesen sein, als Henrik Falkner an diesem ungewöhnlich heißen Herbsttag in die Linie 28 stieg.

Doch noch wartete er, darauf hoffend, dass ein Großteil der Fahrgäste am Praça Luís de Camões die Bahn verließ. Als die Eléctrico mit dem typisch energischen Kreischen schließlich an der Haltestelle Santa Catarina hielt und die vordere Tür sich öffnete, schaffte er es allerdings nur mit Mühe, sich hineinzudrängen. Er hielt seine Monatskarte gegen den Sensor, ein grünes Leuchten signalisierte ihm, dass er über eine Berechtigung für die Fahrt verfügte. Alle Sitzplätze waren besetzt, und der Rest der Fahrgäste hatte sich breit im Mittelgang postiert. Vorrangig Touristen, wie nicht anders erwartet. Uneinsichtige Leute, deren Ziel die Endhaltestelle am Prazeres-Friedhof war, auch wenn der um diese Uhrzeit längst geschlossen hatte. Es glich einem Trauerspiel. Mittlerweile lebte er lange genug in der Stadt, um sich darüber aufzuregen, dass viele der ausländischen Besucher unvorbereitet und planlos agierten. Nur um sich im Anschluss darüber zu beschweren, wie sehr doch ihre Erwartungen an diese Reise durch solche Widrigkeiten getrübt worden waren. Heutzutage, wo es einem so einfach gemacht wurde, für alles Erdenkliche Sterne zu vergeben. Übellaunig quetschte er sich also durch die Menge, die ihrerseits verständnislos darauf reagierte. Doch er wollte sichergehen, möglichst ungehindert wieder aussteigen zu können, sobald die Straßenbahn den Halt erreichte, zu dem er unterwegs war. Was deutlich vor allen anderen sein würde. Seine Vehemenz, sich bis zur letzten Bankreihe nach hinten zu arbeiten, bescherte ihm zwei Stopps später sogar einen Sitzplatz. Unverhofft stand jemand auf, und dieses Manöver auf engstem Raum zwang ihn förmlich dazu, auf die harte Holzbank auszuweichen, noch ehe einer der anderen Fahrgäste reagieren konnte. Was ihm ein paar weitere abschätzige Blicke bescherte, die ihn jedoch kaltließen. Niemand in seiner unmittelbaren Nähe wirkte derart gebrechlich oder fußkrank, dass er Bedarf gesehen hätte, den Sitz wieder frei zu machen. So fand er sich neben einer älteren Dame wieder, die zusammengesunken am offenen Fenster saß. Ihr Kopf war nach vorne gesackt. Dass sie trotz des beständigen Ratterns und Quietschens des historischen Vehikels und inmitten der laut durcheinanderquasselnden Leute schlafen konnte, war schon bewundernswert. Aufgrund der funktionalen Kleidung, die sie trug, tippte Henrik auch bei ihr auf eine Touristin, die wie die anderen Verirrten vermutlich darauf hoffte, trotz der späten Stunde noch in den berühmtesten Friedhof Lissabons eingelassen zu werden. Aber natürlich konnte sie sich auch auf dem Weg zurück in ihr Hotel befinden. Dem Anschein nach hatte sie ja bereits einen anstrengenden Tag in der Stadt hinter sich gebracht. Einen langen, ereignisreichen Urlaubstag mit unzähligen Eindrücken, allerdings auch bei viel zu hohen Temperaturen, was nun seinen Tribut forderte. Guter Gott, hoffentlich hatte sie ihren Ausstieg nicht verschlafen. Henrik sah sich um, doch augenscheinlich gehörte sie zu niemandem der anderen Fahrgäste, die entweder gebannt aus den Fenstern schauten oder in aufgeregte Plaudereien vertieft waren. Der Frau neben ihm schenkte dagegen keiner Beachtung.

Die Eléctrico ruckelte und knirschte. Zischte metallisch grell auf den in der Straße eingelassenen Schienen. Immer wieder bremste der Fahrer abrupt, wenn die ohnehin schon engen Gassen zusätzlich durch schlecht geparkte Autos oder Lieferwagen blockiert waren. Dann wurde das aufdringliche Klingeln der Bahn mit Hupen kommentiert, bis es endlich weiterging. Wie immer war es ein wilder Ritt, bergauf und bergab durchs Lapa-Viertel. Ein Abenteuer für sich und einer der Gründe, weshalb die Linie 28 so begehrt bei allen Besuchern Lissabons war.

Henriks Sitznachbarin blieb von all dem weiterhin unbeeindruckt. Und weil auch er die Strecke nur zu gut kannte, studierte er auf seinem Handy erneut die Liste der Bücher, die ihm ein Sammler heute Vormittag per E-Mail zum Kauf angeboten hatte. Hielten die antiquarischen Werke tatsächlich, was die Nachricht versprach, warteten ein paar echte Schätze auf ihn. Noch dazu für einen Schnäppchenpreis. Tatsächlich dämpfte die niedrige Kaufsumme seine Euphorie aber eher. Nach nunmehr zwei Jahren als Antiquar verfügte er mittlerweile zwar über eine gewisse Erfahrung, was den Erwerb alter Bücher anging, dennoch konnte er sich nach wie vor nur schwer vorstellen, dass jemand, der beabsichtigte, eine so wertvolle Sammlung aufzulösen, zuallererst an ihn dachte. Es gab einige Antiquariate in der Stadt, darunter ganz gewiss renommiertere Läden als den seinen. Weshalb er davon ausging, nur die zweite oder gar dritte Wahl zu sein, was diesen Ankauf betraf. Und dass die Buchhändler, die vor ihm den Bestand gesichtet hatten, keine Einigung mit dem Verkäufer erzielen konnten, weil die Bücher nicht hielten, was sie versprachen. Aber was soll's, sagte er sich. Selbst wenn auch er die Druckwerke ablehnte, war ein Ausflug in diese Ecke der Stadt immer eine schöne Abwechslung. Er mochte die Gegend um die Basílica da Estrela, mit dem Park gegenüber der Kirche und dem

Englischen Friedhof gleich nebenan, auf dem unter anderem der Romanautor und Aufklärer Henry Fielding begraben lag. Durchaus auch eine Empfehlung, wenn man auf die Besichtigung von letzten Ruhestätten erpicht war, allerdings weniger bekannt als der in jedem Reiseführer vermerkte Cemitério dos Prazeres.

In einem engen Linksknick kippte die Dame neben ihm gegen seine Schulter. Henrik lag bereits eine flapsige Bemerkung auf den Lippen, die er auf ihre Entschuldigung hin erwidern wollte. Doch die Frau machte keinen Anstalten, sich wieder aufzurichten. Sie verharrte in der schiefen Position, schwer gegen seine Seite gelehnt. Henrik geriet in Sorge, dass sie sich womöglich nicht nur bei ihrer Exkursion durch die Stadt übernommen, sondern auch zu viel Portwein oder Ginjinha probiert hatte. Peinlich berührt umfasste er ihren Oberarm und drückte sie zurück in die Senkrechte. Zu heftig, denn ihr Kopf kippte in die andere Richtung und schlug unkontrolliert gegen den hölzernen Fensterholm. Henrik durchfuhr ein Schreck, gefolgt von der bitteren Erkenntnis, dass die Frau nicht einfach nur völlig erschöpft war oder gar einen Rausch ausschlief. Trotz der anhaltenden Hitze dieses Frühherbsts umhüllte ihn schlagartig eisige Kälte, als ihm aufging, dass seine Sitznachbarin nicht mehr am Leben war.

2
Henrik

Fahrplan Linie 28 E, Haltestelle N° 29 Estrela (Basílica), Ankunft 19:20 Uhr

War ihm etwas entgangen? Während sie ihn warten ließen, befiel Henrik dieser leichte Schwindel, der gelegentlich immer noch aufkam, wenn er in brenzlige Situationen geriet. Er hatte gelernt, ihn wegzuatmen, was einigermaßen funktionierte, sofern die Gefahrenlage nicht weiter eskalierte. So wie jetzt. Dennoch hielt das beunruhigende Gefühl an. Länger als sonst, aber wie sollte er durch bewusstes Atmen auch Ruhe finden, wenn gleichzeitig unter der Schädeldecke die Gedanken nicht zu bändigen waren? Immer wieder betete er sich vor, dass es nichts gebracht hätte, wenn er den Tod der Frau früher erkannt hätte. Sehr wahrscheinlich konnte er davon ausgehen, dass sie schon nicht mehr am Leben war, als er in die Bahn gestiegen war. Egal, was er also getan hätte, sie wäre nicht mehr zu retten gewesen. Nicht durch ihn. Und was sich davor abgespielt hatte, darüber konnte er nur spekulieren. Es war allerdings auch widersinnig, anzunehmen, dass die Tote längere Zeit unbemerkt mit der Straßenbahn herumgefahren war. Schlussendlich starb sie vermutlich erst, kurz bevor er sich neben sie setzte. Wo also hatte sie ihre Fahrt begonnen? Und vor allem, warum war der Person, die vor Henrik neben der Frau gesessen und deren Platz er eingenommen hatte, nichts aufgefallen? Jetzt ärgerte er sich, nicht besser darauf geachtet zu haben. Aber es war alles so schnell gegangen in dem Gedränge. Er konnte nicht einmal mit Sicherheit sagen, ob es sich dabei um einen Mann oder ebenfalls um eine Frau gehandelt hatte. Wobei er zu Letzterem tendierte, auch wenn sich nur ein verwaschenes Bild dieser Situation in seiner Erinnerung befand. Diese vermeintliche Passagierin zu beschreiben, die ihm ihren Sitzplatz überlassen hatte, war unmöglich. Er konnte nicht einmal sagen, welche Kleidung sie getragen hatte. Das war keineswegs die Art von Aufmerksamkeit, die von einem ehemaligen Kriminalkommissar zu erwarten war. Doch es half nichts, weiter zu lamentieren. Wieso auch, es lag ja kein Verbrechen vor.

Nachdem ihm klar geworden war, dass neben ihm eine Tote saß, musste er sich zuerst selbst wieder in den Griff bekommen. Und er brauchte einen Plan. Wollte er ein Chaos in der vollen Bahn vermeiden, durfte er nicht lauthals Alarm schlagen. Er konnte aber auch nicht einfach sitzen bleiben und darauf hoffen, dass keinem der anderen Fahrgäste etwas auffiel, bis sie die Endhaltestelle erreichten und alle die Bahn verlassen hatten. Ohne Frage würde sofort jemand seinen Platz einnehmen, sobald er aufstand. Das würde zumindest verhindern, dass die Seniorin in der nächsten Linkskurve vollständig von der Bank kippte. Henrik musterte die Leute, die unmittelbar neben ihm standen, versuchte abzuschätzen, wer nach ihm den begehrten frei werdenden Sitz ergattern würde. Kam mit sich überein, dass er darauf keinen Einfluss nehmen konnte. Er musste dieses Risiko einfach eingehen. Das Schicksal entscheiden lassen. Also war er aufgestanden, bevor er es sich doch anders überlegen konnte. Ungeachtet dessen, was in seinem Rücken passierte, hatte er sich durch die Leute im Mittelgang bis vor zum Fahrer hindurchgequetscht.

Der Mann, der die Tram routiniert durch die Gassen manövrierte, glaubte ihm erst, als aus dem hinteren Teil der Bahn hysterisches Kreischen ertönte. Danach ging alles ganz schnell.

Und deshalb saß er nun seit einer halben Stunde im Wartehäuschen gegenüber der Basílica da Estrela, an der gleichnamigen Haltestelle, an der sie letztlich gestrandet waren. Genau dort, wo er ohnehin vorhatte auszusteigen. Nur die Umstände hatten sich drastisch geändert. Seitdem blockierte die dort abgestellte Eléctrico den Schienenverkehr. Genau wie ihm wurde natürlich auch dem nicht minder schockierten Fahrer nach Eintreffen der Polícia Municipal aufgetragen, sich für eine Befragung bereitzuhalten. Zu diesem Zeitpunkt hatten alle anderen Fahrgäste bereits mehr oder weniger panisch die Bahn verlassen und das Weite gesucht. Henrik konnte es niemandem verdenken. Die meisten von ihnen verbrachten hier ein paar Urlaubstage. Da wollte man keine wertvollen Stunden im Warteraum eines Polizeireviers verbringen, um eine Aussage zu Protokoll zu geben, die ohnehin nur daraus bestand, dass man von all dem nichts mitbekommen hatte.

Genaugenommen hatte auch er nichts bemerkt. Er konnte nicht einmal sagen, welche Dame den Entsetzensschrei losgeworden war, der diese Fahrt so harsch beendet hatte.

Trotzdem hockte er hier und harrte aus, um seine Pflicht zu tun. Eine Aussage zu machen. Kurz überlegte er, ob er den Verkäufer der Büchersammlung kontaktieren sollte, doch er scheute sich, den wahren Grund zu nennen, weshalb er den Termin nun doch nicht wahrnehmen konnte. Ebenso wenig wollte er sich etwas ausdenken, eine fadenscheinige Ausrede erfinden. Daher entschied er, es dabei zu belassen, und beobachtete stattdessen von seiner Haltestellenbank aus weiter, wie die Uniformierten von der Ortspolizei den Straßenbahnfahrer befragten, der nervös rauchend von einem Bein aufs andere wippte. Henrik versuchte derweil, *seine* Kommissarin zu erreichen. Zu seinem Bedauern landete auch der dritte Anruf auf ihrer Mailbox. Sollte er es doch bei ihrer Dienststelle probieren?

Vielleicht war sie ja gar auf dem Weg hierher, um sich die Tote anzusehen? Nein, das war unwahrscheinlich. Es sei denn, der zwischenzeitlich eingetroffene Notarzt hätte einen Verdacht hinsichtlich eines Dahinscheidens unter Fremdeinwirkung geäußert. Doch daran glaubte er nicht. Henrik ging von Herzstillstand oder einem Schlaganfall aus und zügelte mit dieser Einschätzung seine eigene Hysterie und seine Tendenz, überall sofort ein Verbrechen zu sehen. Wie alt mochte die Frau gewesen sein? Mindestens an die siebzig, vermutlich noch älter. Nun, das war heutzutage kein Alter mehr, wie man immer hörte. Allerdings hatte dieser extrem heiße Sommer bereits zahlreiche Hitzetote gefordert, nicht nur in der Hauptstadt. Und die Temperaturen waren selbst jetzt, gegen Ende September, kaum merklich zurückgegangen. Auch heute und obwohl sich der Himmel bereits orangerot färbte, fühlte sich die klebrige Luft immer noch nach dreißig Grad und mehr an. War das die Todesursache? Die Hitze in Kombination mit der Aufregung, in einer fremden Stadt unterwegs zu sein … den endlosen Eindrücken ausgesetzt … ohne ausreichend Wasser getrunken zu haben … Es eröffneten sich viele Möglichkeiten. Aber reichten ihm diese Erklärungen? Henrik war nicht nur Antiquar, sondern in erster Linie Privatermittler. Ein ehemaliger Kommissar bei der Kripo, der nach dem Tod seiner Frau seinen Dienst quittiert und Deutschland schließlich den Rücken gekehrt hatte, um hier in Lissabon neu anzufangen. Als Buchhändler. Aber nicht nur. Er schüttelte den Kopf. Versuchte klar zu bleiben. Nicht abzuschweifen. Und vor allem, nicht in Ohnmacht zu fallen. Denn auch dafür war er anfällig nach dem traumatischen Vorkommnis des vergangenen Frühjahrs, als auf ihn geschossen worden war. Es war nach wie vor schwer, die Auswirkungen dieses Ereignisses auf seine Psyche zu beherrschen. Sein Körper hatte sich vollständig davon erholt, keine Frage. Aber der Kopf spielte immer noch nicht so mit, wie er das gerne hätte. Posttraumatisches Stresssyndrom lautete die Diagnose, mit der er seitdem zu kämpfen hatte. Und auch wenn er sich dessen bewusst war, konnte er die Auswirkungen dieser Erkrankung nicht einfach abstellen. Selbst die Medikamente, die er dagegen einnahm, wirkten nicht in allen Fällen. Wenn es herauswollte, dieses Syndrom, das seine Seele verseuchte, dann tat es dies, ohne ihn zu fragen. Und in der Folge schaltete dabei sein Gehirn manchmal ab. Ein Schutzmechanismus, den er nicht als solchen empfand, weil er dadurch keinerlei Kontrolle mehr über sich und sein Handeln besaß. Wogegen er sich nicht immer erfolgreich zu wehren vermochte.

Zwei Mitarbeiter von Carris, dem hiesigen Transportunternehmen, das den Bus- und Straßenbahnverkehr in der Stadt unterhielt, waren aufgetaucht. Sie redeten auf die Polizisten ein. Es war nicht schwer zu erraten, dass sie den Betrieb der Linie 28 so schnell wie möglich wieder aufnehmen wollten. Schließlich kletterte auch der Notarzt aus der Eléctrico und mischte sich in die Runde mit ein. Einer der Uniformierten deutete rüber zu Henrik. Dabei blieb es. Schließlich traf ein Leichenwagen ein. Die Bestatter stellten schnell fest, dass sie mit dem Zinksarg nicht durch den engen Zustieg in die Tram gelangten. Was letztlich dazu führte, dass die Tote in einem Leichensack aus der Bahn getragen wurde. Erst als die Verstorbene abtransportiert war und dem Fahrer gestattet wurde, die Tram wieder in Bewegung zu setzen, gesellten sich die Streifenpolizisten zu Henrik.

»Sie können gehen«, sagte der eine.

»Das war's also?«, hakte Henrik nach.

»Sieht so aus. Falls wir noch Fragen haben, wir wissen ja, wo wir Sie finden«, antwortete der andere.

»Wer war sie?«, fragte Henrik. Die beiden Polizisten sahen sich an. Der mit dem Vollbart schüttelte den Kopf. »Braucht Sie nicht zu interessieren«, raunte er. Damit ließen sie ihn allein. Ohne einen Dank für sein geduldiges Warten. Er sollte erleichtert sein, dass dieser Zwischenfall sich erledigt hatte. Doch er war es nicht.

3
Helena

»Hast du von der Toten in der Straßenbahn gehört?«, fragte Henrik, kaum dass sie durch die Tür war.

»Hast du deshalb versucht, mich zu erreichen?« Helena ging zur Spüle und ließ kaltes Wasser über ihre Hände und Unterarme laufen, bevor sie sich zu ihm an den Küchentisch setzte. Es war wieder ein langer Tag gewesen. Schwierige Ermittlungen wegen der Ermordung eines schwergewichtigen Immobilieninvestors hielten sie seit mehr als einer Woche auf Trab. Mit dem steigenden Druck von Politik und Medien im Nacken verlangte ihr Vorgesetzter endlich Ergebnisse von der extra dafür eingerichteten Sonderkommission, der sie angehörte. Deren Leitung allerdings ihrem neuen Kollegen Sérgio Damasos übertragen worden war, der in allem den Vorzug von Comandante Ralha erhielt, seit er vor einem halben Jahr aus Porto in die Hauptstadt gekommen war.

Ihr Dezernat war wegen dieses brisanten Falls sogar mit Personal verstärkt worden, doch leider traten sie weiterhin auf der Stelle. Die Stimmung innerhalb der Soko wurde jeden Tag schlechter, und das laugte zusätzlich aus. Sie verspürte Lust auf ein Glas Wein. Und dieses Verlangen wuchs, während Henrik von seinem Erlebnis in der Eléctrico berichtete. Sie bemerkte zwar, wie aufgewühlt er deswegen war, dennoch kostete es sie Mühe, seiner Schilderung zu folgen.

»… für mich rausfinden, wer die Dame war und ob es eine weiterführende Ermittlung geben wird!«

Als hätte sie keine anderen Sorgen. Ihr fehlte die Kraft, deswegen eine Diskussion loszutreten, weshalb sie einfach nickte, auch wenn sie keine Absicht hegte, seiner Bitte nachzugehen. Das war so ein Ding zwischen ihnen, seit sie sich kannten. Immer mal wieder versuchte Henrik durch sie oder vielmehr ihre Position bei der Divisão de Investigação Criminal an Informationen zu laufenden Untersuchungen, verdächtigen Personen oder an alte Fallakten zu gelangen. Heute war ihr Energielevel zu tief im Keller, um sich darüber zu ärgern. »Gibt es noch was zu essen?«, fragte sie, um das Thema zu wechseln. Er unterbrach seinen Monolog und warf ihr einen enttäuschten Blick zu. »Danke für die Anteilnahme«, brummte er und schüttelte den Kopf. Er strich sich mit beiden Händen über seine unrasierten Wangen und stand auf. »Es gibt Kartoffelauflauf mit Bacalhau«, verkündete er, ging rüber zum Backrohr und drehte am Temperaturregler.

Sie nickte. »Tut mir leid, ich bin einfach nur müde … und hungrig«, ergänzte sie, was ihm ein Grinsen entlockte. Helena wusste sofort, was ihn plötzlich amüsierte. Sie hatte sich zuerst nach dem Essen erkundigt, statt nach ihrer Tochter Sara zu fragen, die um diese Zeit längst im Bett lag. Augenblicklich bekam sie ein schlechtes Gewissen. Ihr Vorhaben, sich mehr Zeit für Sara zu nehmen, jetzt, da sie zur Schule ging, war bisher ein Wunsch geblieben. Seit Schulbeginn kam Helena noch später nach Hause und brach morgens meist so früh ins Büro auf, dass sie ihre Tochter immer nur schlafend zu Gesicht bekam. »Ich schaue schnell nach ihr«, sagte sie und stemmte sich hoch. Was war sie nur für eine Rabenmutter geworden – eine Rabenmutter mit Flügeln aus Blei.

Leise betrat sie das Kinderzimmer, das sie für Sara eingerichtet hatten, nachdem sie im Frühjahr endgültig zu Henrik in die Rua do Almada gezogen waren. Still betrachtete sie ihren schlafenden

Engel. Sara hatte die leichte Zudecke um ihre Füße herum und zu einem Knäuel zusammengestrampelt. Helena unterließ es, sie wieder hochzuziehen. Es war warm im Zimmer, auch diese Nacht hatte kaum merkliche Abkühlung gebracht. Als sie noch alleinerziehend war, hatte sie es besser hingekriegt, sich Zeit für Sara freizuschaufeln. Sie musste wieder damit anfangen. Endlich aufhören, alles auf Henrik abzuwälzen, der immer bereitwillig einsprang, wenn sie ihn darum bat. Sie wusste, er liebte Sara, als wäre sie sein eigenes Kind, aber es war dennoch nicht richtig von ihr, diese Zuneigung fortwährend so auszunutzen.

Als sie zurück in die Küche kam, stand das Essen auf dem Tisch. Ihr Magen knurrte. Henrik hatte ihr ein Glas Vinho Verde eingeschenkt. Er nahm ihr gegenüber Platz und sah dabei zu, wie sie den Auflauf in sich hineinschaufelte. Der Stockfisch schmeckte noch ziemlich salzig. Wie immer hatte er ihn vor der Zubereitung zu wenig gewässert. Dennoch aß sie alles auf, fühlte sich danach nicht nur satt, sondern irgendwie auch wieder versöhnt. Henrik war ein guter Partner. Kümmerte sich um ihre Tochter, kochte für sie, hielt ihr auch sonst den Rücken frei, was den Haushalt anging. Fing sie auf. Gab ihr Halt im Rahmen seiner Möglichkeiten. Es bestand kein Grund, an ihrer Beziehung zu zweifeln. Im Gegenteil, sie musste wirklich dankbar sein, ihn gefunden zu haben. Und noch viel mehr, seit er seine Krankheit ganz passabel im Griff hatte. Er nahm brav seine Medikamente und ging zur Therapie. Alles lief wieder besser, sie hatten die Schwierigkeiten, in die sein psychisches Leiden sie in der ersten Jahreshälfte geführt hatte, hinter sich gelassen. Es war an der Zeit, das Glück endlich zuzulassen, das sie durch ihn erfahren hatte. Warum nur tat sie sich damit so schwer? »Haben wir noch mehr?«, fragte sie mit Blick auf das leere Glas. Eigentlich hatte sie sich vorgenommen, nicht nur weniger zu arbeiten, sondern auch den

Wein wegzulassen. Für ein paar Tage zumindest. Henrik erhob sich und holte die Flasche aus dem Kühlschrank. Er schenkte ihr nach.

»Trinkst du keinen?«

Er schüttelte den Kopf, woraufhin sie sich sofort wieder schlechter fühlte. Noch hat er es unterlassen, sie auf ihren überhöhten Weinkonsum anzusprechen. Doch sie ahnte, wie er darüber dachte, sah es in seinem tadelnden Blick. Ihr war bewusst, dass sie auch darüber reden sollten. Nur nicht heute. Heute hielt diese verteufelte Erschöpfung sie von allem ab, wofür sie sich rechtfertigen sollte. Die Müdigkeit überflutete ihren Denkapparat. Diese bleierne Schwere, von der sie sich in letzter Zeit nicht mehr befreien konnte. Sie schlief zu wenig. Und wenn sie es endlich ins Bett schaffte, fühlte sie sich oftmals zu müde, um einzuschlafen. Das hörte sich absurd an, aber genauso empfand sie es. Deshalb war sie absolut nicht in der Verfassung, auch nur irgendeine Diskussion auszutragen. Ihr fehlte die Kraft für jegliche Art von Auseinandersetzung. Vielmehr war ihr nach Flucht. Ins Bad, danach unverzüglich ins Bett. Licht aus und darauf warten, dass die Gedanken endlich schwiegen. Wenn das denn überhaupt passierte. Doch im Moment schaffte sie es nicht einmal, vom Tisch aufzustehen. *Ich bin ein Wrack. Ich weiß nur nicht, wieso.* Was stimmte nicht mit ihr? War es der Job, der sie so zermürbte? Nein, auch darüber wollte sie jetzt nicht weiter nachdenken. Das zog sie nur noch tiefer in das Loch, in dem sie bereits steckte. Da war es einfacher, sich Henriks Geschichte noch einmal anzuhören. »Das mit der Frau in der Straßenbahn tut mir leid. Ich meine, dass du das miterleben musstest.«

Er zuckte mit den Schultern. »Schon okay, ich komme damit klar. Es hat mich nur irgendwie durcheinandergebracht, nicht sofort bemerkt zu haben, dass sie nicht mehr lebt.«

»Und seitdem fragst du dich, was zu ihrem Tod geführt haben könnte?«

Er brauchte darauf nicht zu antworten, sie sah es in seinen Augen. Der Vorfall beschäftigte ihn oder vielmehr den Polizisten in ihm, der er einmal war und den er nicht loswurde. Dieses angelernte Verhalten, gepaart mit seinem ausgeprägten Sinn für Gerechtigkeit, trieb ihn an. Hielt ihn so lange gefangen, bis er meinte, alle Fakten zu kennen. Und bestenfalls die Antworten auf alle Fragen, die ihm dazu durch den Kopf spukten. Es war die Art von Besessenheit, die sie auch von sich kannte. »Fühlst du dich schuldig?«

»Wieso sollte ich? Letztlich hatte ich sowieso keine Chance, ihr Leben zu retten.«

Helena verstand. Auch dass er Trost von ihr wollte, den sie ihm gerne geben würde. Aber auch sie brauchte Trost – etwas, das ihre Seele streichelte und sie wieder aufrichtete. Mit neuer Energie füllte. Ihr fiel nur nicht ein, was das sein konnte. Statt einfach sitzen zu bleiben und sich weiter dem Selbstmitleid hinzugeben, erhob sie sich, nahm das Glas und kippte den Wein in die Spüle. Henrik verfolgte sie mit seinem Blick. »Ich suche dir morgen den Polizeibericht dazu raus«, versprach sie und verließ die Küche.

4
Henrik

Wenn er sich weiterhin von einer Seite auf die andere wälzte, in der trägen Hoffnung, doch noch einmal einzuschlafen, würde er nur Helena wecken. Und das wollte er nicht, denn scheinbar war es ihr endlich mal wieder gelungen, tief und fest zu schlafen. Eine Erholung von Geist und Seele, die sie bitter nötig hatte. So leise er nur konnte, schlüpfte er aus dem Bett, schlich auf nackten Füßen raus in den Flur und rüber in die Küche. Dort schielte er aus dem Fenster. Der noch junge Tag war nicht mehr als ein blasser Schimmer über den Dächern des Chiado-Viertels.

Henrik verdrängte sein Verlangen nach einem Kaffee, denn die Maschine würde zu laut mahlen und beim Brühen zischen wie ein leckes Dampfrohr, und er wollte partout keinen Lärm verursachen, der Helenas Schlaf stören könnte. Also begnügte er sich mit einem Glas Wasser, das er in einem Zug leer trank. Das Handy hing am Ladekabel. Die Wetter-App versprach strahlenden Sonnenschein und Höchsttemperaturen von dreiunddreißig Grad. Der portugiesische Sommer in diesem Jahr hatte immer noch nicht genug. Er öffnete das Fenster, um das vage Versprechen einer nächtlichen Abkühlung hereinzulassen. Die Luft war weniger erfrischend, als er es sich wünschte. Lissabon war noch nicht erwacht, und dennoch war die Stadt nie wirklich still. Ihr frühmorgendlicher Atem bestand aus einem konstanten Dröhnen, einem die Stille überlagernden Vibrieren im Frequenzbereich von immerwährendem Meeresrauschen, das man überhörte, wenn man sich nicht darauf konzentrierte. Er hatte sich längst daran gewöhnt, und auch wenn es später anschwoll und von zahllosen Geräuschen des Alltags durchsetzt wurde, empfand er daran nichts Störendes mehr. Henrik nahm am Küchentisch Platz, klappte den Laptop auf und öffnete einem Automatismus folgend und ohne jede Erwartung das E-Mail-Programm. Über Nacht trafen dort in der Regel nur unnötige Werbebotschaften und dubiose Spam-Nachrichten ein, die er ungeachtet löschte. Bis er auf eine Mail stieß, die sofort jeglichen Rest von Müdigkeit aus seinem Kopf pustete. Die E-Mail stammte von seiner Mutter. Wie immer hatte sie auf einen Betreff verzichtet, als beabsichtigte sie damit, zu verhindern, ihr Anliegen vorzeitig zu offenbaren. Er stellte fest, dass er sich noch nicht bereit für das fühlte, was sie ihm mitzuteilen gedachte. Also tippte er zuerst eine Nachricht an denjenigen, der ihm gestern die Büchersammlung verkaufen wollte. Er verfügte nicht über die Telefonnummer des Verkäufers, also blieb nur, ihm zu schreiben. Er entschuldigte sich, dass er den Termin verpasst hatte, weil kurzfristig etwas dazwischengekommen war. *Eine tote Frau in der Straßenbahn, die sich gegen meine Schulter lehnte …*

Henrik beendete die E-Mail damit, dass er um ein neues Treffen bat, sofern die Bücher weiterhin zur Veräußerung standen. Nachdem er die Nachricht abgeschickt hatte, war das Verlangen nach einem Kaffee deutlich angewachsen. Ihm war natürlich klar, dass es dabei nur darum ging, eine Ablenkung zu finden, die ihn davon abhielt, die E-Mail aus Deutschland zu lesen, die ihm Unbehagen bereitete, seit sie ihm ins Auge gefallen war. Allem voran, weil sie von Simone Falkner um 4:37 Uhr versendet worden war. Vor rund zwei Stunden also, wenn er die sechzig Minuten Zeitverschiebung zwischen Stuttgart und Lissabon mit einrechnete. Henrik schob den Cursor auf das elektronische Briefchen und ließ ihn dort verharren. Sein Zeigefinger schwebte über der Taste, die die Nachricht auf den Bildschirm holen würde.

Kurz nach halb fünf Uhr morgens, verdammt! Das war selbst für eine Frühaufsteherin wie seine Mutter eine ungewöhnliche Zeit, um eine Korrespondenz in die Welt hinauszuschicken. Er sog scharf die Luft ein und öffnete die Nachricht, die nur aus einem Satz bestand. Keine Anrede, kein Gruß zum Abschluss. Nur diese fünf Worte. *Dein Vater ist im Krankenhaus.*

Henrik klappte den Laptop zu. Erst im zweiten Anlauf kam er auf wackligen Beinen zum Stehen. Er schnappte sich sein Handy und verließ leise die Wohnung. Die Treppe ins Erdgeschoss knarzte bei den üblichen Stufen. Unten angelangt, entschied er sich dagegen, im Antiquariat zu telefonieren. Obwohl er nur Unterhose und T-Shirt trug, trat er hinaus auf die Gasse. Nun war nicht mehr zu überhören, dass die Stadt um ihn herum sich zu regen begann. Der Kreislauf der Metropole am Tejo nahm an Fahrt auf. Der Wind, der die Rua do Almada heraufwehte, zupfte an seinen Haaren. Er schluckte trocken, bevor er die Nummer seiner Mutter wählte.

»Henrik!«

»Wieso hast du nicht angerufen?«, fragte er aufgebracht. Seine Stimme war kaum mehr als ein Krächzen.

»Mitten in der Nacht?!«

Er räusperte sich. »Ich hätte es trotzdem gehört«, gab er seiner Mutter zu verstehen und unterdrückte den Fluch, den er anhängen wollte. »Was ist passiert?«, fragte er stattdessen.

»Ich musste den Notarzt rufen, jetzt liegt er im Katharinenhospital.«

»Soll ich kommen?«

»Nein, so schlimm ist es nicht«, antwortete seine Mutter auf eine Weise, die nicht typischer für sie sein konnte. Kontrolliert, gefasst. Was musste eigentlich vorfallen, damit ihre Fassade der Unnahbarkeit Risse bekam oder gar aufbrach? *So schlimm ist es nicht.* Für ihn hörte sich das genau nach dem Gegenteil an. »Was fehlt ihm denn, Himmel noch mal?«

»Beruhige dich!«, verlangte sie, ohne die Stimme zu heben. Ihm wurde klar, dass sie nicht allein war. Womöglich saß sie im Wartebereich des Krankenhauses und hatte Leute um sich herumsitzen. Leute, die allerdings vermutlich andere Sorgen hatten, als ihr Telefonat zu belauschen. Doch das zählte nicht für Simone Falkner. Sie war dazu erzogen worden, Haltung zu bewahren, keine Schwäche erkennen zu lassen, vor allem nicht in der Öffentlichkeit. Das machte Henrik wütend. »Will ich aber nicht. Kannst du zumindest einmal Gefühle zeigen?!«, herrschte er sie an durchs Telefon, was für eine Pause sorgte.

»Die Untersuchung läuft noch. Nur so viel: Seit Wochen klagt er schon über Rückenschmerzen, aber nach einer ersten Einschätzung der Ärzte sind es die Nieren.«

»Verdammt«, entfuhr es Henrik, worauf ihn seine Mutter sofort tadelte, dass derartige Äußerungen nicht hilfreich waren. Er sog scharf die Luft ein, um zu verhindern, nicht noch eine verbale Entgleisung hinterherzuschicken.

»Ich rufe an, sobald ich mehr weiß«, sagte sie.

»Davon gehe ich aus«, gab er mürrisch zurück und war gedanklich bereits dabei, einen Flug nach Stuttgart zu buchen.

»Henrik!«

»Ja?«

»Danke, dass du angerufen hast«, hörte er sie sagen, dann war die Verbindung weg. Schwindelig von der Kakofonie seiner Gedanken, die durch sein Hirn rasten und dabei bisweilen kollidierten, betrachtete er das Display des Handys, bis es schwarz wurde. Dann blickte er auf und sah die Gasse hoch. Oben an der Einmündung in die Rua do Loreto stand ein Mann im Schatten. Henrik war sicher, dass er zu ihm herunterstarrte.

5
Helena

Sérgio Damasos war niemand, der laut wurde. Doch je mehr Druck er von oben bekam, desto schneidender wurde sein Tonfall. Helena empfand es schon immer als bedrückender, mit gesenkter Stimme zurechtgestutzt als angeschrien zu werden. »Wieso müssen Sie immer gleich über die Stränge schlagen?«, verkleidete Damasos seine Kritik an ihr mit einer Frage, kaum dass sie nach einer frühen Besprechung mit dem Comandante wieder hinter ihrem Schreibtisch Platz genommen hatte. Natürlich wusste Helena, was er damit eigentlich sagen wollte. Sie hatte seinem Empfinden nach ihren Mund mal wieder zu weit aufgemacht. Oder die Wahl ihrer Worte nicht überdacht, bevor sie sie losgeworden war. Alles nichts Neues bei Inspetora Gomes …

Dabei hatte der Morgen gut angefangen. Nachdem sie aufgewacht war, hatte sie sich seit Langem nicht mehr so ausgeruht gefühlt. Aus der Küche roch es nach Kaffee. Leise war das aufgeregte Plappern ihrer Tochter zu hören. Merda, ich hätte heute *zu Hause bleiben sollen*, dachte sie, während Damasos weiter auf sie einredete, ohne dass seine Worte wirklich bei ihr ankamen. Sie hatte ausreichend Urlaubstage angespart. Und der Grund für einen freien Tag wäre angemessen gewesen. Aber Henrik lehnte ihr Angebot mehrfach ab. Als sie nach einer ausgiebigen Dusche in die Küche gekommen war, hatte sie Sara und Henrik dort vorgefunden. Ihre Tochter frühstückte, während er über einen immer noch vollen Becher Kaffee hinweg an die Wand starrte. Im ersten Moment war sie davon ausgegangen, dass ihn ein

Depressionsschub heimsuchte. Doch dann hatte Henrik sofort auf sie reagiert, und sie wusste, dass er nicht irgendwohin abgedriftet war. Etwas war passiert, das nicht nur allein aus seinem Inneren heraus für Aufruhr in seinem Kopf sorgte. Sie setzte sich zu ihm, und er klärte sie darüber auf, was in der Nacht mit seinem Vater vorgefallen war. Was dazu führte, dass Sara viele Fragen stellte, die er nur unzureichend beantworten konnte. Kurz hatten sie darüber diskutiert, ob er nach Deutschland fliegen sollte. Er war unschlüssig, versprach ihr aber, Bescheid zu geben, falls er sich heute noch dafür entscheiden sollte. Danach mussten sie sich beeilen, damit Sara nicht zu spät zur Schule kam. Und Henrik hatte erneut darauf bestanden, dass Helena, nachdem sie Sara an der Schule abgesetzt hatte, ins Revier fahren sollte. Hatte ihr versichert, mit der Situation klarzukommen. Vermutlich wäre es trotzdem besser gewesen, ihm beizustehen. Stattdessen hockte sie an ihrem Schreibtisch, während Damasos ihr ihre Verfehlungen der letzten Wochen vorbetete. Und sie spürte mit jedem weiteren Wort, das aus seinem Mund kam, wie die Müdigkeit sich wieder in ihrem Kopf ausbreitete. Dabei hatte sie nach dem Aufstehen noch gedacht, sie zumindest für ein paar Tage losgeworden zu sein.

Zu dem jüngsten Vorfall summierte Damasos unbeirrt einen Vorwurf gegen sie, der schon eine Weile bestand und wegen dem eine interne Untersuchung eingeleitet worden war. Während einer erst kurz zurückliegenden Ermittlung zu einer Mordserie hatte sie aus Sicht der Innenrevision Informationen einbehalten, die womöglich zum Tod eines weiteren Menschen geführt hatten. Die Dienstaufsicht sah sich diese Geschichte gerade näher an, weshalb sie innerhalb der Abteilung im Fokus stand. Noch mehr, als das ohnehin der Fall war. Sie hätte verdammt noch mal noch viel länger Urlaub nehmen sollen, sinnierte sie, ohne darauf zu hören, was Damasos ihr weiterhin meinte mitteilen zu müssen.

Natürlich war es bei der morgendlichen Unterredung mit Comandante Ralha um ihre aktuelle Ermittlung gegangen. Dabei hatte vorrangig Damasos Vorhaltungen von seitens ihres Chefs abbekommen. Als wüssten sie nicht selbst, dass sie hinsichtlich der Ermordung eines schwergewichtigen Immobilieninvestors nicht vorankamen. Während ihr Kollege Ralhas Tiraden wie üblich mit stoischer Miene über sich hatte ergehen lassen, war ihr wieder mal recht schnell die Hutschnur geplatzt. Im Zuge dessen war ihr herausgerutscht, dass es ihnen ja nicht gestattet wurde, endlich in das übermächtige Geschwür der Korruption hineinzustechen, um sich danach aus dem herauslaufenden und abscheulich stinkenden Eiter die wahren Verdächtigen herauszupicken. So in etwa war ihr Wortlaut gewesen, weswegen sie sich jetzt auch noch von Damasos für ihr kontraproduktives Verhalten tadeln lassen musste. Natürlich grämte es ihren Kollegen vor allem, weil er sich vom Comandante hatte anhören müssen, dass Helena auch unter seiner Führung nicht in den Griff zu bekommen war.

Sérgio Damasos wechselte unverhofft die Taktik und schlug einen verständnisvollen Ton an. Auch das kannte sie mittlerweile von ihm. Immer wenn er diese Karte zog, zu einer Vertraulichkeit hin umschwenkte, die ihr vermittelte, dass er im Grunde auf ihrer Seite war, gewann er bei ihr an Sympathie. Weil sie ihm dann tatsächlich abnahm, dass er meinte, was er sagte. Dass er gar nicht so übel war, wie sie sich das gerne zurechtlegte. Dass da durchaus eine Basis bestand, auf der sich eine kollegiale Freundschaft errichten ließe – wenn sie ihn nur einfach besser riechen könnte. Natürlich wusste sie auch, dass das mit dem abstoßenden Geruch, den sie immer in der Nase hatte, kaum dass er in ihre Nähe kam, nur eine Aversion von ihr war. Er stank ja nicht wirklich, denn sie war die Einzige im Revier, die sich an seinen Körperausdünstungen zu stören schien. Ihre übersteigerte olfaktorische Wahrnehmung, was seine Person betraf, musste eine psychologische Ursache haben. Anders ließ sich das nicht erklären.

»... werden einen Weg finden«, sagte Damasos. »Ich weiß doch auch, wie sehr Sie wegen der Untersuchung der Dienstaufsicht gegen Sie unter Druck stehen ...«

Helena verlor erneut die Konzentration. Sie dachte daran, dass Henrik sie in letzter Zeit immer mal wieder mit der Idee einer gemeinsamen Privatdetektei zu begeistern versuchte. Womöglich lag darin tatsächlich die Lösung gegen ihr Unwohlsein und den wachsenden Unmut, ihren Aufgaben bei der Kriminalpolizei nachzugehen. Wenn es diesbezüglich nur nicht so viele Unwägbarkeiten gäbe. Und genaugenommen mochte sie ihren Job, auch wenn dieser stets mit den Schrecken menschlicher Abgründe verbunden war. Doch sie hatte gelernt, damit umzugehen. Mit den Leichen, den bedauernswerten Opfern, der verbitterten Trauer, die mit einem Besuch von ihr an der Tür eines betroffenen Angehörigen einherging. Auch mit den kaltherzigen, oftmals brutalen Tätern, die ihr in den Verhörräumen gegenübersaßen und kein Anzeichen von Reue erkennen ließen. Das alles konnte sie wegstecken und kompensieren, als Teil ihrer Arbeit annehmen. Was ihr jedoch schon viel zu lange sauer aufstieß, war der offensichtliche Umgang mit dem Klüngel, der Korruption und den Machenschaften, die eine in ihren Augen effektive Polizeiarbeit immer wieder torpedierten. Und dass von ihr erwartet, ja sogar verlangt wurde, dies zu tolerieren, womit sie sich selbst als Spielball einer machtvollen Elite sah. Einer selbst ernannten Führerschaft, die weder eine politische Ideologie vertrat noch einer Religion anhing. Auch das war alles nur Blendwerk, um zu verschleiern, dass sich diese Leute nur über sich selbst definierten. Und, damit verbunden, ihre Macht rechtfertigten, die sie meinten, auf die Justiz, die Behörden und letztlich auch auf das Volk ausüben zu können. Das war es, was sie nicht ertragen konnte und was für sie zunehmend zur Belastung wurde. Ermittlungen, die wegen Vetternwirtschaft oder Bestechung nicht weitergeführt wurden. Ausreden, die von ihren Vorgesetzten vorgebracht wurden, Befehle, die zu nichts führten und bei denen auf der Hand lag, warum sie erteilt wurden …

»Sie wissen, was zu tun ist«, schloss Damasos seinen Vortrag und holte Helena damit zurück aus ihren Gedanken. Sie nickte mechanisch. »Wir brauchen endlich eine Erfolgsmeldung. Trommeln Sie alle aus der Soko zusammen, Lagebesprechung, sagen wir, in zwei Stunden. Bis dahin soll jeder noch mal alles durchgehen, was wir bisher zusammengetragen haben. Ich bin überzeugt, uns ist etwas entgangen, das wir einfach noch nicht sehen. Und noch etwas! Ich schätze Sie und Ihre Fähigkeiten, Inspetora. Wenn jemandem ein bislang übersehenes Detail ins Auge sticht, dann Ihnen. Und darauf baue ich. Auf Ihre ungeteilte Aufmerksamkeit und Ihren Spürsinn.«

Nach der Peitsche ein bisschen Zuckerbrot, um sie zu motivieren. Das war eines der Talente von Sérgio Damasos. Helena hätte ihm gerne gesagt, dass sie keine aufmunternden Worte von ihm brauchte, doch sie wusste, es war jetzt klüger zu schweigen. Außerdem wäre sie beim aktuellen Stand der Ermittlungen ohnehin auf gleiche Weise vorgegangen, aber auch das behielt sie für sich. Sie rückte an ihren Bildschirm und öffnete die Akte über die Ermordung des Immobilieninvestors. Darüber verging die Zeit, weshalb sie sich nach einer gefühlt ewig währenden Sitzung der Sonderkommission erst auf ihrem spätabendlichen Heimweg daran erinnerte, was sie Henrik hinsichtlich der in der Straßenbahn verstorbenen Frau versprochen hatte. Sie tröstete sich damit, dass er wegen der Erkrankung seines Vaters jetzt ohnehin anderes im Kopf haben würde, weshalb sie den Informationen über diesen Todesfall keinerlei Relevanz mehr beimaß.

6
Henrik

Fahrplan Linie 28 E, Haltestelle N° 13, Miradouro Sta. Luzia nach Praça Luís de Camões, Ankunft 17:25 Uhr

Ein schrilles Knirschen, gefolgt von einem heftigen Ruck, katapultierte ihn zurück in die Wirklichkeit. Kurz verfiel er der erschreckenden Illusion, er überschlug sich, als vollführte er eine Kapriole, nicht allein in seinem Kopf, sondern mit seinem ganzen Körper. Nur um in der nächsten Sekunde festzustellen, dass er aufrecht dasaß und nur sein Verstand einmal um sich selbst gewirbelt worden war. Kaum pendelte sich sein Denken wieder in der Waagrechten ein, kehrte die Klarheit zurück in seinen Geist, was ihm den nächsten Schock bescherte. Ihm wurde bewusst, wo er sich befand, allerdings, ohne den geringsten Ansatzpunkt zu finden, wie er dort hingelangt oder wann und wo er zugestiegen war.

Fakt war, er saß in der Linie 28, vom Praça Martim Moniz herkommend, die gerade ihren planmäßigen Stopp am Miradouro das Portas do Sol machte. So weit hatte er den Fahrplan und die Route im Gedächtnis. Doch diese Erkenntnis änderte nichts an seiner Verwirrung, wieso er überhaupt schon wieder mit der Straßenbahn fuhr.

Der Halt an einem der berühmtesten Plätze Lissabons sorgte für ordentliches Gedränge um ihn herum. Henrik hielt es vorerst für das Beste, einfach sitzen zu bleiben, bis die Ordnung in seinem Kopf wieder einigermaßen hergestellt war. Die Frage war ja auch weniger das *Wie,* sondern vielmehr das *Warum.* Was hatte ihn erneut dazu gebracht, in die Eléctrico zu steigen? Wohin wollte er? Oder zu wem? Und was zur Hölle hatte während der Fahrt diesen Blackout ausgelöst? War sein Vater der Grund oder vielmehr dessen Einlieferung ins Krankenhaus? Dazu das wenig aufmunternde Gespräch, das er deswegen mit seiner Mutter geführt hatte? Als er über diese Fragen nachdachte, erkannte er mit Besorgnis, dass er nicht einmal wusste, welcher Tag heute war.

Die Eléctrico fuhr wieder an. Wie erwartet waren die meisten seiner Mitreisenden ausgestiegen, um die herrliche Kulisse zu bewundern, die ihnen der exponierte Miradouro das Portas do Sol bot. Die Aussichtsterrasse ermöglichte einen Blick auf das Kloster São Vicente de Fora, den beeindruckenden Kuppelbau des Panteão Nacional und über das alte Fischerviertel hinweg. Dementsprechend belebt war diese Ecke zwischen den Stadtteilen Alfama und São Vicente. Ebenso wie der Abschnitt, dem der Schienenverlauf der Bahn nun folgte, weiter bis zum Largo de Santa Luzia, dem nächsten touristischen Hotspot, der nur wenige Schritte entfernt war und von dem aus man einen der spektakulärsten Sonnenuntergänge Lissabons erleben konnte. Ein Stück voraus, an besagter Haltestelle, machte er eine große Menschentraube aus, mehrheitlich Touristen, von denen nicht einmal die Hälfte einen Platz in dieser Tram ergattern würde. Danach so einfach wieder aussteigen zu können, würde sich erfahrungsgemäß als schwierig erweisen, zumindest, bis sie unten im Baixa-Viertel ankamen. Die zu erwartende Enge behagte ihm nicht. Nicht in seinem Zustand, in dem seine Sinne übersensibel reagierten und eine nicht zu kalkulierende Reizüberflutung noch mehr Schaden bei ihm anrichten konnte. Sein Herz schlug ohnehin noch immer viel zu schnell, und die Aussicht auf dicht gedrängte Körper um ihn herum schnürte ihm jetzt schon die

Luft ab. Es wäre für ihn deutlich bekömmlicher, wenn er den Rest der Strecke zu Fuß ging. Wofür er sich unverzüglich entscheiden musste, bevor die Türen der Eléctrico sich öffneten, um den wartenden Tross einzulassen. Entschlossen stemmte Henrik sich hoch. Gleichzeitig bremste die Bahn, was ihn ins Taumeln brachte. Er verpasste die Haltestange und torkelte unbeholfen gegen einen älteren Herrn, der versetzt auf der Bank vor ihm saß. Der Mann kippte augenblicklich nach vorne und schlug mit seiner Nase gegen die Rückenlehne des Sitzes vor ihm. Henrik sog scharf die Luft ein, beschämt darüber, was er angerichtet hatte. Und er behielt diese Luft in seiner Lunge, als er feststellte, dass der Mann ohne Reaktion in dieser misslichen Haltung verblieb. Die Szene glich der, die er bei seiner letzten Straßenbahnfahrt erlebt hatte. Und wieder wusste er instinktiv, dass auch diesmal jede Hilfe zu spät kam. Henrik stand konsterniert vor einem weiteren toten Menschen in der Linie 28.

7
Helena

Sie parkte gegenüber dem Polizeirevier in der Rua da Palma, in das Henrik gebracht worden war, um seine Aussage zu machen. Von dort aus hatte er sie vor einer knappen halben Stunde angerufen und darum gebeten, dass sie ihn abholte. Er hatte sich nicht gut angehört, als er ihr auf fahrige Weise schilderte, was vorgefallen war. Wobei die Aufregung in seiner Stimme weniger davon kam, dass er in der Straßenbahn erneut an einen Toten geraten war, sondern dass er keine Erklärung dafür fand, wieso er überhaupt mit der Eléctrico unterwegs gewesen war. Obwohl er es nicht direkt gesagt hatte, hatte sie heraushören können, dass er nicht mehr wusste, wann und wo er zugestiegen war. Er hatte keine Erinnerung daran. Einen Blackout, ähnlich schlimm wie im Frühjahr. Damals erfolgten diese Aussetzer mehrfach und in kurzen Abständen. Das war, bevor er sich psychologische Hilfe gesucht und angefangen hatte, Medikamente einzunehmen. Helena hatte das Datum des letzten Vorfalls dieser Art notiert. Auf Anraten der Psychologin, die Henrik betreute, hatte sie damit angefangen, eine Art Tagebuch über den Verlauf seiner Krankheit zu führen. Etwas, das sie ihm allerdings verschwieg. Aber daher wusste sie genau, dass er seit über zwei Monaten keinen Blackout mehr erlebt hatte. Aber wie es schien, war das Trauma, an dem er litt, doch noch nicht ausgestanden. Helena stellte fest, dass es im Moment schwer für sie war, damit umzugehen.

Vermutlich erwartete Henrik von ihr, dass sie nicht einfach nur vor dem Revier im geparkten Auto sitzen blieb. Selbstredend wäre es ein Leichtes, hineinzugehen, sich als Kommissarin auszuweisen und die Sache damit zu beschleunigen. Immerhin war das hier eine Dienststelle der Polícia de Segurança Pública, kurz PSP, der Exekutivbehörde, der auch sie angehörte. Sie konnte davon ausgehen, dass niemand groß Fragen stellen würde. Und Henrik hoffte sicher darauf, dass sie ihm in seinem aufgelösten Zustand zur Seite stand. Was sie auch tun sollte als seine Lebensgefährtin. Dennoch schaffte sie es nicht, auszusteigen. Es dämmerte bereits, doch die Hitze wollte trotz des offenen Fensters nicht aus ihrem Wagen weichen. Die unermüdliche Spätsommersonne hatte auch an diesem Tag alles um sie herum aufgeladen. Die Straße, die Häuser, die Gemüter der Leute, die an ihr vorbeigingen. Ihr kam in den Sinn, dass die Klimaanlage drüben im Revier für Abkühlung sorgen könnte, doch auch diese Verlockung reichte nicht aus, um sich aufzuraffen. Natürlich gab es einen plausiblen Grund, nicht mit vorgehaltenem Dienstausweis in diese Polizeistation hineinzumarschieren. Denn alles, was sie in ihrer Funktion als Kripobeamtin mit Henrik in Verbindung brachte, hatte ihr in der Vergangenheit immer nur Schwierigkeiten bereitet. Und jetzt, da es ohnehin nicht gerade berauschend für sie lief, die Interne sie im Auge behielt und der Comandante sie deswegen noch mehr als sonst auf dem Kieker hatte, konnte sie nicht noch zusätzlich Öl ins Feuer gießen. Sie fühlte sich schäbig, sich auf diese Weise herauszureden, da sie doch gleichzeitig wusste, wie sehr Henrik sie in der jetzigen Situation brauchte. Außerdem war es blauäugig, so zu tun, als wüssten sie in ihrer Abteilung nicht darüber Bescheid, mit wem sie zusammenlebte. Als würde Ralha das je vergessen. Und trotzdem blieb sie in ihrer Zerrissenheit sitzen. Offenbar war es nicht allein die Arbeit, die ihr zuweilen jegliche Energie entzog. Ihr ganzes Leben, so wie es sich jetzt im Moment darstellte, kostete sie zu viel Kraft. Es höhlte sie aus …

Henrik verließ die Polizeistation. Er sah mitgenommen aus. Ein wenig verloren, wie er da suchend um sich blickte. Ihr alter blauer Peugeot, verschrammt und verbeult und absolut nicht mehr zeitgemäß, war eigentlich nicht zu übersehen, doch er schien ihn nicht zu bemerken. Helena brauchte nur zu rufen. Oder auszusteigen, um so auf sich aufmerksam machen. Wie konnte sie nur so unsensibel sein, so leer?

Schließlich entdeckte Henrik sie doch. Er hob die Hand, ein verhaltender Gruß, bevor er die Straße überquerte und um den Wagen herumging. Er öffnete die Beifahrertür und ließ sich schwer in den Sitz fallen. Der Peugeot kommentierte das zusätzliche Gewicht mit einem Ächzen.

»Danke«, sagte er.

»Wofür?«

Er sah sie mit erhobenen Brauen an. »Dafür, dass du mich abholst.«

Helena nickte und kam sich gleichzeitig noch mieser vor. Sie betrachtete ihn von der Seite. Sein T-Shirt war durchgeschwitzt. Auf seiner Jeans befand sich in Höhe des linken Oberschenkels ein handtellergroßer brauner Fleck. »Hast du dich bekleckert?«

Henrik sah zu der Stelle, auf die sie deutete. »Keine Ahnung, woher das kommt. Muss passiert sein, während ich weggetreten war.«

Sie sah ihm eine Weile in die Augen. Er zuckte mit den Schultern.

»Und wie geht es dir sonst?«

»Nicht besonders. Mir fehlt ein Stück meiner Zeit, das ist jedes Mal aufs Neue beunruhigend. Nicht zu wissen, was ich derweil getan habe, macht mich fertig.«

Da sie selbst noch nie einen Filmriss hatte, war es schwer, das Gefühl nachzuvollziehen. Etwas zu vergessen, war das eine, aber nicht mehr zu wissen, was man über mehrere Minuten oder gar Stunden gemacht hatte, musste wirklich verstörend sein. »Was wollte die Polizei wissen?«

»Ich bin quasi auf den Toten draufgefallen, als die Bahn bremste. Sie verlangten eine genaue Schilderung dieses Vorfalls. Vermutlich haben einige der anderen Fahrgäste, die nicht augenblicklich das Weite gesucht, sondern tatsächlich auf das Eintreffen der Streife gewartet hatten, die Situation falsch interpretiert und ausgesagt, ich hätte … na ja, keine Ahnung, was die Leute glaubten, gesehen zu haben. Vielleicht war es auch der Straßenbahnfahrer, der mich gegenüber der Polizei als verdächtig deklarierte. Das eigentliche Problem war, dass ich nicht mehr wusste, wie ich in die Bahn gekommen bin. Also musste ich was erfinden … darüber, wohin ich wollte …«

»Haben sie dir geglaubt?«

»Ich denke schon. Auch wenn ich sehr wahrscheinlich zu lange überlegt habe, als sie wissen wollten, an welcher Haltestelle ich zugestiegen bin.«

»Was hast du gesagt?«

»Martim Moniz, das erschien mir am naheliegendsten. Außerdem herrscht dort immer viel Betrieb. Viele Leute, schlechte Übersicht, du verstehst? Nur, falls einer von deinen Kollegen auf die Idee kommt, diesen Teil meiner Aussage nachzuprüfen, wovon ich aber kaum ausgehe. Zum Glück wollten sie nicht wissen, wieso ich von dort losgefahren oder gar den Umweg über den Schlossberg in Kauf genommen habe, statt einen der Busse zu nehmen, die mich direkt nach Hause gebracht hätten …«

»Wer war der Mann?«, fragte Helena dazwischen.

Henrik räusperte sich. »Wissen sie nicht, soweit ich das verstanden habe. Er hatte wohl keinerlei Papiere dabei.«

»Seltsam«, murmelte Helena.

»Finde ich auch nachlässig, so ganz ohne Dokumente rumzufahren.«

»Das meinte ich nicht«, sagte Helena.

»Sondern?«

»Auch die Frau von vor drei Tagen trug nichts bei sich. Sie ist immer noch nicht identifiziert.«

Henrik nickte zustimmend, sah aber nicht so aus, als könnte er sich daran erinnern, dass sie ihn darüber bereits informiert hatte. Wie sie ihm versprochen hatte, hatte sie sich die Ermittlungsakte zu der Toten in der Straßenbahn heute Vormittag dann doch angesehen und ihm unerlaubterweise eine kurze Zusammenfassung geschickt. Die er laut ihrem Handy auch gelesen hatte. Viel war es ohnehin nicht gewesen, was die dafür zuständigen Kollegen zu dem Vorfall vermerkten. Am interessantesten war noch die inzwischen erfolgte Annahme, dass es sich bei der Toten entgegen der ersten Einschätzung nicht um eine Touristin handelte. Zumindest hatte kein Beherbergungsbetrieb einen weiblichen Gast als abgängig gemeldet. Hotels schlagen bei so etwas in der Regel recht schnell Alarm. Allerdings ging bisher auch keine anders geartete Vermisstenmeldung ein. Als gäbe es keine Angehörigen, was damit zu erklären war, dass die Seniorin allein gelebt hatte. Man musste sich dennoch fragen, was mit ihrem Bekanntenkreis oder der Nachbarschaft war. Nun, womöglich war es noch zu früh, als dass jemand dahingehend Meldung machte.

»Drei Tage, verdammt«, murmelte Henrik und holte Helena aus ihren Überlegungen. »Das hat mich echt schockiert, als ich vorhin während der Zeugenbefragung realisierte, dass der Vorfall mit der Frau schon vorvorgestern war. Im Moment habe ich keinen blassen Schimmer, was ich gestern, aber vor allem heute alles getrieben habe. Das ist verflucht beängstigend.«

»Die Erinnerung kommt sicher bald zurück, das war bisher doch auch so. Sobald du dich wieder gesammelt hast, fällt dir alles wieder ein«, beruhigte ihn Helena. Henrik zog eine skeptische Miene. »Es fühlt sich diesmal irgendwie anders an. Nicht so wie bei den Aussetzern davor, ich kann allerdings auch nicht erklären, was genau anders ist. Nur dass mich diese absolute Schwärze im Kopf zutiefst beunruhigt.«

Helena legte ihm die Hand auf den Oberschenkel, dorthin, wo sich der eingetrocknete Kaffeefleck befand. »Wir kriegen das hin«, sagte sie aufmunternd. Henrik suchte ihren Blick und nickte. »Jetzt lass uns mal besser fahren, bevor deine Kollegen dahinterkommen, dass das diese Woche nicht die erste Leiche war, mit der ich in der Eléctrico spazieren gefahren bin.«

8
Henrik

Der Zwischenfall war nicht so reibungslos vonstattengegangen, wie er es Helena geschildert hatte. Tatsächlich hatten die Entdeckung des Toten und der damit erzwungene Stopp am Miradouro de Santa Luzia zu einem nicht unerheblichen Tumult unter den Fahrgästen wie auch den Wartenden an der Haltestelle geführt. Natürlich hatte auch diesmal die Bahn nicht weiterfahren können.

Die, die sich zusammengepfercht mit der Leiche im Wagen befanden, drängten panisch hinaus, als offensichtlich wurde, was los war. Dabei kollidierten die Flüchtenden mit denjenigen, die in die Eléctrico hineinwollten. Der Fahrer geriet an den Rand eines Nervenzusammenbruchs. Zum einen blockierte er das Gleis, was die Linie lahmlegte und damit nicht nur den Bahnbetrieb, sondern auch den Autoverkehr auf der Rua Limoeiro. Zum anderen beschimpften ihn die uneinsichtigen unter den wartenden Passagieren lauthals, weil es nicht weiterging. Von diesem Rummel angezogen, gruppierten sich immer mehr Schaulustige um das historische Gefährt. Handyvideos wurden gemacht. Lautstarkes Gehupe schallte zwischen den Häusern wieder. Leute zeterten, Kinder weinten.

Henrik bekam nicht mit, wer die Polizei verständigt hatte. Abgesehen davon, dass er nicht vorhatte, ebenfalls auszusteigen, wäre er zu diesem Zeitpunkt ohnehin nicht mehr hinausgekommen bei der Unzahl an Menschen, die um sie herumstanden. Außerdem hatte er damit zu tun, psychisch nicht erneut die Kontrolle zu verlieren. Er musste bei Sinnen bleiben, das war alles, was in diesem Augenblick für ihn zählte. Daher harrte er eher unfreiwillig neben dem Toten in der Bahn aus, bis die Uniformierten eintrafen. Dabei war er sogar kurz verleitet gewesen, den Toten näher zu untersuchen. Seine DNA hatte er ohnehin schon an dem Mann hinterlassen, als er in der Absicht, auszusteigen, auf ihn draufgestolpert war. Doch dann beschloss er, besser gebührenden Abstand zu halten, vor allem, weil es zu viele Zeugen gab, die von draußen ins Innere der Eléctrico glotzten. Die Lage, in die er geraten war, war ohnehin schon belastend genug …

»Hast du deine Tabletten genommen?«, fragte Helena und holte ihn damit zurück in die Wirklichkeit. Er stellte fest, dass sie mittlerweile im Chiado-Viertel angekommen waren. Wieder eine Fahrt, die irgendwie an ihm vorbeigegangen war. Er verspürte keine Lust, ihr zu antworten, denn natürlich hielt er sich an seine Medikation. Sie wusste doch, dass er die Sache mittlerweile ernst nahm. Genauso war ihr bekannt, dass die Psychopillen keine Garantie waren, was das Ausbleiben von Aussetzern und anderweitiger Anfälle anging. Das hatte sie schon hinreichend miterlebt. »Wo ist Sara eigentlich?«, wechselte er das Thema.

Obwohl es spät geworden war, blieb der Verkehr durch die Innenstadt dicht und stockend. Helena war in die Rua Chagas abgebogen, einer Gasse in der Nähe ihres Hauses, in der die Wahrscheinlichkeit am größten war, einen Parkplatz zu finden. »Sie kann heute bei Débora übernachten«, erklärte Helena knapp. Débora war aktuell Saras beste Freundin und wohnte quasi um die Ecke. Obwohl er Déboras Mutter Rachel nicht sonderlich leiden konnte, war er, genau wie Helena, recht froh darüber, dass Sara dort immer ein gern gesehener Gast war. Es war nur zu befürchten, dass Rachel irgendwann das gleiche Entgegenkommen von ihnen erwartete.

Endlich fand Helena eine Parklücke, in die sie ihren Wagen hineinquetschen konnte. Für Henrik war es ein Wunder, dass die Karre immer noch fuhr. Andererseits war ein neues Auto bei seiner momentanen Finanzlage nicht drin. Und auch wenn er keinen Überblick über Helenas Kontostand hatte, ging er nicht davon aus, dass sie große Sprünge machen konnte. Diese Überlegung führte wieder einmal zwangsläufig zu einer Sache, die ihn schon ein paar Monate umtrieb. Er fragte sich, ob sich die Geldsituation verbessern ließe, wenn sie beide ernsthaft in den Dienstleistungssektor für Privatermittlungen einsteigen würden. Ein Plan, der sich in seinem Kopf festgesetzt hatte und von dort nicht mehr zu vertreiben war.

H. Gomes e H. Falkner
Agência de Detectives Lisboa

Henrik musste Helena nur dazu kriegen, ihren Job bei der PSP zu kündigen. Und das dürfte schwierig genug werden. Sie war zwar fortwährend genervt davon, wie man sie dort behandelte, doch sie war gerne Polizistin und auch stolz darauf. Auch auf ihren Beamtenstatus, und dagegen war schwer anzukommen. Und außerdem war er gesundheitlich immer noch nicht wieder auf dem Damm. Nicht hinreichend genug, um verlässliche Privatermittlungen anbieten zu können.

»Kommst du?«, hörte er Helena fragen. Sie war bereits ausgestiegen, während er sich noch in seinen Spekulationen verstieg. Er folgte ihr, aber sie kamen nur ein paar Schritte weit, bevor sein Telefon vibrierte. Mit dem Blick aufs Display lief ihm ein kalter Schauer über den Rücken. Er suchte Helenas Blick. »Meine Mutter«, murmelte er. Sie nickte. »Ich gehe schon vor«, bot sie an und setzte ihren Weg fort, während Henrik wie festgefroren dastand. Nicht dass er auch seinen im Krankenhaus liegenden Vater vergessen hätte. Nur erinnerte er sich momentan nicht, wann er zuletzt mit seiner Mutter gesprochen oder wie er mit ihr verblieben war. Mit zitternden Fingern nahm er das Gespräch entgegen. »Wie geht es ihm?«, fragte er augenblicklich.

Simone schien ebenfalls nicht gewillt, um den heißen Brei herumzureden. »Dein Vater braucht eine neue Niere.«

Henrik benötigte die Hauswand, neben der er stand, um nicht aus dem Gleichgewicht zu geraten. »Das … das hört sich nicht gut an …«

»Ich komme als Spenderin leider nicht infrage, verständlicherweise, wir sind ja nicht blutsverwandt«, führte seine Mutter in dem gleichen sachlichen Tonfall aus, in dem sie ihm vor einiger Zeit erklärte, wie er seine Buchhaltung zu führen hatte. Es lag keinerlei Trost in ihren Worten. Aber was hatte er auch erwartet? Für Empathie fehlte ihr schon immer jegliches Talent. »Und deine Schwester … Nun ja, sie hat zwei Kinder. Da kann man nicht verlangen, dass sie für ein paar Tage ausfällt …«

»Worauf willst du hinaus?«, fragte er, obwohl er genau wusste, auf was sie abzielte.

»Dein Vater wird dich nicht darum bitten, deshalb tue ich es …«

»Mutter …«

»… auch wenn er es nicht verdient hat, schon allein wegen seiner Eskapade mit dieser Portugiesin … aber ich gestatte ihm nicht, dass er mich auf diese Weise im Stich lässt. Verstehst du das?«

»Du hörst dich mal wieder an, als ginge es nur um dich«, rutschte es Henrik heraus.

9
Helena

Es herrschte eine nicht übersehbare Unruhe in der Abteilung für Gewaltverbrechen, als Helena morgens dort eintraf. Möglicherweise war in der Nacht etwas passiert, ein Tötungsdelikt, das in ihre Verantwortung fiel. Doch wäre es darum gegangen, einen Tatort in Augenschein zu nehmen, hätte man sie vermutlich aus dem Bett geklingelt. Also musste etwas anderes vorgefallen sein. Hatte es über Nacht einen Durchbruch bei ihrem aktuellen Fall gegeben? Sie sah sich nach Damasos um, konnte ihn jedoch nicht ausmachen. Ihre Kollegin Alexandra saß an ihrem Platz und telefonierte. Sie war die Assistentin ihrer Abteilung und erledigte und organisierte von ihrem Schreibtisch aus alles Erdenkliche, was für ihre Ermittlungen von Belang war. Egal, ob die Korrespondenz mit der Staatsanwaltschaft, die Beantragung von Durchsuchungsbeschlüssen oder Genehmigungen zum Abhören Verdächtiger, die Vernehmungstermine mit Zeugen bis dahin, dass dafür Sorge getragen wurde, dass immer ausreichend Kaffee und Tee zur Verfügung stand. Alexandra war schon beinahe so lange für das Dezernat tätig wie Helena. Trotzdem hatte sie es nie geschafft, sich über das dienstliche Verhältnis hinweg mit ihr anzufreunden. Alexandra, sportlich schlank, mit brünettem, schulterlangem Haar und einem treffenden Geschmack für elegante Mode, war fünf Jahre jünger als sie und, wie Helena wusste, momentan Single. Was zu der noch nicht allzu weit zurückliegenden Trennung von dem Mann geführt hatte, mit dem Alexandra davor über Jahre zusammengelebt hatte, war Helena entgangen. Was Helena hingegen bemerkte, war, wie offensichtlich Alexandra sich herausputzte, seit Sérgio Damasos von Porto ins Präsidium nach Lissabon gewechselt war. Und sie hatte keineswegs vor, Alexandra dabei im Weg zu stehen, auch wenn sie ihr keine sonderlich großen Chancen ausrechnete. Ohne dies in irgendeiner Weise begründen zu können, fehlte ihr der Glaube daran, dass Damasos sich für seine Assistentin auch nur im Ansatz auf zwischenmenschlicher Ebene interessierte.

»Was ist los?«, fragte Helena, nachdem Alexandra endlich aufgelegt hatte.

»Es gab ein Geständnis«, sagte Alexandra.

»Im Fall des Investors?«

Ihre Kollegin nickte. »Es hat sich jemand gestellt. Stand wohl mitten in der Nacht in einer Polizeistation unten in Fuseta. Ich kenne keine Details, Sérgio ist bereits auf dem Weg.«

Sérgio ist bereits auf dem Weg? »Wann ist er los?«

»Vor einer halben Stunde«, antwortete Alexandra. »Hat er dich nicht informiert?«

Würde ich sonst fragen?!

Helena konnte sich ein Augenrollen nicht verkneifen. Gut, sie war später dran als sonst, weil Sara heute erst zur zweiten Stunde in der Schule sein musste. Aber das war sicher kein Argument, sie nicht wenigstens in Kenntnis zu setzen. Endlich war ihr Computer bereit, und sie konnte sich einloggen. Aber auch dort fand sie keine Nachricht von Damasos.

»Übrigens, der Comandante will dich sehen«, fiel Alexandra wieder ein. »Er hat schon zweimal nach dir gefragt.«

»Hat er gesagt, wieso?«

»Hat er nicht«, entgegnete Alexandra, dann klingelte erneut ihr Telefon.

Der Comandante will mich sehen. Ralha war nicht dafür bekannt, sonderlich früh im Revier aufzukreuzen. Sie hoffte, dass sie nicht der Grund dafür war, dass er ausgerechnet heute vor ihr eingetroffen war. Entgegen der vermeintlichen Dringlichkeit, die Alexandra hatte verlauten lassen, ließ Helena sich Zeit. Sie machte einen Umweg über die Küche, wo sie sich einen Kaffee einschenkte und diesen in langsamen Schlucken trank, während sie ihre Gedanken zu sortieren versuchte. Wieso hatte man sie nicht informiert? Was trieb Damasos für ein Spielchen? Er verhielt sich kaum mehr anders als ihr früherer Kollege Lui, der bei einem nicht weit zurückliegenden Fall zu Tode gekommen war. Dessen Alleingänge waren ihr nicht minder auf die Nerven gegangen. Und Lui war ebenso Ralhas Liebling gewesen wie nun Sérgio Damasos. Luis Tod hatte sie dennoch getroffen. Das war eine Sache, über die sie bis dahin nie nachgedacht hatte. Dass dieser Job sie ebenso das Leben kosten könnte. Derartige Überlegungen waren kein guter Einstand, um beim Comandante vorstellig zu werden. Und warum in Gottes Namen wollte Ralha sie überhaupt sprechen, wenn Damasos doch schon auf dem Weg in den Süden war? Bisher hatte ihr Vorgesetzter stets vermieden, Unterhaltungen unter vier Augen mit ihr zu führen. So, als könnte er von ihr keine zufriedenstellenden Antworten erwarten, wenn nicht auch Major Damasos mit dabeisaß. Gerade so, als hätte Ralha Angst, mit ihr allein in einem Raum zu sein. Nein, das war ein widersinniger Gedanke. Die Erklärung war schlichtweg, dass ihr Vorgesetzter mit Frauen auf höherrangigen Positionen nichts anfangen konnte. Der portugiesische Polizeiapparat war von paritätischen Strukturen innerhalb des Corps entgegen allen politischen Zugeständnissen und Bestrebungen noch meilenweit entfernt. Gelegentlich hatte Helena den Eindruck, dass sie sich von diesem parlamentarisch angesteuerten Ziel eher wegbewegten, als je einen gerechten Ausgleich zwischen Männern und Frauen in dieser Hierarchie zu schaffen. Nicht, solange Männer wie Comandante Ralha die Führungsebene für sich beanspruchten.

Helena trank ihren Kaffee aus und machte sich mit gemischten Gefühlen auf den Weg ins Obergeschoss. Die Sekretärin ihres Vorgesetzten winkte sie unverzüglich durch. Offenbar wurde sie schon *sehnsüchtig* erwartet.

»Wo haben Sie so lange gesteckt?«, polterte es ihr entgegen, kaum dass sie durch die Tür getreten war. Der sechzigjährige Dienststellenleiter hielt nichts von Begrüßungsfloskeln, zumindest nicht ihr gegenüber. Helena verzichtete auf eine Antwort. Plötzlich verspürte sie den großen Drang, auf der Stelle zu kündigen. Ralha stierte ihr unter seinen buschigen Brauen entgegen. Wie üblich trug er seine mit Auszeichnungen überladene Uniform. Der Deckenleuchter über ihm spiegelte sich in seiner Glatze. Er bot ihr an, sich zu setzen, doch sie lehnte ab. Die Klimaanlage surrte über ihrem Kopf und blies ihr eiskalte Luft ins Genick.

»Sie untersuchen ab sofort die jüngsten Todesfälle in der Eléctrico!«, ordnete er ohne Einleitung an. Diese Ankündigung traf sie völlig unvorbereitet. Sie hatte mit allem Möglichen gerechnet, nicht aber, eine neue Ermittlung zugeteilt zu bekommen. »Gibt es denn einen Verdacht, dass es sich um nicht natürliche Todesfälle handelt?«

»Verdacht? Nein, Inspetora Gomes! Kein Verdacht. Genau das wird Ihre Aufgabe sein. Räumen Sie sämtliche Anzeichen dahingehend aus. Ich will bei dieser Untersuchung nichts und rein gar nichts in der Ermittlungsakte darüber lesen, was einen Interpretationsspielraum in eine andere Richtung zulässt. Keine Andeutungen über Fremdeinwirkung und weiß der Teufel was. Alles, was ich von Ihnen sehen will, ist ein knapper, sauberer Bericht, den ich guten Gewissens ans Referat für Tourismus im zuständigen Ministerium weiterreichen kann. Ein Zufall von zwei eng aufeinanderfolgenden Todesfällen natürlichen Ursprungs. Der Hitze wegen vermutlich. Das kommt ja bei älteren Personen und den vorherrschenden Temperaturen vermehrt vor. Will sagen, kein Einzelfall im Sommer, wenn auch die Örtlichkeiten zuletzt ungewöhnlich waren. Und gerade deshalb soll niemand in der Stadt Bedenken oder gar Ängste verspüren, mit einer unserer wunderbaren Straßenbahnen zu fahren. Haben wir uns verstanden?«

Helena nickte.

»Was ich am wenigsten brauchen kann, sind nervöse Politiker, die sich Sorgen um einen Rückgang von Hotelbuchungen und damit verbundenen Finanzeinbrüchen im Tourismussektor machen. Also geben wir den Parlamentariern keinen Grund für derartige Befürchtungen. Noch Fragen?«

»Was, wenn die Untersuchung dennoch Ungereimtheiten zutage fördert?«

Ralha legte seinen Kopf schräg und betrachtete sie, als glaubte er sich jemandem mit vermindertem Intellekt gegenüber. »Was war an meiner Ausführung unverständlich?«

»Ist eine Obduktion der Toten angeordnet?«, hakte Helena unbeeindruckt weiter nach.

Der Comandante verzog schmerzhaft das Gesicht, als müsste er übelste Blähungen unterdrücken. »Ganz schwierig. Leider war die Staatsanwaltschaft dahingehend sträflich voreilig. Vielmehr ein übereifriger Jurist, der wohl neu auf dem Posten ist und die entsprechende Entscheidung ohne Absprache getroffen hat«, murrte Ralha. »Nun gut, sehen wir es positiv. Wir haben ohnehin die Aufgabe, die Identität der Toten zu ermitteln. Das ist der einzige Grund, warum die Leichname nicht gleich an ein Bestattungsunternehmen übergeben, sondern an die Pathologie überstellt wurden. Weil wir immer noch nicht wissen, wer die bedauernswerten Personen sind, und daher keine Chance besteht, Angehörige zu informieren, damit die sich um alles Weitere kümmern. Daher ist zu hoffen, dass die Sektionen uns wenigstens dahingehend weiterhelfen. Sonst haben wir ja keinerlei Anhaltspunkte …« Er sah noch mal auf den Ausdruck vor ihm. »… außer dem Handy«, fügte er an.

»Handy?«

»Ja, Inspetora, stellen Sie sich vor, es ist ein Handy aufgetaucht. Der Fahrgast oben am Miradouro de Santa Luzia hatte eins einstecken. Einer der Polizisten, die als Erste vor Ort waren, hatte es sichergestellt, weshalb wir erst verspätet davon erfuhren.«

»Es wurde keine Spurensicherung hinzugezogen?«

»Selbstverständlich nicht. Beim Ableben des Mannes deutete nichts auf Fremdeinwirkung hin. Daher blieb die Regelung des Todesfalls vorerst bei der Polícia Municipal. Und da der Tote sonst nichts bei sich trug, was auf seine Identität schließen lässt, wollte man zumindest das Mobiltelefon sichern. Natürlich waren sie nicht in der Lage, es zu entsperren, also haben sie es heute Morgen bei uns in der Kriminaltechnik abgeliefert«, schilderte Ralha. »Wie auch immer, kümmern Sie sich darum, jetzt, da die Ermittlung offiziell in Ihren Händen liegt!«

Es gab Hoffnung, dachte Helena, nicht allein wegen des Telefons, das sehr wahrscheinlich Aufschluss darüber geben konnte, um wen es sich bei dem Verstorbenen handelte. Aber vor allem, weil offenbar jemand im Palácio da Justiçia Einzug gehalten hatte, der die Weitsicht besaß, eine ordentliche Ermittlung anzustoßen, statt unverzüglich alles unter den Teppich zu kehren. Hatte es bis eben noch sehr danach ausgesehen, als beabsichtigte ihr Vorgesetzter, sie mit dieser Ermittlung aufs Abstellgleis zu schieben, indem er ihr eine aus seiner Sicht vermeintlich banale Untersuchung aufs Auge drückte, verspürte sie nun deutlich Zuversicht. Zudem gefiel ihr die Perspektive auf einen Fall ganz für sich allein.

Als Erstes wollte sie rausfinden, wer der von Ralha erwähnte *übereifrige* Staatsanwalt war, weil sie sich insgeheim eine gewisse Rückendeckung aus dem Justizpalast erhoffte, falls die Ermittlungen nicht in die Richtung verliefen, die der Comandante gerne sehen würde. Denn was würde passieren, wenn sich herauskristallisierte, dass tatsächlich mehr hinter dem Ableben der beiden Fahrgäste steckte? Dann brauchte sie zwangsläufig jemanden auf ihrer Seite.

Die Zuversicht und die damit verbundene Euphorie über die ihr eben erteilte Untersuchung währten nur ein paar Sekunden. Bis zu dem Moment, als ihr wieder einfiel, dass Henrik in beide dieser eigentümlichen Todesfälle involviert war. Zwar nur als Zeuge, aber dennoch tauchte sein Name in den Ermittlungsakten auf. Eine Tatsache, die dem Comandante offensichtlich bis jetzt entgangen war, denn sonst hätte er ihr diese Ermittlung wohl kaum übertragen. Was sollte sie tun? Ablehnen? Mit welcher Begründung? Sie versuchte sich damit zu beruhigen, dass es zunächst noch keinen Grund gab, den Teufel an die Wand zu malen. Sie würde den Befund der Gerichtsmedizin abwarten, und sollte sich dabei herausstellen, dass es sich um die von Ralha erhofften natürlichen Todesfälle handelte, war damit alles erledigt.

»Haben Sie alles verstanden?«, drang die Stimme des Comandante in ihren Kopf, wodurch ihr bewusst wurde, dass sie ihm nicht mehr richtig zugehört hatte.

»Alles verstanden«, bestätigte sie. Ralha vollführte daraufhin seine für ihn typische, wedelnde Handbewegung, dieses abwertende Gebaren, als würde er eine lästige Fliege verscheuchen, um ihr zu vermitteln, dass die Audienz beendet und sie entlassen war.

Sie verabschiedete sich und ging zurück an ihren Arbeitsplatz, wo sie ihre Gedanken zu ordnen begann. Was allerdings nur dazu führte, dass sie eher ungewollt bei Henrik landete, der von seiner

Mutter zu einer schwerwiegenden Entscheidung gedrängt wurde. Und dass sie vielleicht mehr darauf hätte eingehen sollen, als er ihr die Situation gestern Abend schilderte. Sie beschloss, sich nach Dienstschluss Zeit für ihn zu nehmen, um gemeinsam darüber zu beraten, was er nach dieser unüblichen Bitte zu tun gedachte. Es war nicht abzustreiten, dass es sich bei dieser Entscheidung womöglich um eine Frage von Leben und Tod handelte. Daher war denkbar, dass Henrik ihre Meinung dazu gar nicht hören wollte. Eine Überlegung, die ihr missfiel. Wie auch immer, das, was Henrik gerade seitens seiner Familie angelastet wurde, war deutlich unbequemer als all die Gedankenmodelle, die sie hinsichtlich ihrer beruflichen Zukunft entwarf. Was ihr zeigte, dass es tiefgreifendere Probleme gab als die, mit denen sie sich herumschlug. Konnte sich Henrik überhaupt weigern, seinem Vater eine Niere zu spenden? Und durfte sie sich anmaßen, sich hier einzumischen? Ihre Meinung dazu kundtun, ob Albrecht Falkner, der auf irgendeine – wenn natürlich keinesfalls amtliche – Weise ihr Schwiegervater war, das Recht besaß, ein Organ seines Sohnes zu verlangen?

Als sie feststellte, dass sie sich damit in eine gedankliche Sackgasse manövriert hatte, lud sie sich die Fallakten zu den Toten in der Eléctrico vom Server. Der von Ralha gescholtene, übereifrige Staatsanwalt entpuppte sich beim Blick in die schmalen Berichte als Juristin. Sofort musste Helena an die Staatsanwältin Ana Lúcia Lobato denken, mit der sie vor einem halben Jahr eng zusammengearbeitet hatte. Intelligent und engagiert, wie sie war, hatte Helena anfangs große Hoffnung in diese so selbstsicher und stark auftretende Frau gesetzt. Doch letztlich war vieles davon nur Fassade, und Lobato stellte sich als psychisch instabil heraus, was dazu führte, dass sie ihres Amtes enthoben wurde. Jetzt hatte also eine weitere Frau Lobatos Nachfolge antreten dürfen. Ein gutes Signal, dachte Helena, und zudem ein weiteres Indiz dafür, dass der Comandante sich die Dokumente nur oberflächlich angesehen hatte. Sein Pragmatismus und das Bestreben, die Sache schnell vom Tisch haben zu wollen, hatten ihn nachlässig werden lassen. Er verlangte von ihr, dass kein Staub aufgewirbelt wurde, aber es war gut möglich, dass sie ihm diesen Gefallen nicht tun konnte. Selbst wenn das bedeutete, auch Henrik noch tiefer in diese Sache mit hineinzuziehen. Einerseits war es schon gerade wegen Henrik gut, dass sie die Ermittlungen führte. Andererseits konnte deshalb sehr schnell der Verdacht wegen Befangenheit auf sie fallen. Das war die Zwickmühle, in der sie steckte, auch wenn sie jede Gewissheit hatte, dass Henrik nur durch eigenwillige Zufälle in denselben Eléctricos wie die Toten gesessen hatte.

Wegen seines Blackouts kann er die zweite Bahnfahrt nicht erklären. Stellt das ein Problem dar? Himmel noch mal, sie durfte sich jetzt nicht verrückt machen. Da sie nicht sofort Nein zu Ralha gesagt hatte, blieb ihr vorerst keine Wahl, sich dieser Untersuchung anzunehmen. Zu sehen, wie weit sie kam, bis ihr die Sache wegen Henrik um die Ohren flog.

Es waren noch keine Obduktionsberichte hinterlegt. Sollte sie in der Rechtsmedizin etwas Dampf machen? Zunächst scheute sie sich allerdings davor, dort anzurufen. Dr. Tiago Falcato, der Chefpathologe, war zwar ein enger Freund von ihr, doch seit ein paar Wochen hatte Tiago eine neue Kollegin, zu der Helena in der kurzen Zeit ihrer Bekanntschaft ein recht zwiespältiges Verhältnis entwickelt hatte. Und da es zuletzt immer Dr. Sónia da Silva gewesen war, die ihre Anrufe entgegengenommen hatte, fühlte sich Helena noch nicht bereit für ein Telefonat mit der Pathologie. Ihr Verhalten diesbezüglich konnte man durchaus als infantil diagnostizieren. Und dennoch – besser, sie holte sich zuerst einen weiteren Kaffee.

10
Henrik

Seine Erinnerung an die letzten eineinhalb Tage war weitgehend zurückgekehrt. Nur die unmittelbaren Stunden vor seiner letzten Tramfahrt fehlten weiterhin in seinem Gedächtnis. Darüber lag ein grauer Schleier, der sich nicht lüften ließ. Das war nicht nur ungewöhnlich, es verstörte ihn zunehmend. Im Rahmen der posttraumatischen Belastungsstörung, an der er litt, war dies eine neue Erfahrung. Eine Erfahrung, auf die er nur zu gerne verzichtet hätte, weil sie ihn ängstigte. Was hatte er in dieser vergessenen Zeit getan, wieso war er auf der Linie 28 unterwegs gewesen?

Da er die fehlende Erinnerung nicht erzwingen konnte, wollte er es mit Ablenkung versuchen. Mit einem Becher Kaffee ausgestattet, saß er am Küchentisch und rief seinen E-Mail-Account auf. Sein Provider teilte ihm mit, dass seine letzte Nachricht an den Buchverkäufer aus dem Estrela-Viertel nicht zugestellt werden konnte. Henrik überlegte kurz, ob die Sammlung zwischenzeitlich an ein anderes Antiquariat veräußert worden war oder ob er noch einmal nachfassen sollte, verwarf das Vorhaben allerdings gleich wieder. Ihn plagten gerade andere Sorgen als ein weiterer Ankauf von noch mehr vom Altersprozess befallenen Büchern. Womit er sich sogleich wieder mit der anderen Sache konfrontiert sah, die seine letzten Tage bestimmte. Das gestrige Telefonat mit seiner Mutter türmte seine Sorgen zu einem scheinbar unüberwindlichen Berg aus Problemen auf. Was machte er sich eigentlich vor? Seine Mutter dominierte seit jeher die Familie. Und nachdem er sich nach Lissabon geflüchtet hatte, hatte es nicht lange gedauert, bis ihr langer Arm ihn auch hier wieder erreichte.

Sein Handy schnurrte. Ein Signal, das er eingerichtet hatte und das ihn daran erinnerte, seine Tabletten einzunehmen. Er schlappte rüber ins Bad und portionierte die Tagesdosis auf dem Waschbeckenrand. Dabei stellte er erneut fest, dass sein Vorrat zur Neige ging. Ein Rezept für Nachschub haftete bereits mittels eines Magneten an der Kühlschranktür. Er musste es nur noch in der Apotheke holen und beschloss, dies nicht länger vor sich herzuschieben und heute im Laufe des Tages zu erledigen. Er erfrischte sich mit kaltem Wasser, wohl wissend, dass draußen vor der Tür die Mittagshitze lauerte, und betrachtete danach sein tropfnasses Gesicht im Spiegel. Was er sah, gefiel ihm schon eine Weile nicht mehr. Nachdem auf ihn geschossen worden und er einige Zeit mit seiner Rekonvaleszenz beschäftigt war, wirkte er ausgezehrt, seine Augen lagen tief in den Höhlen, und seine Wangen kamen ihm eingefallen vor. Seit er die Psychopillen einwarf, beobachtete er, wie er gleichzeitig immer aufgedunsener wurde, was genaugenommen ein Widerspruch war und vermutlich zum Teil auch auf Einbildung beruhte. Wie auch immer, es behagte ihm nicht, wie er aussah. Und dagegen half auch die ansehnliche Gesichtsbräune nicht, die ihm der ewige Sommer beschert hatte. Sie war lediglich eine Maske, hinter der sich diese verteufelte Krankheit versteckte, die ihm einfach so ein paar Stunden aus seinem Verstand klauen konnte. Henrik trocknete sich ab und strich das mittlerweile wieder länger gewordene Haar, das immer mehr von grauen Strähnen durchwoben war, hinter die Ohren. Er hoffte inständig, die Einnahmemenge der Doxepin-Tabletten bald reduzieren zu können, damit seine Sicht auf die Dinge endlich wieder so scharf wurde wie zu der Zeit, als er noch ohne die mentalen Blocker sein Leben bewältigen konnte.

Früher als sonst ging Henrik runter ins Antiquariat und schloss die Ladentür auf. Er ließ sie offen stehen, damit frische Luft hereinkam, solange sie dieses Attribut der Frische noch ansatzweise erfüllte. Danach zog er sich in die Abstellkammer zurück, die er sein Büro nannte. Ohne rechten Plan, womit er seinen *Arbeitstag* beginnen sollte, fiel zwangsläufig und schnell der Schatten seines Problembergs wieder auf ihn. Erfahrungsgemäß konnte er auch hier im Laden nicht so schnell mit Ablenkung rechnen. Obwohl viele Touristen die Stadt bevölkerten, fanden nur selten Leute ihren Weg ins Antiquariat in der Rua do Almada. Und diejenigen, die zufällig vorbeikamen, waren in der Regel nicht darauf aus, antiquarische Bücher zu kaufen. Den meisten dieser Besucher diente das Geschäft lediglich als kuriose Kulisse für ausgefallene Urlaubsfotos. *Lass uns hier mal ein Selfie machen!*

Alles in allem blieben ein paar Stammkunden, die für gewöhnlich jedoch erst gegen Abend bei ihm eintrudelten, wenn die Hitze des Tages einigermaßen erträglich wurde. Falls denn heute überhaupt jemand kam, war damit immer noch nicht garantiert, dass auch eine Transaktion erfolgte, die Geld in die Kasse spülte. Rentabel war das Antiquariat vermutlich noch nie gewesen. Auch nicht zu Martins Zeiten. Sein Onkel hatte über andere Quellen verfügt, um sich zu finanzieren und den Erhalt des Antiquariats und dessen Geheimnisse zu wahren. Doch diese waren für Henrik mittlerweile versiegt, nachdem er eine Wahrheit ans Licht brachte, die vieles verändert hatte. Eigentlich sollte er von den Einnahmen aus den beiden Wohnungen leben, die er im Haus vermietet hatte. Leider floss das Geld aber auch hier nicht immer verlässlich, auch wenn man sich das bei der zentralen Lage in der Innenstadt nur schwer vorstellen konnte. Die Mieter, die er mit dem Haus von Martin mitgeerbt hatte, verfügten nur über unbeständige Einkünfte. Das galt sowohl für die sechsköpfige, indische Familie als auch für die drei meist brotlosen Jazzmusiker, die er bei sich beherbergte. Für Henrik war es unmöglich, von beiden Parteien eine dem Quadratmeterpreis angemessene Summe zu verlangen. Ebenso wenig, wie er es übers Herz brachte, diese Leute auf die Straße zu setzen. So gesehen war dieses noch von Martin getroffene Arrangement eher ein soziales Projekt, als dass es in irgendeiner Form sein Konto deckte. Wovon Henrik sich also aktuell über Wasser hielt, war die Finanzhilfe seiner Mutter. Nachdem feststand, dass dringende Renovierungsmaßnahmen unumgänglich wurden, um das Gebäude zu erhalten, hatte er Simones Angebot nicht mehr ablehnen können. Ein zinsloses Darlehen, das sie ihm nicht allein aus Großherzigkeit gewährt hatte. Das wusste er von Beginn an und konnte es dennoch nicht ablehnen. Er hatte sich damit wieder in ihre Abhängigkeit begeben, die er eine ganze Weile seines Lebens hatte vermeiden können. Und jetzt verlangte seine Mutter eine Gegenleistung für diese Leihgabe, die sich nach der jüngsten Entwicklung anfühlte, als hätte er seine Seele an den Teufel verkauft. Eine Niere für den Ehemann. Er wollte ihr nichts unterstellen, aber Simone war schon immer die Geschäftstüchtige in der Familie Falkner gewesen … nur woher hätte sie ahnen können, wozu ihr das Arrangement mit ihrem einzigen Sohn einmal dienlich sein konnte?

Nein, das war Blödsinn, schalt er sich. Es ging immerhin um seinen Vater, der … er musste nachrechnen … dieses Jahr achtzig Jahre alt wurde. War es grausam, zu denken, dass man einem Achtzigjährigen nicht mehr mit einer Organspende aushelfen sollte? Keine Frage, er liebte seinen Vater, fühlte sich ihm deutlich näher als seiner Mutter. Und dennoch: Albrecht verdankte es höchstwahrscheinlich allein dem Einfluss seiner Gattin, dass ein Chirurg in diesem Alter überhaupt noch eine Transplantation in Betracht zog. Dieser Arzt, mit Gewissheit ein Chefarzt, wenn nicht sogar ein Medizinprofessor, verkehrte vermutlich in denselben gesellschaftlichen Kreisen wie seine Mutter. Diese ganzen Umstände und Verbindlichkeiten fühlten sich für Henrik in der jetzigen Lage an, als gäbe es kein Entkommen aus dieser familiären Verpflichtung.

Er sah ein, dass es nötiger als sonst war, seine Routine zu durchbrechen, um den Kopf freizubekommen. Das Antiquariat war dafür gänzlich ungeeignet. Dieses Geschäft mitsamt dem darin befindlichen Erbe, das nicht nur aus dem antiken und antiquarischen Inventar bestand, konnte bisweilen zu erdrückend sein mit all seinen Tausenden verstaubten Büchern und den zahlreichen Geheimnissen, die dazwischen verborgen lagen. Jene Geheimnisse, die ihm Martin Falkner gemeinsam mit den Mietern hinterlassen hatte. Eine nach wie vor nicht überschaubare Menge an Untaten, für die niemals jemand zur Rechenschaft gezogen worden war. Martins Archiv der ungeklärten Verbrechen, wie Henrik es zu nennen pflegte. Was sein Onkel über eine Zeitspanne von rund dreißig Jahren hinweg an verübten und gleichwohl ungesühnten Vergehen recherchiert und zusammengetragen hatte, hatte er in seinem Antiquariat gesammelt. Nicht offensichtlich in Karteikästen oder Aktenordnern, denn das wäre zu einfach gewesen. Und sicher auch zu gefährlich, da Martins detektivische Tätigkeiten auf Dauer nicht verborgen geblieben waren. Auch wenn er keines dieser Verbrechen, soweit Henrik wusste, jemals zur Anklage gebracht hatte. Und dennoch hatte sich sein Onkel damit Feinde in der Stadt gemacht und deswegen letztlich auch sein Leben dafür eingebüßt. Als Henrik das Erbe antrat, ging auch diese Bürde auf ihn über. Ein Erbe, das aus einer Litanei an ungeklärten Verbrechen bestand, versteckt zwischen all den Büchern, dem Tand und Gerümpel, die den Laden bis hinauf zur Decke füllten. Und die es überhaupt erst zu finden galt. Martins Ablagesystem wurde von einer Paranoia bestimmt, die seine Berechtigung hatte, wie Henrik bald nach Übernahme des Antiquariats erfahren durfte. Plötzlich war er es nämlich, der in den Fokus all jener geriet, deren Machenschaften in Martins Verbrechensarchiv verbucht waren.

Seit dem Antritt dieser Hinterlassenschaft hatte Henrik viel Zeit darauf verwandt, einen Überblick über die Missetaten zu erlangen, die in den zurückreichenden Jahrzehnten in Lissabon verübt worden waren. Einiges davon hatte er schon aufgestöbert, doch er entdeckte auch weiterhin chiffrierte Botschaften, kryptische Vermerke und aufs erste Hinsehen nicht unbedingt zu deutende Indizien auf weitere Verbrechen. Und damit auch auf diejenigen, die darunter gelitten hatten und es bisweilen immer noch taten. Menschen, die von den Behörden keine Hilfe erfahren hatten. Aber vorrangig natürlich Hinweise auf jene, die für das Leid dieser Menschen verantwortlich waren wegen der Ungerechtigkeiten und Gräueltaten, die sie einst verübt hatten. Als ehemaliger Kriminalbeamter fühlte Henrik sich dazu verpflichtet, die Arbeit seines Onkels fortzuführen oder besser gesagt zu Ende zu bringen. Einige dieser Missetaten hatte er bereits aufklären können. Verantwortliche waren daraufhin gerichtlich belangt worden. Erfolge, die er verbuchen konnte. Doch weit gefehlt, wenn man dachte, dass ihm sein Engagement Anerkennung seitens der Polizei oder Staatsanwaltschaft eingebracht hatte. Oftmals war das Gegenteil eingetreten. Henrik Falkner war für die verantwortlichen Köpfe der Exekutive und Judikative ein rotes Tuch geworden, weil sie sich wegen seines Zutuns mit Fällen befassen mussten, deren Akten in den Augen der Strafverfolgung besser für immer geschlossen geblieben wären.

Zusammenfassend konnte er sagen, dass Martin lediglich der Sammler und Archivar gewesen war, der mit seinem Ableben die

Aufgabe der Aufklärung an Henrik übertragen hatte. Dabei hatten sich Onkel und Neffe nie kennengelernt, weil Martin bereits vor Henriks Geburt nach Lissabon übergesiedelt war. In der Familie Falkner hatte man stets vermieden, über Martin zu sprechen, aus Gründen, die sich Henrik ebenfalls erst erschlossen, als er den Nachlass seines Onkels übernahm. Und obwohl sie sich nie begegnet waren, nicht einmal korrespondiert hatten, fühlte Henrik sich diesem Mann, dem schwarzen Schaf der Falkner'schen Sippschaft, weit mehr verbunden als dem Rest der Familie. Womit sich der Kreis gedanklich schloss. Sein Vater brauchte seine Hilfe auf eine Art, die er sich bis gestern nicht hatte vorstellen können. Er musste eine Entscheidung treffen. Seine Mutter wartete auf eine Antwort, sein Vater darauf, weiterleben zu dürfen. Henrik drängte es hinaus auf die Straße, bestenfalls an einen Ort, an dem ihm ein salziger Wind um die Nase wehte und Klarheit in seinen Kopf pustete. Also sperrte er den Laden ab. Die Mittagssonne brannte in seinem Rücken. In den vergangenen Monaten waren diese Schritte hinaus in die Gasse deutlich schwierig gewesen. Seit ihm das posttraumatische Stresssyndrom die Kontrolle über seinen Körper genommen hatte. Und dabei war er bis gestern so zuversichtlich gewesen, diese psychische Erkrankung endgültig im Griff zu haben. Doch dann wachte er in dieser Straßenbahn auf und wurde eines Besseren belehrt. Er musste herausfinden, was hinter dem letzten Blackout steckte. Ob es einen Zusammenhang gab. Eine Niere für eine Erinnerungslücke. Er schlug den üblichen Weg ein, die Rua de Almada hinauf, dann nach rechts und entlang des Ausgehviertels Bairro Alto bis vor zum Largo do Chiado. Dort, auf dem belebten Platz, befand sich das berühmte Café A Brasileira, vor dem der noch viel berühmtere Poet Fernando Pessoa in Bronze gegossen einen dauerhaften Platz eingenommen hatte, um dem bunten Treiben um ihn herum beizuwohnen. Hier schien die Hitze niemanden zu schrecken. Straßenmusiker, Gaukler und illegale Händler umgarnten die Touristen mit ihren Vorführungen und Angeboten. Für gewöhnlich legte Henrik an diesem aufregenden Ort gerne einen Zwischenstopp ein, eine kleine Pause des Verweilens, um das immerwährende Schauspiel ebenso wie Pessoa für ein paar Minuten zu verfolgen. Nur nicht heute. Heute fühlte er sich nicht nach derartiger Unterhaltung. Noch während er überlegte, welche Richtung er einschlagen sollte, registrierte er, wie ihn ein ungutes Gefühl beschlich. Er meinte, einen Blick im Nacken zu spüren. Nur eine Ahnung, nichts Greifbares. Möglichst unauffällig sah er sich um. Überall wuselten Leute, kumulierten zu kleinen und großen Trauben an der Kreuzung rüber zum Praça Luís de Camões, um die vorbeifahrende Tram und den Autoverkehr abzuwarten. Drüben auf dem ovalen Platz mit dem mächtigen Dichterdenkmal herrschte kaum weniger Betrieb. Und trotz all dieser Hunderten von Menschen blieb der Verdacht, dass sich jemand für ihn interessierte. Auch wenn diese Empfindung durch die Einnahme der Psychopharmaka nicht mehr annähernd so verlässlich ausgeprägt war wie früher, war er im Moment ziemlich sicher, beobachtet zu werden. Natürlich ließ sich diese Wahrnehmung nicht rational erklären, konnte ebenso einfach nur ein Hirngespinst sein. Trotzdem versuchte er im Strom der zahllosen Passanten, der ihn umfloss, diejenige Person auszumachen, die ihn in diese Alarmbereitschaft versetzte. Verhalten und mit deutlich mehr Umsicht als zuvor ging er weiter, vorbei an der sonnenbeschirmten Terrasse des Café A Brasileira hin zur Rua Garrett. Selbstverständlich wusste er, dass Verfolgungswahn ein Symptom von PTBS war. Dass alles, was sich in seinem Kopf abspielte, auch ein Echo der Angstzustände sein könnte, die ihn über Wochen gequält hatten. Nur fühlte es sich momentan nicht so an. Es war echter. Nicht nur ein Widerhall an den Wänden seiner nach wie vor fragilen Seele. Diesmal spielte die Psyche nicht einfach nur Katz und Maus mit ihm. In den Scheiben der überfrachteten und prachtvoll dekorierten Schaufenster der berühmten Einkaufsstraße suchte er aus den Augenwinkeln nach verdächtigen Spiegelbildern. Nach einer Person, die sich antizyklisch zu den anderen Leuten verhielt. Doch sosehr er sich auch konzentrierte, er entdeckte niemanden, dessen Verhalten seine Unruhe rechtfertigte. Abrupt bog er nach links ab, wieder bergauf, in die Calçada do Sacramento, die ihn hinauf zum Largo do Carmo brachte. Auf dem steilen Anstieg war deutlich weniger los. Zweimal blickte er über seine Schulter zurück, ohne dass ihm jemand auffiel, der aus der Reihe tanzte. Hatte er sich doch getäuscht? Hatten ihm seine Sinne einen Streich gespielt, nur um ihm zu verdeutlichen, dass sie nicht mehr annähernd so verlässlich waren, seit eine Kugel seine Brust durchschlagen hatte?

Henrik erreichte den Largo do Carmo, der sich in unmittelbarer Nähe des berühmten Aufzugs, dem Elevador de Santa Justa, befand und gleichwohl an die Ruine des ehemaligen Convento do Carmo grenzte, jenem gotischen Sakralbau, der als die Kirche ohne Dach bekannt ist. Das durch das Erdbeben von 1755 zerstörte Gotteshaus war nie restauriert worden und damit eines der letzten Zeugen der einstigen Naturkatastrophe, die Lissabon vor über zweihundertfünfzig Jahren heimgesucht hatte.

Henrik betrat den überschaubaren Platz, auf dem weitaus weniger Betrieb war als auf dem Chiado oder Praça Luís de Camões. Er beobachtete ein gemächliches Kommen und Gehen, beschattet von haushohen Palisanderbäumen, die das Areal umfassten. Er fand eine freie Steinbank und ließ sich dort nieder. Erst jetzt bemerkte er, wie nass geschwitzt er war. Doch nun hatte er einen guten Ort gefunden, um den Puls wieder auf eine vertretbare Schlagzahl zu reduzieren. Einzig am kleinen Kiosk an der südwestlichen Ecke des Platzes, wo man neben Getränken auch landestypische Snacks wie Bolinhos de bacalhau, also frittierte Fischbällchen, oder gegrillte Sardinen zu kaufen bekam, herrschte etwas Trubel. Doch davon saß er weit genug entfernt, als dass er die ausgelassenen Unterhaltungen, die dort geführt wurden, als störend empfand. Das Blätterdach der Bäume reichte als Sonnenschirm aus, und ein leichter Wind sorgte dafür, dass die Temperatur an diesem frühen Vormittag auszuhalten war. Beste Voraussetzungen also, um sich gedanklich den Dingen zu widmen, die ihn umtrieben.

Er konnte nicht abschätzen, wie lange er schon in sich hineinhorchte, bis er sich dem Gefühl, unter Beobachtung zu stehen, wieder bewusst wurde. Innerlich aufgewühlt, aber ohne äußere Hektik ließ er seinen Blick über den Largo do Carmo schweifen. Danach war er relativ sicher, zu wissen, wer sich für ihn interessierte. Halb verdeckt von dem Brunnen, der das Zentrum des Platzes bildete, hielt sich ein älterer Herr auf, der vorgab, die umliegende Architektur zu betrachten, dabei aber immer wieder zu Henrik hinüberschielte. Selbst wenn die Augen des Mannes vom Schatten der Krempe eines Panamahuts verborgen blieben, war dessen Absicht nicht anders zu interpretieren. Dabei war er so sehr um Unauffälligkeit bemüht, dass genau das ihn verriet.

Jetzt war es an Henrik, mitzuspielen. Auf gleiche Weise vorzugeben, den Alten nicht zu bemerken, dabei aber unauffälliger vorzugehen. Sich hinter einer Zeitung zu verstecken, hätte geholfen. Stattdessen fischte er sein Handy heraus und tat so, als läse er etwas auf dem Telefon. Alle paar Sekunden blickte er dabei kurz auf, um sich ein Bild zu machen. Henrik schätzte seinen Beobachter auf jenseits der siebzig. In seinem hellen sandfarbenen Anzug strahlte er die vertraute Eleganz aus, die Portugiesen dieser Generation gerne zur Schau stellten. Eine Generation, die Wert darauf legte, stets angemessen gekleidet auf die Straße zu treten. Wobei es nicht darum ging, möglichst teure Kleidung aufzutragen, was bei vielen die finanzielle Situation gar nicht zuließ. Das Ziel lag darin, mit dem, was einem das Leben zur Verfügung stellte, das Beste aus sich zu machen. Henrik brauchte nicht einmal besonders genau hinzusehen. Der Anzug des Mannes war abgetragen, die Schuhe hatten eine neue Besohlung nötig. Außerdem war die faltige Haut im Gesicht des Senhors auffällig grau. Er sah nicht sonderlich gesund aus. Und vor allem wirkte er keinesfalls so, als könnte er Henrik in irgendeiner Weise gefährlich werden. Was wollte der Mann von ihm? Kannte er Henrik aus dem Antiquariat? Suchte der Alte womöglich einen Privatermittler, wagte es aber nicht, ihn anzusprechen, weil er es sich nicht leisten konnte? Henrik wollte nicht länger herumrätseln. Er stand von der Bank auf. Der greise Portugiese reagiert sofort und huschte erstaunlich flink hinter dem barocken Brunnen in Deckung.

Die nun doch sehr offensichtliche Reaktion des Mannes ließ Henrik kurz innehalten. Rannte er tatsächlich vor ihm weg? Herausgefordert vom Verhalten des Alten, setzte sich Henrik in Bewegung, geriet aber nach wenigen Schritten in einen Pulk asiatischer Touristen, die im Gänsemarsch einer Stadtführerin folgten und dabei seinen Weg kreuzten. Nicht sonderlich galant drängte er durch die Reisegruppe hindurch, verlor dadurch allerdings seinen Schwung. Als er den Chafariz do Carmo in der Mitte des Platzes endlich umrundete, konnte er nur noch dabei zusehen, wie der Portugiese eilig in ein Taxi stieg. Zu weit entfernt für Henrik, um noch hinterherzurennen.

11
Helena

Die Sonne stand schon tief über der Tejo-Mündung, und es gab immer noch keine Nachricht aus der Kriminaltechnik, was das gefundene Handy betraf. Lino, der Chef der Spurensicherung, zu dem sie einen guten Draht hatte, war zu ihrem Bedauern gerade im Urlaub. Und seine Stellvertreterin hatte sich nach ihrem dritten Anruf schon ziemlich genervt angehört. Wie es aussah, waren alle Forensiker und Techniker wegen einer brisanten Ermittlung eingespannt, welche die Abteilung für Organisierte Kriminalität gerade eiligst zum Abschluss bringen wollte. Sie mit ihrem vermeintlichen *Pseudofall* verfügte über keine Priorität. Hier ging es nicht voran, und auch aus der Pathologie hatte sie noch keine Ergebnisse erhalten. Sónia da Silva hin oder her, Helena beschloss, dort vorbeizufahren, auch wenn dies einen Abstecher von ihrem Heimweg bedeutete. Doch oftmals verhalfen ihr Autofahrten zu brauchbaren Erkenntnissen – in beruflicher Hinsicht, aber auch, was ihr Privatleben betraf. Gewiss war es nicht unbedingt ratsam, gedankenversunken durch die Stadt zu fahren, doch sie kannte *ihr* Lissabon in- und auswendig und wusste instinktiv, wann sie besser auf den Verkehr achtete, als vor sich hin zu grübeln.

Die Rechtsmedizin befand sich im Untergeschoss des Centro Hospitalar Universitário de Lisboa Central. Im stockenden Feierabendverkehr benötigte sie über zwanzig Minuten.

Tiago gefiel nicht, dass sie unangemeldet auftauchte. Das war ihm sofort anzusehen, kaum dass sie sein Büro betrat, das mittels milchtrüber Glaswände vom Sektionssaal abgetrennt war. Der Rechtsmediziner empfing sie zwar in gewohnt charmanter Art, küsste sie auf die Wange, und dennoch – etwas hatte sich im Verlauf dieses Sommers an ihrem bislang so guten Verhältnis verändert. Allem voran gab er ihr nicht mehr das Gefühl, mit ihr zu flirten, kaum dass sie sich sahen. Mittlerweile wollte Helena seine Zurückhaltung nicht mehr allein dem Zwist zuschieben, den sie vor einigen Wochen wegen einer Ermittlungssache ausgetragen hatten. Eine Ermittlung, bei der sie *mal wieder* zu weit gegangen war, um zu bekommen, was sie wollte. Wofür sie sich aber auch schon mehrfach bei ihm entschuldigt hatte. Eine Entschuldigung, die er akzeptierte, nur war Tiago danach trotzdem verschlossener geblieben. Mehr Kollege als Freund.

Tiago war Ende vierzig und ein Frauenschwarm. Charmant. Groß, sportlich schlank, langes, graumeliertes Haar, das er bei der Arbeit stets zu einem Pferdeschwanz gebunden hatte. Er war nie aufdringlich, doch eine Weile hatten seine Avancen Helena ziemlich ins Wanken gebracht und ihre Beziehung zu Henrik nicht nur einmal hinterfragen lassen. Es hätte alles anders kommen können, wäre sie damals schwach geworden. Doch dann kamen der Sommer und ihr Streit, der eigentlich gar kein richtiger war. Zur gleichen Zeit trat Sónia da Silva als Tiagos neue Kollegin ihre Stelle in der Rechtsmedizin an. Deutlich jünger als Helena, sehr attraktiv mit ihren jadegrünen Augen, dem modisch frechen Haarschnitt und einer großen Portion Selbstbewusstsein. Helena erinnerte sich an die Eifersucht, die sofort bei ihr aufloderte, als sie der Ärztin zum ersten Mal begegnete. Das hatte ihr zugesetzt, auch wenn sie es sich nicht hatte eingestehen wollen. Doch die emotionale Befangenheit gegenüber Sónia war beinahe so schnell dahin, wie sie gekommen war. Helena musste feststellen, dass ihre

Eifersucht unbegründet war, denn Sónia bevorzugte Frauen. Diese Erkenntnis hätte Helenas Gefühlswelt nur vermeintlich beruhigen können. Stattdessen wurde alles komplizierter. Anstelle von Tiago begann Sónia mit ihr zu flirten, was Helena ebenso sehr schmeichelte, wie es Verwirrung in ihrem Herzen stiftete. Das war jedoch nicht der vorrangige Grund, warum sie der Gerichtsmedizinerin sehr bald aus dem Weg ging.

Wie immer lehnte Helena den ihr angebotenen Stuhl vor Tiagos Schreibtisch ab. »Bist du allein?«, fragte sie. Er schüttelte den Kopf. »Sónia ist nebenan und schreibt einen Bericht. Was ist da eigentlich los zwischen euch beiden?«

Helena tat überrascht. »Was soll schon sein?«

»Bitte, ich kenne dich. Und immer wenn ich deinen Namen erwähne, reagiert Sónia nicht weniger seltsam. Anfangs hatte ich den Eindruck, ihr mögt euch …«

»Nichts, Tiago, da ist nichts, wirklich«, unterbrach ihn Helena.

Er hob die Hände. »Wie du meinst, geht mich ja auch nichts an. Warum bist du hier?«, wollte er wissen. Er lehnte sich gegen einen der Aktenschränke und verschränkte die Arme vor seiner trainierten Brust. Sie sah ihn an, und ohne Vorwarnung überkam sie das Gefühl, dass Tiago jemanden kennengelernt hatte. Dass da irgendwann in den letzten Wochen eine andere Frau in sein Leben getreten war und er deshalb bei ihr diese Distanz wahrte. Sofort war der Herzschmerz zurück, für den sie sich in derselben Sekunde schämte. Tiago hatte jedes Recht, sich zu verlieben, dachte sie, und doch fühlte es sich unerträglich an.

»Warum?«, hakte er nach, und sie zwang sich zu einem Lächeln. »Ich komme wegen der beiden Senioren, die in der Eléctrico verstorben sind.«

»Ach, übernimmt das jetzt doch die PSP? Und sie geben dir diese Ermittlung?«

Helena zuckte mit den Schultern, immer noch darauf bedacht, ihre fahrigen Gedanken zu sortieren. »Hast du dir die Leichen schon angesehen?«

»Morgen, falls nicht noch ein dringlicherer Fall dazwischenkommt. Ist gerade einiges zu tun. Ich habe das Gefühl, die Leute drehen langsam durch wegen der Hitze.« Tiago strich sich über sein markantes Kinn. »Sind die beiden endlich identifiziert?«

»Leider nein. Sie trugen weder Papiere bei sich, noch gibt es Vermisstenmeldungen, die auf die Toten passen.«

»Und das macht die Vorfälle so verdächtig, dass ihr von einer natürlichen Todesursache abgerückt seid, oder warum ist die Untersuchung bei dir gelandet?«

»Comandante Ralha erwartet, dass bei der Sektion nichts herauskommt. Er hofft auf ein natürliches Ableben«, informierte Helena den Pathologen.

»Soll ich dann überhaupt anfangen?«

Darüber hatte sie auch auf der Herfahrt erneut nachgedacht. Eigentlich sollte sie sich auf Ralhas Seite schlagen, der die Sache schnell und unkompliziert vom Tisch haben wollte. Keine weiterführenden Ermittlungen bedeuteten keine Konsequenzen für Henrik. Andererseits konnte sie diesen Fall nicht auf gleiche Weise abtun, wie andere Kollegen das gerne mal praktizierten. Doch ihr war es unmöglich, die Verantwortung, die ihr durch ihren Job übertragen wurde, einfach so wegzuschieben. Dafür war sie nicht zur Polizei gegangen. »Du schaust dir die Toten so gründlich an, wie du das immer tust. Den Rest kannst du mir überlassen«, trug sie Tiago auf.

12
Henrik

Nachdem ihn Helena per WhatsApp informiert hatte, dass sie mit dem Abendessen nicht auf sie zu warten brauchten, kochte er Spaghetti für Sara und sich. Während sie aßen, berichtete das Mädchen von ihrem Schultag. Henrik schaffte es nicht, ihr aufmerksam zuzuhören. Sein Kopf war zu sehr mit den Ereignissen der letzten Tage beschäftigt. Zu denen sich nun auch noch das seltsame Verhalten des betagten Portugiesen summierte, der sich, auf dem Largo de Carmo von ihm ertappt, so rasch aus dem Staub gemacht hatte. Je länger er darüber nachdachte, desto unsicherer wurde er, ob er sich das Interesse des Alten an seiner Person nicht doch nur eingebildet hatte. Allerdings musste er auch immer wieder an die Toten aus der Straßenbahn denken, die nach seiner Einschätzung ebenfalls jenseits der siebzig gewesen waren. Im gleichen Alter also wie der Mann, von dem er sich beobachtet gefühlt hatte. Daher fragte er sich natürlich, ob diese Betagtheit eine Bedeutung haben könnte, ohne einen Ansatz dafür zu finden, in welche Richtung ihn diese Überlegungen führen könnten. Diese Gedanken lenkten ihn zwangsläufig hin zu seinem Vater, einem weiteren alten Mann, der im Krankenhaus lag und Hoffnung in die Hilfe seines Sohnes setzte …

Er hatte es immer noch nicht geschafft, seine Mutter deswegen zurückzurufen. Entgegen seiner ersten Reaktion auf ihre Bitte war er zwischenzeitlich weiter davon abgerückt, eine Nierenspende an seinen Vater als selbstverständlich abzutun. Was ihm ohne Frage zusetzte, weil er sich kaltherzig vorkam, überhaupt so zu denken. Aber war es denn nicht auch nachvollziehbar, dass er zögerte? Er war körperlich in weit weniger guter Verfassung, als er das in seinem Alter sein sollte. Von seiner Psyche mal ganz abgesehen. Wie würde er so einen Eingriff wegstecken? Das war schließlich keine Lappalie. Henrik schüttelte den Kopf, ohne dass Sorgen und Zweifel wichen. Falls es ein Ultimatum seitens der behandelnden Ärzte gab, hätte Simone ihn das sicher bereits wissen lassen. Womöglich hätte es das sogar einfacher für ihn gemacht. So blieb ihm das Gefühl, immer noch Zeit für eine Entscheidung zu haben.

»Henrik, du hörst mir überhaupt nicht zu«, beschwerte sich Sara irgendwann, weshalb er sich zusammennahm und sie ein paar Minuten dazu befragte, wie sie die ersten Schulwochen erlebt hatte. Sara war überaus aufgeweckt für ihr Alter, weshalb er solche Gespräche mit ihr führen konnte. Und diese Unterhaltungen zwischen ihnen unter normalen Umständen auch genoss. Letztlich war er heute jedoch nicht unglücklich darüber, als er Helena endlich im Treppenhaus kommen hörte.

Fünf Minuten später saßen sie zusammen am Tisch wie eine richtige kleine Familie, was Henrik als ungemein tröstlich empfand. Helena aß die Portion Pasta, die sie für sie aufgehoben hatten, dann nahm sie sich ihrer Tochter an, die sogleich hinreichend viele Argumente fand, nicht unverzüglich schlafen gehen zu müssen. Helena blieb eisern, und schließlich ließen die zwei ihn allein in der Küche zurück. Während er wartete, schielte er immer wieder rüber zum Handy auf der Ablage neben der Spüle. Er merkte, wie ihm davor bangte, dass ihn jede Sekunde ein Anruf aus Deutschland erreichen könnte. Sogleich machte ihn sein schlechtes Gewissen darauf aufmerksam, dass er sich noch nicht einmal nach den nächstmöglichen Flugverbindungen erkundigt hatte. Schließlich stand Helena hinter ihm und legte ihre Arme um seinen Hals. »Bist du immer noch am Grübeln?«

»Es ist nicht gerade so, als überlegte ich, eine neue Waschmaschine zu kaufen«, antwortete er entnervter, als er das vorhatte. Helena löste ihre Umarmung.

»Tut mir leid«, entschuldigte er sich für seinen rüden Ton, was sie davon abhielt, die Küche zu verlassen. »Ich bin gestresst deswegen. Können wir heute Abend über was anderes reden?«

Helena blieb unschlüssig, ob sie sich setzen sollte. Er hatte bewusst keinen Wein geöffnet, womit er sie einfacher hätte überzeugen können, ihm Gesellschaft zu leisten. Als läse sie seine Gedanken, schenkte sie sich Wasser ein. Sie trank es im Stehen, an die Küchenzeile gelehnt.

»Weißt du schon mehr wegen der Toten aus der Straßenbahn?«, fragte er unvermittelt, weil es das einzige Thema war, von dem er dachte, dass es ihn wirklich von der Organspende abzulenken vermochte.

»Ralha hat mich mit der Ermittlung beauftragt«, verkündete sie unverhofft. Es gelang ihm nicht, ihre Miene zu interpretieren. »Das ist doch gut, oder?«

Sie deutete ein Nicken an. So recht glücklich kam sie ihm nicht vor, und er brauchte ein paar Sekunden, bis er verstand, dass sie seinetwegen Bedenken hegte. Irgendwie war er darin verstrickt, und womöglich sorgte das für Probleme. Nur, wenn dem so wäre, wieso hatte man ihr die Fälle dann überlassen? Er wagte nicht, zu fragen.

»Es gibt immer noch keine Identifizierung. Scheinbar wird weder die Frau noch der Mann von irgendwem vermisst. Wir bezweifeln, dass Erstere eine Touristin war«, begann Helena und überraschte ihn erneut. Sonst legte sie nie freiwillig los, wenn es um ihre Arbeit ging.

»Keine Touristin«, wiederholte er und rief sich das Bild der Seniorin in Erinnerung. Wie sie da neben ihm gesessen hatte, in diesen so auffälligen Funktionsklamotten, dem atmungsaktiven, bunten Oberteil, der Wanderhose, den Trekkingsandalen. Nichts von alldem, was eine Lisboeta im betreffenden Alter tragen würde. »Was war das dann, was sie anhatte, eine Verkleidung?«, fragte er.

»Ich kann es dir nicht sagen. Alles, was ich bisher weiß, ist, dass kein Hotel eine Meldung über einen verschwundenen Gast gemacht hat, auch kein Reiseveranstalter oder eines der Kreuzfahrtschiffe, die an dem Tag im Hafen lagen. Das habe ich alles überprüft.«

»Vielleicht wohnte sie in einer Privatunterkunft, über Airbnb oder dergleichen?«

»Da bin ich dran, aber mein Bauchgefühl sagt mir, sie stammte aus Lissabon.«

Er nickte. Ihr Bauchgefühl war immer ein guter, erster Ansatz, also nichts, was man vor vornherein ignorieren sollte.

»Jedenfalls habe ich noch keine brauchbaren Hinweise«, redete sie weiter. »Das gilt auch für den Mann. Ich baue darauf, dass die Obduktionen weitere Erkenntnisse bringen.«

»Es werden welche durchgeführt?« Auch damit hatte er nicht gerechnet. Scheinbar war tatsächlich eine ernst zu nehmende Untersuchung angestoßen worden.

»Dem Comandante liegt viel daran, vor die Presse treten und klarstellen zu können, dass keinerlei Fremdeinwirkung zum Tod der beiden Fahrgäste geführt hat«, fuhr Helena fort, was sich für ihn wiederum sehr danach anhörte, als wollte man diese Sache möglichst rasch vergessen machen.

»Geht es mal wieder einzig und allein darum, kein Aufsehen zu erregen und das Image der Stadt nicht mit Schreckensmeldungen über Tote in einer ihrer Touristenattraktionen zu beunruhigen?«

»Die Presse wird sich nicht zurückhalten, falls etwas herauskommt, das sich ausschlachten lässt«, prognostizierte Helena.

»Und deine Aufgabe ist es, dass es nichts zum Ausschlachten gibt. Nur, was passiert, wenn diese Senioren nicht doch einfach nur wegen Altersschwäche verstorben sind?«

13
Helena

Damasos war zurück von seiner Dienstreise an die Algarve. Doch er wiegelte sie ab, als sie sich nach dem Ermittlungsstand erkundigte. Er würde allumfassend berichten, sobald die Soko versammelt war, ließ er sie wissen. Im Anschluss erweckte er den Eindruck, dass er ihr aus dem Weg ging. Letztlich hatte sie aber auch anderes um die Ohren. Wie befürchtet hatten sich die Medien nicht zurückgehalten und die Todesfälle auf der Linie 28 hinterfragt. Von Hitzetoten war die Rede und dass die Stadt sich zu wenig um alleinstehende Senioren kümmerte. Der Artikel im *Correio da Manhã* war ein zusammenhangloses Gestocher in Mutmaßungen. Ralha würde dennoch nicht erfreut sein darüber, dass die Presse eine Verbindung herstellte zu der vor fünf Tagen in der Straßenbahn verstorbenen Frau und dem Mann, der drei Tage darauf dem gleichen Schicksal erlag. Jetzt konnte sie nur hoffen, dass nicht auch seriöse Medien den Bericht der als reißerisch geltenden Boulevardzeitung aufgriffen. Helena horchte bei den für die Öffentlichkeitsarbeit zuständigen Kollegen nach, und man bestätigte ihr, dass bereits erste Anfragen dahingehend aufschlugen. Es blieb die Frage, woher der *Correio da Manhã* seine Informationen bezog, denn immerhin wusste der Verfasser des Artikels auch, dass die Personendaten der beiden Toten der Polizei noch nicht bekannt waren.

Der erste Anruf, der sie erreichte, kam von Tiago. Der Pathologe war nun doch schnell gewesen mit den Obduktionen. Sie fühlte sich bestätigt, dass es etwas gebracht hatte, gestern persönlich bei ihm vorzusprechen. »Das Wichtigste zuerst!«, verlangte sie voller Ungeduld.

»Wird dir nicht gefallen, oder besser gesagt deinem Chef«, bekam sie von Tiago zur Antwort.

»Keine natürlichen Tode?«, platzte es aus ihr heraus.

»Mir fehlen noch die toxikologischen Befunde der Blut- und Gewebeproben, um das Ganze abzuschließen, aber meiner ersten Einschätzung nach war in beiden Fällen nachgeholfen worden. Wir konnten Substanzen in beiden Blutproben isolieren, die dort in dieser Kombination nicht hingehörten ...«

»Vergiftet?«, fiel Helena ihm ins Wort. Sie blickte sich um, weil sie zu laut geworden war. Doch niemand von den Kolleginnen und Kollegen, die um sie herumsaßen, reagierte auf ihren Gefühlsausbruch.

»Nicht so voreilig, so eindeutig lässt sich der Befund nicht interpretieren«, bremste Tiago sie ein. »Gift ist die falsche Bezeichnung.«

»Du kannst mir gerne den Fachbegriff nennen!«

»So meine ich das nicht. Lass mich bitte alle Tests abwarten«, verlangte er.

»Wie lange?«

»Vierundzwanzig Stunden, mindestens. Ist gerade einiges los im Labor.«

Helena wusste nicht, ob sie die Geduld aufbringen konnte. »Tiago, ich weiß, du willst dich vorab auf nichts festlegen, aber ich muss das jetzt trotzdem verstehen. Die beiden Senioren haben was eingenommen, das sie umgebracht hat? Trifft das zu?«

»Es gibt Anzeichen dafür. Und da ich weder frische Einstiche noch anderweitige Hautirritationen gefunden habe, die auf eine kutane Aufnahme hindeuten, bleibt nur eine orale Verabreichung. Ob freiwillig oder erzwungen, das wirst du herausfinden müssen!

Und noch was! Behalte das, was ich dir gerade gesagt habe, vorerst für dich, bis mir die Bestätigung aus dem Labor vorliegt.«

»Ich werde mich hüten, was auszuplaudern, solange ich nicht alles schwarz auf weiß habe. Nicht dass Ralha auf die Idee kommt, mir die Untersuchung wegzunehmen oder sie sogar einzustellen, falls er spitzkriegt, dass es nicht so läuft, wie er das erwartet. Wenn du die Ergebnisse hast, solltest du besser auch gleich eine Kopie deines Berichts an die ermittelnde Staatsanwältin schicken, um auf Nummer sicher zu gehen, dass der Comandante nichts unter den Tisch fallen lässt.«

»Du traust deinem Vorgesetzten mal wieder alles zu!«, kommentierte er ihre Anweisung.

»Wäre ja nicht das erste Mal, dass er nach einer eleganten Lösung strebt, um diejenigen zu besänftigen, die ihn auf diesen Posten gehoben haben.«

»Ich behalte jetzt besser für mich, was ich denke«, sagte Tiago. »Wie willst du weiter vorgehen?«

»Mir bleibt mindestens ein Tag, um alles daranzusetzen und herauszufinden, wer die beiden waren. Konntest du das Alter der Toten eingrenzen?«

»Aufgrund der Zahnsubstanz, der Knochendichte und noch einiger anderer Komponenten und unter Berücksichtigung der Mageninhalte und Ablagerungen im Darm bin ich mir ziemlich sicher, dass es sich um Portugiesen handelt. Und dass beide jenseits der siebzig waren. Außerdem ist da noch etwas …«

»Raus damit!«, entfuhr es Helena, die eine Spannung erzeugende Pause jetzt überhaupt nicht brauchen konnte.

»Selbst wenn nicht nachgeholfen worden wäre, sie wären auf jeden Fall gestorben, also zeitnah. Sowohl die Frau als auch der Mann waren unheilbar krank«, führte Tiago aus.

»Was heißt das?«

»Nun, er litt an einem weit fortgeschrittenen Prostatakarzinom, das vermutlich viel zu spät entdeckt worden war, um noch Maßnahmen für eine wirksame Behandlung einzuleiten. Sofern er damit überhaupt bei einem Arzt gewesen war. Darauf stoßen wir ja immer wieder, auf ältere Herren, die aus Sturheit oder Scham nie zur Vorsorge gehen und für die es dann zu spät ist, wenn sich die Symptome nicht mehr verbergen lassen.«

»Und bei ihr?«, ging Helena ungeduldig dazwischen.

»Bei der Frau war es Pankreas, die aggressivste Krebsart, bei der Heilungschancen grundsätzlich sehr gering sind. Meiner Einschätzung nach wären beide vermutlich innerhalb der nächsten Monate, wenn nicht sogar Wochen ohnehin gestorben.«

Eher unbewusst fuhr Helena sich übers Haar und kontrollierte den Sitz ihres Pferdeschwanzes. »Reden wir hier von einer, wie soll ich es sagen, von einer wie auch immer gearteten Sterbehilfe?«

»Das kann ich dir nicht sagen«, antwortete Tiago verhalten, was Helena vermittelte, dass sie zu schnell vorauspreschte. Aber ihre Gedanken rasten. Etwas Unsägliches war vorgefallen, das nicht nur zwei Menschen das Leben gekostet hatte, sondern eine Menge Spielraum für Spekulationen ließ. »Können wir sie so identifizieren? Über ihre Krankheiten, sofern sie deswegen behandelt wurden? Über mögliche Ärzte, bei denen sie Patienten waren?«

»Ich stelle dir eine Liste von Spezialisten zusammen, die für eine Therapie der jeweiligen Krankheitsbilder infrage kommen«, bot der Pathologe an. »Also, immer vorausgesetzt, die beiden haben sich in medizinischer Betreuung befunden.«

»Das ist gut. Und schick mir bitte zwei ordentliche Fotos der Toten, die ich rumzeigen kann! Danke für deine Hilfe!« Sie verabschiedete sich und trennte die Verbindung. Als sie aufsah, stand Damasos vor ihr. »Gibt es schon Ermittlungsergebnisse?«, fragte er, beugte sich nach vorne und stützte sich auf ihrem Schreibtisch ab. Das war zu nah. Helena rutschte auf ihrem Bürostuhl ein Stück von ihm weg, doch sein für sie so unangenehmer Körpergeruch strömte ihr immer noch in die Nase. Der Mann, der vor ein paar Monaten von Porto nach Lissabon gewechselt hatte, pflegte stets teure, perfekt geschnittene Anzüge zu tragen, verfügte über manikürte Fingernägel und achtete auch sonst penibel auf sein Aussehen. Neben Alexandra fiel Helena noch ein halbes Dutzend weiterer Kolleginnen aus dem Polizeipräsidium ein, die gerne mal von seinem souveränen Auftreten schwärmten. Wieso empfand ausgerechnet sie, die am engsten mit ihm arbeitete, Damasos' Anwesenheit als völlig konträr zu den Meinungen der anderen? »Ergebnisse?«, fragte sie nach.

Er nickte aufmunternd. »Zu Ihrer neuen Ermittlung, den Toten aus der Straßenbahn. Sie betrachten das doch als einen Fall, nicht wahr?«

Sie war überrascht. Nicht darüber, dass er über ihre Untersuchung Bescheid wusste, sondern über die Art, wie er sich danach erkundigte. Das versetzte sie sofort wieder in Alarmbereitschaft. Hatte der Comandante Damasos instruiert, ihr dabei auf die Finger zu schauen?

»Ich trete noch auf der Stelle«, antwortete sie. »Die Kriminaltechnik lässt mich leider etwas hängen.«

»Was haben die in diesem Fall zu untersuchen?«

Da sie davon ausging, dass seine Frage nur rhetorischer Natur war, da er sich ohnehin längst eingelesen hatte, berichtete sie von dem Handy, das bei dem Mann sichergestellt wurde. Damasos nahm dies ohne Regung zur Kenntnis. »Und die Sektionen? Gibt es da schon Ergebnisse?«

»Auch die Rechtsmedizin hinkt hinterher«, log sie, woraufhin sich Sérgio Damasos endlich aufrichtete und sie wieder zu atmen wagte. »Schade. Mir war so, als hätte ich Sie eben mit Dr. Falcato telefonieren hören«, wandte er ein.

»Das ist richtig«, gestand Helena. »Ich wollte mich nur versichern, dass er die Obduktionen nicht noch weiter vor sich herschiebt.«

Damasos lächelte sphinxhaft. »Gut, Inspetora, bleiben Sie am Ball!«

14
Henrik

Warum diese Verkleidung? Henrik konnte sich keinen Reim darauf machen. Zu sehr mit den Ereignissen der vergangenen Woche beschäftigt, beschloss er, das Antiquariat heute erst gar nicht aufzumachen. Nachdem er Sara zur Schule begleitet hatte, marschierte er einfach weiter Richtung Westen. Erst runter zum Fluss, dann durch die schmalen Gassen des Alcântara-Viertels. Später an mit Graffiti übersäten, verbeulten Bauzäunen entlang, die große, brachliegende Areale umschlossen, auf denen ehemals Fabriken und Lagerhallen gestanden hatten, die seit Jahrzehnten niemand mehr brauchte, weshalb man sie schließlich abgerissen hatte. Teilweise war dort danach wieder gebaut worden, bis den Investoren das Geld ausging. Was immer dort hätte entstehen sollen, es sah nicht danach aus, als würde es jemals fertig werden. Nach einer guten halben Stunde geriet er in den Schatten der Ponte 25 de Abril, der weltbekannten, rot gestrichenen Hängebrücke, die sich dort über den Tejo spannte. Zwischen der Avenida de Brasilia und weiteren Industrieanlagen hatten findige Geschäftsleute vor nicht allzu langer Zeit stillgelegte Produktionsstätten und -hallen aus rotem Backstein mit ausgefallenen Popup-Stores und trendigen Restaurants gefüllt. Ein Ort, der sich LX Factory nannte und schnell zu einem Magneten nicht nur bei den Lisboeta, sondern vor allem bei jüngeren Touristen geworden war. Er hatte keinen rechten Plan, was er hier wollte, abgesehen davon, sich von dem bunten Treiben ablenken zu lassen. Henrik suchte sich ein schattiges Plätzchen in einer der Bars, bestellte ein

Bier, für das es eigentlich noch zu früh war, und sah den Leuten beim Bummeln, Staunen und Einkaufen zu. In Hinsicht auf die Medikamente, die durch seine Blutbahnen trieben, wäre es freilich angebracht, nicht nur Alkohol zu konsumieren, sondern auch etwas zu essen. Verlockende Düfte von zahllosen Speisen, die rings um ihn herum zubereitet wurden, hüllten ihn ein, trotzdem fehlte ihm der Appetit. Er hatte das Sagres zur Hälfte getrunken, als sein Handy vibrierte. Der Anruf kam aus Deutschland. *Nun ist es also so weit!* Dass dieses Telefongespräch nicht ausbleiben würde, war ihm hinlänglich bewusst. Genaugenommen hatte er schon viel früher damit gerechnet. Als er realisierte, dass ihm die Nummer nicht bekannt war, umfing ihn ein eiskalter Schauder, welcher der Hitze dieses späten Vormittags schlagartig Einhalt gebot. Er vermutete, es war das Krankenhaus, was ihn zögern ließ, das Gespräch anzunehmen. Als steckte er nicht schon tief genug in einem emotionalen Chaos, packte ihn die Angst, zu lange mit sich gehadert zu haben. War seine Nierenspende in diesem Moment obsolet geworden, weil der potenzielle Empfänger sie nicht mehr brauchte?

Er atmete tief ein und drückte auf *Verbinden.*

Zuerst war da nur ein leises Murren, gefolgt von einem kehligen Krächzen. »Papa?«

»Henrik!«

Zu seiner großen Überraschung war es tatsächlich sein Vater. Bis zu diesem Augenblick war er wieso auch immer davon ausgegangen, dass Albrecht Falkner nach seiner Einlieferung ins Krankenhaus nicht mehr ansprechbar war. Dass er über diverse Schläuche und Kanülen von chipgesteuerten Maschinen versorgt wurde. Eigentlich ein völlig absurder Gedanke, dem er da seit dem schicksalhaften Anruf seiner Mutter erlegen war. Eine beängstigende Vision, die Simone allerdings auch nie revidiert hatte, indem sie ihn beispielsweise ermuntert hätte, direkt mit seinem Vater zu sprechen. Aber vielleicht wollte sie genau das auch vermeiden? »Wie geht es dir?«, fragte er mit bebendem Herzen und bekam wieder nur ein tiefes, unverständliches Brummen zu hören.

»Ich verstehe dich nicht?«

»Mir bleibt nicht viel Zeit ...«

»Scheiße, nein«, entfuhr es Henrik.

»Nicht, was du denkst. Nicht viel Zeit, bis deine Mutter wiederkommt. Also hör mir jetzt ganz genau zu, Henrik! Du bleibst, wo du bist, ich brauche deine Niere nicht! Hast du mich verstanden?«

»Papa, ich weiß, worauf du hinauswillst. Verschone mich damit, dass man von seinem Kind so etwas nicht verlangen darf ...«

»Das darf man auch nicht«, unterbrach ihn sein Vater. »Deine Mutter hat sich diese Flausen in den Kopf gesetzt.«

»Ich würde eine lebensbedrohliche Situation nicht als Flausen abtun«, widersprach Henrik.

»Lebensbedrohlich. Papperlapapp!«

»Du spielst es runter, ich kann es dir anhören.«

»Nichts kannst du, ich werde hier bestens versorgt.« Albrecht klang aufgebracht. Henrik hielt es für kontraproduktiv, ihn in seinem Zustand noch zusätzlich aufzuregen. »Das habe ich verstanden«, ruderte er zurück. »Wenn wir mal von der Nierenspende absehen ...«

»Davon will ich nichts hören«, fiel ihm sein Vater erneut ins Wort.

»Lass mich ausreden, bitte! Also, mal von dieser Sache abgesehen, von der du nichts hören willst, würde dich ein Besuch von mir nicht freuen?«, fragte er vorsichtig.

Wieder murrte es nur aus dem Handy. »... will nicht, dass deine Mutter dich in die Fänge kriegt«, nuschelte Albrecht, was dazu führte, dass Henrik ein unterdrückter Lacher entwich. »Sie wird kaum dafür sorgen, dass man mir gegen meinen Willen eine Niere entnimmt. Übertreib mal nicht.«

»Simone ist zu allem fähig«, sagte sein Vater, und Henrik hätte die Ironie hinter diesen Worten gerne deutlicher herausgehört. »Bleib du in deinem Lissabon!«

»Papa, bitte! Es ist mir wichtig, dich zu sehen, dir beizustehen ...«

»Ich muss auflegen ...«, unterbrach ihn Albrecht, dann war die Verbindung weg. Henrik nahm das Handy vom Ohr und betrachtete stirnrunzelnd das Display. Er stellte sich vor, wie seine Mutter ins Zimmer kam und sein Vater verstohlen den Hörer unter der Bettdecke verschwinden ließ. *Simone ist zu allem fähig.* Das war doch wohl völlig überzogen? Als er aufblickte, war er überrascht, in einer Bar vor einem halb leer getrunkenen Bier zu sitzen. Und danach dauerte es nochmals zwei, drei Sekunden, bis er wusste, wo genau er sich befand.

15
Helena

Die Nummer, die auf dem Display ihres Dienstapparates aufleuchtete, stammte von einem Revier der Polícia Municipal. Ein Anruf, der direkt über die Zentrale zu ihr durchgestellt wurde.

»Inspetora Helena Gomes«, meldete sie sich.

»Hier spricht Corporal Cláudio Esteves von der 15. Esquadra in der Rua Museu da Artilharia. Bin ich mit der zuständigen Beamtin verbunden, die den Fall des vor zwei Tagen am Miradouro de Santa Luzia in der Eléctrico verstorbenen Senhors bearbeitet?«

»*Sim*, sind Sie. Was haben Sie für mich?«

»Bei uns sitzt ein älterer Herr, der angibt, den Toten zu kennen. Ich habe seine Aussage aufgenommen, doch nun beharrt er darauf, mit dem zuständigen Ermittler sprechen zu wollen.«

»Wie kann er von der Ermittlung wissen?«

»Daran bin ich schuld, Inspetora. Eigentlich wollte ich ihn schon wegschicken, weil ich bis eben davon ausging, dass zu dem Vorfall keine weiterführende Untersuchung eingeleitet wurde. Doch dann habe ich gesehen, dass das Aktenzeichen des Falls der Kriminalpolizei zugeordnet wurde. Und dort tauchte Ihr Name auf, den ich in meiner Verwunderung laut vor dem Zeugen ausgesprochen habe. Woraufhin dieser … nun, er pocht vehement darauf, Ihnen persönlich zu berichten. Also, wie verbleibe ich jetzt mit dem Mann?«

»Richten Sie ihm aus, dass ich in einer halben Stunde da bin«, stellte Helena klar und verabschiedete sich. Kurz war sie geneigt, Damasos eine Notiz zu hinterlassen, entschied sich aber dagegen.

Die Fahrt rüber ins Alfama war ihr vertraut, jahrelang war das ihr Heimweg gewesen. Sie brauchte zwanzig Minuten. Sie kannte das Revier. Es war nur ein kleiner Posten, der maximal mit fünf Kollegen besetzt war. Corporal Esteves begrüßte sie verhalten. Er war so jung, wie er sich am Telefon angehört hatte. Sein spitzes Kinn war glatt rasiert, er war blass um die Nase, und sein dunkles Haar wies schon deutlich sichtbare Geheimratsecken auf. Sein Uniformhemd war sauber gebügelt und gestärkt. Keine Spur von Schweißflecken unter den Achseln, auch wenn die Klimaanlage in den ziemlich in die Jahre gekommenen Räumen nicht mehr sonderlich effektiv zu funktionieren schien. Jedenfalls war es stickig unter der niedrigen Decke, von der der Putz bröckelte. Helena identifizierte Esteves als Streber, ohne das negativ zu meinen. Seine überhöhte Aufmerksamkeit kam ihr gelegen. Viele andere aus dem Corps der städtischen Polizei hätten sich gewiss nicht die Mühe gemacht, sie extra anzurufen, sondern die Zeugenaufnahme lediglich auf den Zentralrechner geladen. Esteves hingegen war bestrebt, alles korrekt abzuwickeln und dabei ein Quäntchen mehr Dienstbeflissenheit an den Tag zu legen, als von ihm erwartet wurde. Wenn man so sagen wollte, plante er karriereorientiert. Er hatte nicht die Absicht, auf ewig in der überschaubaren, ein wenig schäbigen Polizeistation im Fischerviertel festzustecken. Natürlich konnte er nicht ahnen, dass er bei Inspetora Gomes an die Falsche geraten war, wenn es um seine Bestrebungen ging, schnell die Erfolgsleiter bei der Polizei emporzusteigen. Ihre lobenden Worte für sein Engagement würden bei seinem Vorgesetzten nicht wirklich auf Gehör stoßen. Abgesehen davon, dass sie niemand danach fragen würde.

»Wir sind heute Vormittag durchs Viertel gegangen und haben uns umgehört, ob jemand vermisst wird. Ich gehe davon aus, das hat dazu geführt, dass Senhor Bastos sich gemeldet hat«, sagte der Corporal und verwies sie auf einen Mann, der gleich nach der Pforte in sich zusammengesunken auf einer der dort an die Wand gedübelten Plastiksitzschalen saß. Die Sitze waren so ausgeblichen und von Rissen durchzogen, dass sie sich fragte, wie lange sie das Gewicht der Leute überhaupt noch trugen, die man dort zum Warten aufforderte. Senhor Bastos hatte offenbar Vertrauen in die Sitzgelegenheit, denn allem Anschein nach war er eingeschlafen.

»Danke, dass Sie mich umgehend informiert haben«, sagte Helena. Esteves verstand, dass sie ihn nicht bei der Unterhaltung dabeihaben wollte, und begab sich wieder an seinen Platz hinter den Tresen des Empfangsbereichs der Polizeistation.

Der Rentner schreckte auf, als sie sich neben ihn setzte. Er wirkte etwas desorientiert. Sein graues Haar war dicht und zerzaust, die Haut wettergegerbt. Er trug ein schwarzes Hemd, die Ärmel hochgekrempelt bis unter die Ellbogen, dazu eine dunkelbraune Hose. Um sein schmales Handgelenk war ein Rosenkranz geschlungen. Womöglich war erst kürzlich jemand aus seiner Familie verstorben.

»Ich bin Inspetora Gomes. Der Kollege hat mir gesagt, Sie können uns helfen.«

Bastos schmatzte dreimal. »Darum bin ich hier«, bestätigte er dann und war gewillt aufzustehen, um ihr die Hand zu reichen. Sie fasste nach seinem Unterarm und hielt ihn zurück. Die Plastikschale unter seinem Hintern knackte, als er sich zu ihr drehte. »Mein Name ist Orlando Bastos«, stellte er sich vor. »Ich wohne in der Rua de São Miguel, hatte dort bis vor fünf Jahren einen Laden. Ich war Schuhmacher, müssen Sie wissen, wäre ich immer noch, aber die Hände wollen nicht mehr …« Er zeigte ihr seine von Gichtknoten gekrümmten Finger. »Jetzt verkaufen sie dort Telefone und alles Mögliche an elektronischem Zeug, was keiner braucht. Das Viertel verkommt ...« Er schnaufte schwer. Helena ignorierte seine Bemerkung. »Sehen Sie mich an! Ich bin jetzt siebenundsiebzig, meine Frau ist kurz nach Weihnachten gestorben. Keine Arbeit mehr, kein Weib mehr, was bleibt einem da noch? Und die Bekannten aus der Nachbarschaft werden auch immer weniger. Jede Woche mindestens eine Beerdigung ...« Bastos hielt inne und sah sie an. »Wissen Sie schon, wann Bernardo bestattet wird? Padre Dias konnte mir dazu keine Auskunft geben.«

»Bernardo? So heißt der Mann, der gestern in der Eléctrico gestorben ist?«

»*Sim, sim!* Bernardo Jacinto. Wohnte bei mir in der Straße. Ich bin mir sicher.«

»Wie kommen Sie darauf?«

»Es war Fußball gestern. Benfica gegen Farense. Wir haben gewonnen. Zwei Tore von Arthur Cabral. Aber Bernardo saß nicht vorm Haus mit seinem Radio. Für gewöhnlich hören wir uns die Spiele gerne zusammen an. Wie in den guten alten Zeiten. Aber gestern kam er nicht raus, auch nicht, als ich klingelte. Deswegen musste ich unten an der Ecke bei Alfredo in der Bar schauen. Bei der Hitze in dem Gedränge, das war kein Vergnügen trotz des klaren Sieges von Benfica.«

»Und weil Senhor Jacinto nicht vorm Haus Fußball gehört hat, sind Sie davon ausgegangen, dass er der Tote aus der Straßenbahn ist?«

»Zuerst nicht. Ich dachte mir, vielleicht hat er es vergessen. Er war in letzter Zeit hin und wieder recht zerstreut. Doch dann hat Maria vom Krämerladen in der Beco do Pocinho mir heute erzählt, dass die Polizei rumfragt, ob jemand in der Nachbarschaft vermisst wird. Ich hole bei Maria immer meine Zigaretten, müssen Sie wissen. Und Wein, wenn sie einen im Angebot hat. Na, jedenfalls habe ich danach so eine Ahnung bekommen. Und das hat mich nicht mehr in Ruhe gelassen, also habe ich schließlich erneut bei Bernardo geklingelt. Ohne Erfolg. Und Lucilia, die obendrüber wohnt, die wusste auch nichts. Hat ihn seit gestern weder gesehen noch gehört, es aber auch nicht für nötig gehalten, mal Bescheid zu geben, die alte Kneifzange. Das hat mir noch mehr Kopfzerbrechen gemacht, deshalb bin ich schließlich hierher. Bernardo hat auch niemanden mehr, genau wie ich. Mir wird es bald wie ihm ergehen, dass sich keiner fragt, wo ich abgeblieben bin.«

Helena wusste nicht, was sie auf seine letzten Worte erwidern sollte. Es erschwerte immer die Ermittlungen, wenn es im Umfeld eines Opfers keine unmittelbaren Verwandten gab, denn in den meisten Fällen waren die Tatverdächtigen unter den Angehörigen zu finden. »Darf ich Ihnen ein Foto des Toten zeigen? Nur um sicherzugehen«, fragte sie stattdessen. Sie rief das Bild auf ihrem Handy auf, das Tiago ihr geschickt hatte. Bastos blinzelte ein paarmal, versuchte zu erkennen, was es auf dem Bildschirm zu sehen gab. Sie nahm an, dass er für gewöhnlich eine Lesebrille brauchte, also vergrößerte sie das Gesicht des Verstorbenen für ihn. Dennoch musste er lange draufschauen, bis er nickte. »Er ist es.«

»Sind Sie sicher?«

Orlando Bastos nickte erneut und wischte sich eine Träne aus dem Augenwinkel. »Bei Fußballergebnissen lag er selten daneben. Wir hätten öfter wetten sollen, aber dafür war er zu geizig.«

»Wussten Sie, dass er krank war?«, fragte Helena.

Bastos schob seine Unterlippe vor und zupfte daran. »Konnte schon eine Weile nicht mehr pissen. Ist halt so in unserem Alter, hat er immer gemeint. Und mit dem Gedächtnis, Sie wissen schon …« Er ließ seinen krummen Zeigefinger dreimal um seine Schläfe kreisen.

»Kennen Sie den Arzt, zu dem er für gewöhnlich gegangen ist?«

»Die meisten im Viertel gehen zu Dr. Pacheco. Die versteht es noch am besten, uns Alte mit Respekt zu behandeln.«

Helena machte sich eine Notiz, dann rief sie das Foto der toten Frau auf. »Ist Ihnen diese Dame auch bekannt?«

Wieder kniff Bastos mehrmals sie Augen zusammen. »Tut mir leid, nie gesehen«, entschied er schließlich. »Ist die Senhora ebenfalls verstorben?«

Es machte keinen Sinn, darauf zu verweisen, dass sie ihm die Frage aus ermittlungstechnischen Gründen nicht beantworten durfte. Das Bild zeigte offensichtlich eine Leiche, weshalb sie dies bestätigte.

»Die Senhora hat doch nichts mit Bernardo zu tun, hoffe ich?«, fragte Bastos daraufhin deutlich aufgebracht.

»Gehen wir mal nicht davon aus«, murmelte Helena und erhob sich von der harten Plastikbank im Wartebereich der Polizeistation im Alfama-Viertel.

16
Henrik

Die Schlagzeile des *Correio da Manhã* zwang Henrik zum Anhalten.

Der Mann, der sich hinter der Tageszeitung versteckte, saß mit Kaffee, Wasser und Buttertoast vor sich an einem der Tische des kleinen Straßenimbisses in der Travessa da Laranjeira. Als er Henriks Schatten über sich bemerkte, klappte er eine Ecke der Zeitung um und betrachtete ihn fragend.

»Ich … Kann ich kurz den Artikel lesen?«, stammelte Henrik. Der Mann lächelte, faltete das Blatt zusammen, behielt den hinteren Teil und reichte ihm den Rest. »Überlassen Sie mir nur den Sportteil, alles andere können Sie haben«, kommentierte er. Henrik bedankte sich und las im Weitergehen erneut die seitenfüllende Überschrift des heutigen Aufmachers.

Giftmörder in der Eléctrico unterwegs?

Im Gegensatz zu dem Bericht vom Vortag, der in gleicher Manier plakativ aufgemacht, aber dennoch eher ins Blaue hineingeraten geschrieben war, präsentierte die Zeitung heute eine bestehende Faktenlage. Der unter dem Artikel genannte Journalist, T. Lima, derselbe, der auch den gestrigen Text verfasst hatte, erwähnte in der für den *Correio da Manhã* üblichen Kürze eine bei der Obduktion der beiden toten Straßenbahnpassagiere entdeckte toxische Substanz. Zudem lägen der Redaktion Unterlagen vor, in denen zu lesen sei, dass der Frau das Mittel, das sie umbrachte, durch eine Spritze injiziert worden war. Alles, was noch folgte, blieb vage formuliert und schloss mit voreiligen

Schlüssen darüber, ob es ein Serienmörder auf die Fahrgäste der Linie 28 abgesehen hatte.

Was die erwähnte Spritze anging, so wusste Henrik von Helena, dass diese nie existiert hatte. Diese Behauptung war schlichtweg gelogen. Helena hatte erzählt, dass bei der Sektion der Leichen keine Einstichstellen gefunden worden waren. Henrik ließ die Zeitung sinken und wusste für den Moment nicht, wieso er sich in der steil abfallenden Rua da Bica de Duarte Belo, mitten auf den Schienen der Standseilbahn 53E befand, die ihre Fahrt abwärts gerade mit dem allseits bekannten, klirrenden Klingelton ankündigte. Er trat an den Rand der Gasse, ließ den Funicular da Bica passieren. Derweil las er den Bericht ein zweites Mal. Helena konnte froh sein, dass keine Mutmaßungen oder gar Details über die Toten selbst veröffentlicht worden waren. Und er wiederum, dass auch sein Name nicht auftauchte. Das hätte gerade noch gefehlt, wenn über einen Henrik F., wohnhaft in der Rua do Almada, berichtet worden wäre, der zufällig beide Male als Zeuge zugegen war. Trotzdem, auch alles andere, was hier abgedruckt war, stimmte ihn bedenklich. Hier mischte eine Person ohne Skrupel Fakten mit Unwahrheiten. Weitaus besorgniserregender war jedoch, dass der Verfasser diese Fakten überhaupt kannte.

Vor sich hin grübelnd, ging er weiter, hinauf bis zum Largo Calhariz und von dort bis zum Praça Luís de Camões, wo die mehr und mehr in Verruf kommende 28er Linie abfuhr, in der vor sechs Tagen irgendwie alles angefangen hatte. An der Haltestelle beobachtete er das Ein- und Aussteigen der Fahrgäste. Der Zeitungsartikel beschäftigte ihn weiterhin. Wer hatte die brisante Information über eine mutmaßliche Vergiftung an die Presse durchgestochen? Wusste Helena schon Bescheid? Sicher. Sie befand sich schon seit einer Stunde im Büro. Er konnte sich in etwa vorstellen, was da gerade von ihrem Vorgesetzten auf sie einprasselte. Henrik verzichtete darauf, sie anzurufen, da er ihr jetzt vermutlich ohnehin ziemlich ungelegen kommen würde. Da er sich irgendwie unterzuckert fühlte, ging er über die Straße und orderte bei Manteigaria ein Pastéis de Nata und einen Espresso. Als er in die Hosentasche faste, um zu bezahlen, fand er dort das Rezept für seine Doxepin-Tabletten und wusste wieder, dass er zur Apotheke wollte, bevor ihn die Giftmörderschlagzeile aus dem Konzept gebracht hatte. Er verdrückte sein Puddingtörtchen, spülte mit dem herben Schluck Bica nach und ging rüber zur Farmácia gleich an der Ecke der Rua do Norte, die hinauf ins Bairro Alto führte. Da er dort in regelmäßigen Abständen aufkreuzte, begrüßte ihn der Apotheker, der mit Vornamen Raoul hieß, mittlerweile wie einen alten Bekannten. Raoul war bereits im fortgeschrittenen Alter. Aus seinem weißen Apothekerkittel ragte ein faltiger, langer Hals, auf dem ein schmaler, länglicher, vollkommen kahler Schädel saß. Stets stand dem Pharmazeuten ein schmales Lächeln in seinem Pferdegesicht. »*Óla*, Senhor Falkner, wie geht es Ihnen?«, grüßte er.

»Solange ich Ihr Kunde bleibe, ist es noch nicht ausgestanden«, erwiderte er, »aber es wird besser.«

»Nun, das höre ich gerne«, floskelte der Apotheker. Henrik legte das Rezept auf die Verkaufstheke. Raoul musste nicht suchen, es war, als hätte er das Medikament schon bereitgelegt. »Schreckliche Sache, das, was da dieser Tage in der Eléctrico passiert ist«, sagte er, während er in seiner Kasse herumtippte. Henrik kommentierte nur mit einem betroffenen Nicken. Er hielt seine Bankkarte gegen den Sensor, um elektronisch zu bezahlen, und nahm die Tablettenpackung entgegen. Erst dann fiel ihm auf, dass Raoul ihn eindringlich musterte.

»Alles in Ordnung?«

»Natürlich, Senhor Falkner«, antwortete der Apotheker schnell. »Ich wünsche Ihnen einen schönen Tag!« Hinter Henrik wartete bereits die nächste Kundin, und er machte Platz. Dass Raoul sich eben etwas seltsam verhalten hatte, beschäftigte ihn noch ein paar Schritte, die Rua do Loreto entlang, bis ihm der Aufmacher im *Correio da Manhã* wieder ins Gedächtnis kam. Er stellte fest, dass er die Zeitung vorhin in der Konditorei liegen gelassen hatte. Gleichzeitig fragte er sich, welche Auswirkung diese Schlagzeile auf die Bevölkerung und die Besucher Lissabons haben würde. Nun, womöglich war es besser, darüber nicht im Detail nachzudenken.

Zurück in der Rua do Almada, ließ er die Ladentür offen stehen. Es kam ihm vor, als atmete sich die Luft im Laden schwerer als sonst. Was nur ein Trugschluss sein konnte. Er ging davon aus, dass dieses Gefühl etwas mit den beiden Toten in der Straßenbahn zu tun hatte. Von denen nun jeder wusste, dass jemand bei ihrem Ableben nachgeholfen hatte.

Zur Ablenkung sortierte er in einem der hinteren Regale einige Bücher um. Nicht weil er sich von dem geänderten Arrangement einen besseren Abverkauf der Bücher versprach, sondern um das Hirn zu lüften. Er brauchte Abstand von den Ereignissen der letzten Tage, um die Vorfälle aus einer geänderten Perspektive neu zu betrachten. Ihm wurde erst bewusst, dass er nicht mehr allein im Laden war, als er ein Räuspern hinter sich hörte. »Moment, ich komme«, verkündete er und trat aus den Regalreihen heraus. Vor dem Verkaufstresen stand ein Mann in einem eleganten lichtgrauen Anzug. Ein Mann, den er flüchtig kannte und dessen Anwesenheit ihn durchaus irritierte. »Senhor Damasos! Was verschafft mir die Ehre?«, begrüßte er Helenas Kollegen.

»Senhor Falkner, Ihre Lebensgefährtin hat nie erwähnt, dass Sie ein so interessantes Geschäft führen«, sagte der Ermittler. Jetzt, da er ihm erstmals aus nächster Nähe gegenüberstand, konnte er nachvollziehen, wieso Helena ihn nicht mochte. Wobei ihre Abneigung ja nicht daher rührte, dass Damasos ein schlechter Polizist war. Im Gegenteil, sie hatte seinen ausgezeichneten kriminalistischen Verstand schon mehrfach betont. Helenas Aversion beruhte auf etwas Zwischenmenschlichem, das sie nie so recht umrissen hatte. Sie ließ gelegentlich nur verlauten, ihn nicht riechen zu können. Henrik hingegen mangelte es schlicht und einfach an Sympathie für ihn, die sich bei ihm, wenn sie nicht innerhalb der ersten Sekunde einer Begegnung auftauchte, in der Regel auch später nicht einstellte.

Damasos zeigte eine gewisse Steifheit in seiner Haltung, die vermutlich aus seiner militärischen Ausbildung resultierte. Dadurch vermittelte er eine Härte, die sich auch in seinen kantigen Gesichtszügen widerspiegelte. Henrik konnte verstehen, was Helena davon abhielt, ihn als umgänglichen Kollegen zu akzeptieren.

»Danke für das Kompliment«, entgegnete Henrik. »Ich nehme jedoch an, Sie sind nicht gekommen, um Ihre Sammlung antiquarischer Bücher um ein paar Raritäten zu erweitern?«

»In der Tat führt mich eine Ermittlung zu Ihnen«, gestand Damasos. »Wir sind da auf eine Sache gestoßen, die Sie mir, so gehe ich mal davon aus, erklären können!«

»Erklären?«, fragte Henrik nach, den augenblicklich ein zweifelhaftes Gefühl beschlich. Wieso war Damasos allein gekommen? Wo war Helena? Der Kriminalbeamte durchschaute ihn sofort. »Ich wollte das vorab mit Ihnen klären, ohne Inspetora Gomes an meiner Seite. Um sie, wie soll ich es ausdrücken, davor zu bewahren, dass ihr Befangenheit nachgesagt wird, was zwangsläufig keine andere Option offenließ, als ihr den Fall zu entziehen.«

Nun lag es auf der Hand, von welcher Ermittlung Damasos sprach. »Sind Sie jetzt auch damit betraut, den Tod der beiden

Fahrgäste auf der Linie 28 zu untersuchen?«, platzte es aus Henrik heraus.

Damasos vollführte eine einnehmende Geste mit den Händen, die ihm aber irgendwie misslang. »Es lag nicht in meiner Absicht, mich einzumischen, aber als ihr Vorgesetzter obliegen mir Pflichten, denen ich nachgehen muss. Unter anderem, um sie zu schützen.«

»Zu schützen? Vor mir?« Henrik geriet in Wallung.

»Nicht im direkten Sinne, versteht sich, aber wie gesagt, es steht eine eventuelle Befangenheit im Raum, die ihr dienstliche Probleme bereiten kann, wenn sie sich denn bestätigt.«

»Dann reden Sie nicht weiter um den heißen Brei herum, verdammt! Kommen Sie auf den Punkt!«

»Sie haben sowohl die Frau vor sechs Tagen als auch den Mann drei Tage später … ähm … gefunden, um es mal vereinfacht auszudrücken.«

Henrik zuckte mit den Schultern. »Wir saßen zufällig in derselben Bahn, es gibt dazu eine Aussage von mir. Zugegeben, es ist ein verrückter Zufall, aber was soll ich dagegen machen? Ich verstehe nicht, worauf Sie hinauswollen.«

»Darauf, dass Sie angegeben haben, die verstorbenen Personen nicht gekannt zu haben.«

»Was auch zutrifft«, knurrte Henrik.

Damasos setzte eine dramaturgische Pause ein die dazu beitrug, dass er Helenas Antipathie gegenüber dem Ermittler immer besser verstehen konnte.

»Bernardo Jacinto? Sagt Ihnen der Name etwas?«

»Ist das der Tote vom Miradouro de Santa Luzia?«, fasste Henrik nach. Er verstand immer noch nicht, wohin diese Unterredung führten sollte.

Damasos nickte.

»Ich hatte vorher noch nie mit diesem Bernardo Jacinto zu tun«, beharrte Henrik.

Der Major verzog leicht den Mund, für einen Moment sah es aus, als pulte er mit seiner Zunge etwas aus den Backenzähnen. »Nun, uns liegt die Auswertung der Handydaten von Senhor Jacinto vor. Demnach hatten sie Kontakt zu ihm.«

Henrik fiel aus allen Wolken. »Was? Das ist doch völlig absurd!«

»Es befindet sich ein E-Mail-Verkehr auf dem Gerät, zwischen Bernardo Jacinto und Ihnen. Es geht darin um die Auflösung einer Sammlung antiquarischer Bücher, weswegen er ein Treffen mit Ihnen vereinbart hat. Zufällig an dem Tag, an dem Sie auf der Linie 28 neben einer Toten Platz genommen haben.«

17
HELENA

Sie vermutete, es war Ralha selbst, der die Morgenzeitung auf ihren Schreibtisch gelegt hatte. Für einen Moment musste sie sich an der Lehne ihres Drehstuhls festhalten, nachdem sie die Schlagzeile gelesen hatte. Doch sich zu sammeln, dauerte nur drei Atemzüge lang. Danach beschloss sie, unverzüglich rüber ins Alfama zu fahren, um sich dort nach Bernardo Jacinto zu erkundigen. Zu überprüfen, was ihr dessen Nachbar Orlando Bastos gestern alles so unterbreitet hatte. Und wenn sie schon mal dort war, plante sie auch einen Besuch bei der von Bastos erwähnten Dr. Pacheco. Wie sie recherchiert hatte, praktizierte im Fischerviertel eine Allgemeinärztin mit diesem Namen. Auf dem Weg hinaus aus der Tiefgarage der Polizeistation, die im Hafenareal am Tejo lag und wo die PSP mit ihren Unterabteilungen ihren Sitz hatte, versuchte sie ihr Glück ein weiteres Mal bei der Forensik. Noch während sie sich in den dichten Verkehr auf der Avenida 24 de Julho einfädelte, bekam sie einen Kriminaltechniker ans Ohr, dessen Namen ihr nichts sagte, der ihr aber versicherte, dass die Auswertung der Handydaten erfolgt war und diese auf dem internen Server zum Abruf bereitlagen. Sie bemängelte, wieso man sie darüber nicht unverzüglich informiert hatte, woraufhin der Forensiker nichts zu sagen wusste und sie schnell abwimmelte. Bei Lino wäre das nicht passiert, doch der befand sich immer noch im Urlaub. Es brachte nichts, sich weiter darüber zu ärgern. Wollte sie den Bericht einsehen, musste sie zurück an ihren Schreibtisch, denn mittels ihres Telefons konnte sie sich nur bedingt in den Zentralrechner einloggen. Ihr blieb also nur, umzukehren oder Alexandra darum zu bitten, die Auswertung für sie zu sichten. Doch wenn sie ihre Assistentin damit betraute, konnte sie davon ausgehen, dass auch Damasos sogleich Wind davon bekam. Und den wollte sie nach wie vor und so weit wie möglich aus ihrer Ermittlung raushalten. Also entschied sie, dass die Handydaten warten konnten, bis sie ihre Befragungen im Fischerviertel abgeschlossen hatte.

Eine knappe halbe Stunde später stand sie vor dem Krämerladen in der Beco do Pocinho, den ihr Orlando Bastos bei der gestrigen Unterhaltung im 15. Esquadra genannt hatte. Es war eines der für die alten Stadtteile typischen Geschäfte, in dem es alles zu kaufen gab, was man fürs Leben brauchte. Und noch einiges an Unnötigem darüber hinaus. Geschäfte, die in den vergangenen Jahren mehr und mehr aus dem Stadtbild verschwunden waren, denn längst verfügten die meisten Familien selbst in den ärmeren Vierteln über ein Auto, mit dem sie für ihren Wocheneinkauf hinaus in die Peripherie zu den großen Supermärkten fahren konnten. Vermutlich zählte dieser nostalgische Laden hier im Alfama zu den letzten dieser Art. Obwohl sie selbst bis vor Kurzem in der Nähe gewohnt hatte, konnte sie sich nicht erinnern, dort je eine Besorgung gemacht zu haben. Aber ihre alte Wohnung lag auch ein Stück weiter den Berg hoch, nicht weit vom Klosters São Vicente de Fora entfernt. Erst neulich hatte sie das kleine Apartment, in dem sie schon vor Saras Geburt gelebt hatte, endgültig aufgegeben und ihr restliches Hab und Gut bei Henrik untergestellt. Ein Entschluss, den sie immer noch ein klein wenig bedauerte, weil sie sich mit der Aufgabe der Wohnung in der Travessa Paraíso auch von einem Teil ihrer Freiheit verabschiedet hatte, die ihr viele Jahre lang immer so wichtig gewesen war. Doch die Zeiten waren härter geworden, ihr Job bei der Polizei lange nicht mehr eine so sichere Bank, wie sie bis vor Kurzem noch geglaubt hatte.

Nicht dass man sie ihres Beamtenstatus entheben könnte, nein, das nicht. Doch es war denkbar, dass Ralha ihr früher oder später eine Versetzung nahelegte, der sie sich nicht verweigern konnte. Im schlimmsten Falle ein Verwaltungsposten im Innendienst, auf dem sie nichts anrichten und vor allem niemandem unangenehm auf die Füße treten konnte. Das war nicht mehr nur eine Ahnung, tief in ihr drin wusste sie, dass man sie loswerden wollte. Und wenn es so weit war, würde sie sich fragen müssen, ob sie unter diesen Umständen weiterhin Polizistin bleiben konnte.

Helena schüttelte den Kopf, besann sich darauf, warum sie in die Beco do Pocinho gekommen war. Konzentrierte sich wieder auf den Krämerladen. Unter der löchrigen Markise, die sich über das bis oben hin zugestellte Schaufenster spannte, stapelten sich Holzkisten mit Marktgemüse und regionalem Obst. Daneben ein Drehgestell mit verblichenen Postkarten, kitschigen Kühlschrankmagneten und Schlüsselanhängern, die verzerrte Stadtansichten von Lissabon darstellten. Billiger Tand aus China, bei dem Helena sich immer fragte, wer so etwas überhaupt kaufte. Sicher keine Einheimischen. Und selbst Touristen traute sie solche traurigen Mitbringsel nicht zu. Helena betrat den Laden, einen schmalen Schlauch, der sich bis tief hinein in das alte Gebäude erstreckte. Flankiert von mit Lebensmitteln und alltagsgebräuchlichen Hygieneartikeln überfüllten Stellagen, ging sie bis ganz nach hinten durch, dorthin, wo eine Kühltheke, gefüllt mit Käse, Fisch, Fleisch- und Wurstwaren, den Abschluss des Geschäfts bildete. Augenblicklich regte sich ihr Magen. Sie hatte noch nicht gefrühstückt. Hinter dem Tresen nebst Kasse erwartete sie eine Frau mittleren Alters, bei der es sich vermutlich um diejenige handelte, die Bastos erwähnt hatte.

»Sind Sie Maria?«, fragte Helena.

»Wer will das wissen?«

Helena hielt ihren Dienstausweis hoch.

Die Frau hinter der Theke zuckte sichtlich zusammen. »O Gott, ist was passiert?«

»Es geht nur um eine Auskunft. Sie führen dieses Geschäft?«

Maria nickte. »Sie sind doch nicht etwa von der Finanzbehörde?«

Helena musste sich zusammennehmen, um ernst zu bleiben. »Nein, Divisão de Investigação Criminal. Ich untersuche den Tod von Senhor Jacinto.«

»Bernardo ist tot?« Marias dunkle Augen weiteten sich. Ihr graumeliertes Haar hatte sie zu einem Zopf geflochten und den wiederum zu einem Dutt hochgesteckt. Sie trug eine grüne Arbeitsschürze, die sie eng um ihren dünnen Körper gebunden hatte, der nun leicht ins Wanken geriet. Sie stützte sich auf die Ablage hinter der Kasse. »Dann hat die Polizei wegen ihm in der Straße herumgefragt. Und es stimmt, was gemunkelt wird. Er war derjenige, den sie in der Straßenbahn gefunden haben«, stellte Maria fest.

Helena hatte Bastos gestern im Wartebereich der Polizeistation angehalten, vorerst kein Wort darüber zu verlieren. Vielleicht hatte er sich daran gehalten, vielleicht kam das besagte Gemunkel aber auch von ihm. Letztlich spielte es keine Rolle, denn so eng, wie die Leute im Alfama aufeinander lebten, blieb etwas nie lange unter Verschluss. Erst recht nicht, wenn es um einen Toten ging, weshalb Helena erst gar nicht auf die Aussage reagierte. »Er war Ihr Kunde?«

»Bernardo? *Sim, sim!* Er kauft fast alles bei mir … kaufte, muss ich wohl jetzt sagen.« Maria bekreuzigte sich. »Er war in letzter Zeit nicht mehr so gut zu Fuß«, fügte sie an. »Jetzt, da ich darüber nachdenke, war er wohl überhaupt schlecht drauf in den letzten Wochen, hielt kaum mehr ein Schwätzchen wie früher. Da war er oft gar nicht aus dem Laden zu kriegen, wenn er sich einmal festgequatscht hatte.«

Helena hielt der Verkäuferin ihr Handy hin, auf dem sie wieder Jacintos Fotos aus der Pathologie geöffnet hatte. »Ist er das?«

Maria seufzte betroffen und schlug erneut ein Kreuzzeichen.

»Hat er je davon gesprochen, dass er krank ist?«

»Wie gesagt, man sah ihm an, dass ihn was belastete, aber Männer seiner Generation reden doch nicht über ihre Gebrechen. Sie jammern zwar hinreichend, weil sie bemitleidet werden wollen, aber sobald man Näheres darüber wissen will, wo genau es denn zwickt, werden sie maulfaul. Was fehlte ihm denn? Ist er deswegen gestorben?«

Auch diese Fragen ignorierte Helena. »Über was hat er denn so geredet?«

Maria runzelte die Stirn. »Ähm … Politik. Hauptsächlich. Über die Misswirtschaft und die Korruption im Stadtrat. Dass alles den Bach runtergeht, die da oben sich nur die Taschen vollstopfen, statt es denen zugutekommen zu lassen, die es wirklich benötigen. Das war sein Lieblingsthema. Weil alles immer schlechter wurde, sich niemand auch nur einen Deut für die Alten im Viertel interessierte. Nichts dagegen unternommen wurde, dass die Mieten immer mehr stiegen. Ja, so hat er ständig vor sich hin lamentiert. Und bei mir im Laden auch immer wen gefunden, der ihm zuhörte. Zuletzt hat er fast nur noch über den Ausverkauf geschimpft, dass die Stadt die Häuser, in denen wir seit Jahrzehnten wohnen, nach und nach an Ausländer verscherbelt. Na, Sie wissen schon. Das ist ein Thema, das viele hier beschäftigt. Sogar mich wollten sie schon raushaben vor zwei Jahren. Aber dann hatte ich Glück, mein Mann ist über eine Erbschaft zu Geld gekommen, und wir konnten das Gebäude selbst kaufen. So ein Glück, ich sag es Ihnen …«

»Senhor Jacinto war also nicht auf den Mund gefallen«, rekapitulierte Helena in den Redeschwall der Ladenbesitzerin hinein. »Gab es auch mal Streit deswegen?«

»Streit? Wie meinen Sie das?«

»Ob er jemandem auf die Füße getreten ist mit seinen Beschwerden? Jemand Bestimmtem?«, fügte sie betont an.

Maria schürzte ihre ungeschminkten und dennoch schön geschwungenen Lippen. »Hören Sie, Bernardo war ein alter Mann, ich glaube nicht, dass ihn die Politiker oder diese Immobilienhaie, über die er herzog, wirklich ernst genommen hätten. Abgesehen davon, dass diese Leute ja auch nichts von Bernardos Unmut mitbekommen haben. Wie denn auch? Ich meine, er stand ja nicht mit einem Transparent vor dem Rathaus herum, um zu protestieren. Sein Gezeter ist im Viertel geblieben, genau wie sein Geschrei gegen die Touristen. Auch da musste ich ihm ja recht geben. Das Alfama ist vollgestopft mit Menschen, vor allem, wenn die Kreuzfahrtschiffe anlegen.« Sie machte eine kurze Pause. »Aber viele leben davon, und ich nehme mich da nicht aus. Die Urlauber versorgen sich bei mir mit Getränken, bevor sie hoch zur Burg gehen oder zum Feira da Ladra. Ich kann mich deswegen nicht beklagen. Was nicht heißt, dass ich Leute wie Bernardo nicht verstehe, die einfach ihre Ruhe wollen. Nur, wie gesagt, er hat viel geschimpft, aber nur unter denen, die er kannte. Hat die Nachbarschaft aufgewiegelt, aber hätte sicher nicht das Maul aufgemacht, wenn einer von den Anzugträgern aus der Städteplanung oder wer auch immer mal vor ihm gestanden hätte. Da war er ein echter Duckmäuser. Und über die Touristen hat er auch nur hinter deren Rücken hergezogen …«

»Apropos Nachbarschaft«, hakte Helena ein und rief das zweite Foto auf, dass sie von Tiago erhalten hatte. »Was ist mir der Senhora? Schon mal gesehen?«

Diesmal schaute Maria genauer hin. Sie schob sich sogar die Brille auf die Nase, die bislang in ihrem Haar steckte. »Hm, kann sein, dass ich sie vom Sehen kenne, aber ich weiß nicht ihren Namen.«

»Aber sie wohnt ebenfalls im Alfama?«

»Sicher bin ich mir nicht, vielleicht fragen Sie oben in der Metzgerei bei Fernandos, der trägt den alten Leuten ihre Einkäufe gelegentlich noch nach Hause, wenn die nicht mehr so gut können.«

»Fernandos also«, sagte Helena und legte eine Visitenkarte auf den Tresen. »Falls Ihnen noch was einfällt zu Bernardo.«

Maria nickte ein wenig zu eifrig. Helena verließ das Geschäft so hungrig, wie sie gekommen war. Sie folgte der Gasse bergaufwärts und bog in die Rua de São Miguel ein, die sie entlangging, bis sie zur Nummer 56 gelangte, dem Haus, in dem Bernardo Jacinto gewohnt hatte. Es war ein altes, marodes Gebäude. Kein ungewohntes Bild im Alfama, auch wenn in den letzten Jahren sehr viel renoviert worden war. Hier fehlte es an allem. Die hölzernen Fensterrahmen waren von der Zeit zerfressen, das traditionelle Fliesendekor, in Grün, Gelb und Blau gehalten, welches das schmale, vierstöckige Haus einst geschmückt hatte, war nur noch im Ansatz vorhanden, ein Großteil der Kacheln war über die Jahre der Schwerkraft erlegen und nicht wieder ersetzt worden. Die Bausubstanz bröselte und bröckelte überall. Das Dach wirkte eigenwillig schief aus ihrer Perspektive, zwischen den Ziegeln und aus der Dachrinne wucherte Unkraut. Helena sah hinauf in den stahlblauen Streifen Himmel zwischen den Dächern. Bald würde die Sonne über den First wandern und die Häuserzeile mit Licht und Hitze fluten. Trotz des frühen Vormittags war bereits viel Betrieb in der Gasse. Vorrangig Reisende, die sich mit ihren Handys vorm Gesicht ihren Weg bahnten, weshalb sie aufpassen musste, nicht angerempelt zu werden. In dem Fenster gleich neben dem Eingang hing ein »Zu verkaufen«-Schild. Sie fragte sich, wer sich für dieses baufällige Gebäude interessieren könnte. Oder besser, sich eine aufwendige Sanierung leisten konnte, denn sofern es unter Denkmalschutz stand, wovon sie ausging, war ein Abriss keine Option. Das Tableau mit den Klingelknöpfen wies auf sechs Wohneinheiten hin. Gemessen an der Breite des Hauses, konnte es sich nur um Wohnungen mit geringer Quadratmeterzahl handeln, aber das war im Alfama die Regel. Wie üblich gab es nur Zahlen, keinen Namen, also betätigte sie alle Knöpfe. Sie wartete eine halbe Minute, bevor sie den Vorgang wiederholte. Statt eine Reaktion aus dem Haus Nummer 56 zu erhalten, ertönte ein Räuspern hinter ihr. Es war Orlando Bastos. »Ich kann Sie reinlassen«, sagte er und hielt triumphierend einen Schlüssel in die Höhe.

Helena nickte, und Jacintos besorgter Nachbar schloss ihnen die Haustüre auf. Der Flur war eng und angenehm kühl, auch wenn der Geruch von in Schweinefett angebratener Zwiebel zwischen den kahlen Wänden hing, von denen der einst weiße Anstrich großflächig geplatzt war. Vermutlich war es nur der lang anhaltenden Trockenheit zu verdanken, dass es nicht auch noch feuchtmodrig miefte, dennoch mischte sich ein latent erdiger Geruch unter die Essensdüfte. Gleich links von ihnen zweigte das Treppenhaus ab, die Holzstiege war steil und keinen Meter breit. Bastos mühte sich vor ihr hinauf in den ersten Stock. Jacinto wohnte rechts. Es gab keinen Absatz, man musste auf einer Stufe stehen bleiben, während man die Wohnungstür öffnete. Bastos bewies, dass man sich im Alter damit schwertat. Er stocherte ein paar Sekunden herum, bis er endlich das Schlüsselloch fand. Dann ließ er Helena den Vortritt. Ohne Vorraum standen sie gleich im Wohnzimmer. Es miefte. Sie konnte nicht sagen, was überwog. Saurer Schweiß oder süßliche Fäulnis. Auf dem kleinen, runden Tisch in der Raummitte stand eine Obstschale mit schimmelnden Pfirsichen. Darüber eine schwarze Wolke von Fruchtfliegen, die auseinanderstoben, als sie darauf zuging. »Waren Sie in der Zwischenzeit einmal in der Wohnung?«, fragte sie Bastos, der sofort verneinte. Vielleicht ein bisschen zu schnell. Dass er einen Schlüssel zu Jacintos bescheidenen vier Wänden besaß, hatte er ihr bislang verschwiegen.

Helena sah sich um. Warf einen Blick ins Schlafzimmer, das einigermaßen aufgeräumt wirkte. Ins Bad, das sich klein, feucht, mit schwarzem Schimmel in allen Fugen und mit graugrünen Stockflecken an der Decke präsentierte. Sie inspizierte die Küchenschränke und fand in einem Medikamentenpackungen, von denen sie Aufnahmen mit dem Handy machte. Sie inspizierte die Fotos, die über dem Sofa an der Wand hingen und einen jungen Jacinto im Kreise von Familie und Verwandten zeigten, wie sie vermutete. Auf einem der Bilder trug er einen Benfica-Fanschal. Es war im Stadium aufgenommen worden und bestimmt schon zwanzig Jahre alt. Der Mann darauf wirkte glücklich wie auch auf allen anderen Fotos. Helena drehte sich nach Bastos um, der am Fenster stand und runter auf die Straße blickte. »Wissen Sie, wo er seine persönlichen Sachen aufbewahrt? Seinen Ausweis, Unterlagen?«

Bastos zuckte mit den Schultern, ging dann aber zum Esstisch und zog eine Schublade heraus, die zu versteckt war, als dass Helena sie bisher bemerkt hatte. Darin lagen ein schmaler Ordner und tatsächlich auch Ausweis, Führerschein und eine Bankkarte. Wieso hatte Jacinto diese Dinge nicht bei sich getragen, als er vor drei Tagen die Straßenbahn genommen hatte?

Weil er wusste, dass er dort sterben würde!

Wusste er, dass er nach dieser Fahrt nicht mehr in seine Wohnung zurückkehrte? Wollte er mit Absicht unerkannt bleiben?

Darüber würde sie wohl noch eine Weile nachdenken. Helena nahm den Ausweis an sich. Sie war hierhergekommen, um die Identität des Mannes eindeutig zu belegen, was damit nun erfolgt war. Aufgabe erledigt, zumindest nach Ralhas Anordnung. Ging es nach dem Comandante, war die Untersuchung zum Tod von Bernardo Jacinto damit abgeschlossen. Nur blieben dafür zu viele Fragen offen. Angefangen mit dem pathologischen Bericht, der eine Fremdeinwirkung als möglich erachtete, wenn Tiago recht behielt. Woran sie nicht zweifelte. Und dann war da noch das eigenwillige Verhalten des Mannes, bevor er verstarb. Nein, diese Akte konnte nicht so einfach geschlossen werden. Außerdem ging sie inzwischen davon aus, dass sie auch beim Ableben der immer noch unbekannten Frau auf ähnliche Ungereimtheiten stoßen würde.

»Hatte Bernardo ein Handy?«, fragte sie seinen Nachbarn.

»Ein Handy? Bernardo?«

»Ja!«

Bastos schüttelte den Kopf. »Hab ihn nie mit so einem Ding gesehen.«

18
Henrik

Manchmal war es zum Haareraufen mit ihr. Obwohl er sie dringend zu erreichen versuchte, ignorierte sie wieder mal seine Anrufe. Allerdings scheute er sich auch davor, ihr eine Textnachricht zu schreiben. Vor allem, weil er keine Formulierung fand, welche die Sachlage so verharmloste, dass sie nicht gleich komplett ausrasten würde. Sérgio Damasos hatte ihn mit Informationen versorgt, die sich anfühlten, als hätte ihm jemand eine Faust in den Unterleib gerammt. Und dabei war dieser aalglatte Bulle so charmant geblieben, dass er sich irgendwie verhöhnt vorkam. Der Ermittler war gegangen, nicht ohne den Hinweis, bald wieder bei ihm vorstellig zu werden. Sobald sich neue Ergebnisse abzeichneten. Die unausgesprochene Anweisung dahinter war, dass er sich zur Verfügung zu halten hatte. Wieder einmal war er im Rahmen einer Ermittlung unter die Verdächtigen geraten. Und auch wenn es bislang immer gut oder zumindest glimpflich für ihn ausgegangen war, konnte er im Moment keine Zuversicht walten lassen. Hier lag etwas im Argen. Er wurde da in eine Geschichte hineingezogen, die ihm absolut unverständlich erschien.

Erneut rief er den knappen E-Mail-Verkehr zwischen sich und dem fraglichen Verkäufer auf, aus dem ihm Damasos nun offensichtlich einen Strick drehen wollte und der lediglich aus zwei Nachrichten bestand. Einmal das Angebot über die Auflösung der privaten Bibliothek und in der Folge seiner Interessenbekundung die Einladung zur Besichtigung der Büchersammlung zu einem vom Verkäufer festgelegten Termin im Estrela-Viertel. Zu jenem

Treffen, zu dem es wegen der toten Seniorin in der Eléctrico nie gekommen war. Danach war die E-Mail-Adresse nicht mehr erreichbar gewesen. Mit den Erkenntnissen, die ihm Damasos nun offengelegt hatte, konnte er den Ankauf antiquarischer Bücher getrost als eine Finte betrachten. Ein Lockangebot, das dafür Sorge trug, dass er zu einem genau bestimmten Zeitpunkt vor sechs Tagen in der Linie 28 saß. Und wenn es stimmte, was der Polizist ihm anlastete, waren der angebliche Verkäufer und der Tote aus der Straßenbahn am Miradouro de Santa Luzia ein und dieselbe Person. Unmöglich, da noch an einen Zufall zu glauben. Nein, diese Sache war inszeniert. Henrik fand nur keinerlei Anknüpfungspunkt, wieso – oder musste er sich vielleicht besser fragen, wer einen Grund besaß, ihm eine solche Falle zu stellen?

Bevor er ein weiteres Mal Helenas Nummer wählen konnte, erreichte ihn ein Anruf aus Deutschland. Diesmal musste er nicht rätseln, wer ihn sprechen wollte, allerdings schaffte er es auch nicht, es einfach klingeln zu lassen.

»Ich weiß, dass du mit deinem Vater telefoniert hast«, kam seine Mutter umgehend auf den Punkt. »Nur hatte ich gehofft, dass du klug genug bist, nicht auf einen kranken und momentan durchaus verwirrten Mann zu hören.«

»Für mich klang er ziemlich vernünftig«, widersprach Henrik.

»Du meinst, du kannst das aus der Ferne beurteilen? Ich halte es für überaus angebracht, dass du dich endlich auf den Weg machst, um den Tatsachen ins Gesicht zu blicken. Weshalb ich mir erlaubt habe, dir für heute Abend ein Flugticket zu buchen.«

»Das geht nicht«, erklärte Henrik, und auch wenn er sich schäbig dabei fühlte, kam ihm Sérgio Damasos' Anordnung mit einem Mal gar nicht mehr so ungelegen. »Nicht weil ich nicht möchte«, fügte er schnell an und unterbrach im Ansatz den Einwand seiner Mutter. »Nur darf ich momentan das Land nicht verlassen.«

19
Helena

Sie hatte sich von Henriks Versuchen, sie zu erreichen, nicht ablenken lassen. Was auch immer er wollte, es war ihm nicht wichtig genug, eine Textnachricht zu schicken, also musste es warten. Jetzt galt es zuerst, die nächsten Schritte zu planen. Es lag nicht allein in ihrer Entscheidung, die Wohnung von Jacinto von der Spurensicherung durchsuchen zu lassen, was ihrer Empfindung nach aber getan werden musste. Die Frage war nur, ob ihre Argumente ausreichten, um auch den Comandante zu überzeugen, der für die Aufklärung dieses Falls den personellen Aufwand aber so gering wie möglich halten wollte. Unten vorm Haus verabschiedete sie sich von Orlando Bastos. Vielmehr musste sie ihn wegschicken, denn er schien gewillt zu sein, an ihrer Seite zu bleiben. Vermutlich, um nichts zu verpassen, denn natürlich war auch ihm nicht entgangen, dass mehr hinter dem Tod seines Nachbarn steckte. Daher trollte Bastos sich nur schweren Herzens. Helena sah ihm nach, bis er in dem Haus verschwunden war, in dem er wohnte, dann prüfte sie erneut die Eingänge auf ihrem Handy. Dort tauchte jetzt nicht nur Henriks Nummer, sondern auch die von Tiago auf. Sie musste nicht nachdenken, wer in diesem Fall den Vorzug für einen Rückruf erhielt.

»Du hast versucht mich zu erreichen.«

»Helena, schön von dir zu hören. Ich komme gleich zur Sache.« Tiago kannte sie nur zu gut, um zu wissen, dass Small Talk bei ihr nicht angesagt war, wenn sie mitten in einer Ermittlung steckte.

»Mir liegen jetzt die Laborergebnisse vor, was uns Klarheit darüber verschafft, wie es zu den Todesfällen kommen konnte.«

»Ich bin ganz Ohr.«

Sie hörte ein Räuspern. »Gut, pass auf! Den Senioren wurden Präparate verabreicht. Darunter Natriumpentothal, ein Muskelrelaxans, das nachgewiesen die Tätigkeit von Lunge und Zwerchfell lähmt. Anhand der Menge, die sich in den Körpern befand, habe ich ein paar Berechnungen durchgeführt, und das ist wirklich interessant: Die Dosierung war auf das Gewicht der Frau ausgelegt, genau wie auf das des Mannes, akribisch berechnet, sodass der Effekt schleichend auftrat. Die Atemfunktion hat sich so bei beiden innerhalb von ein bis zwei Stunden sukzessive verschlechtert, bis sie schließlich erstickten. Vermutlich wurde dabei auch jeweils die körperliche Konstitution mit in Betracht gezogen, was schlussfolgern lässt, dass der Täter die Opfer sehr genau kannte. Das ist aber noch nicht alles. Denn logischerweise setzt sich der Körper unter diesen Umständen gegen den Erstickungstod zur Wehr. Um diesen natürlichen Reflex auszuschalten, wurde zudem eine Kombination aus Betäubungsmitteln verabreicht. Unter anderem Ketamin, unterbunden mit Pentobarbital, einem mittellang wirkenden Barbiturat, das in der Humanmedizin als Schlafmittel Verwendung findet. Durch diesen Mix aus gängigen Pharmazeutika wurde ein verzögertes, aber auch relativ schmerzfreies Ableben erzielt.«

»Also sind wir doch bei Sterbehilfe?«

»Das kann ich nicht abstreiten«, entgegnete der Pathologe.

»Nur, wieso setzen sich die beiden dazu in die Straßenbahn? Ich meine, so was würde man doch zu Hause, in vertrauter Umgebung machen. Schon allein deshalb, um damit keinen Verdacht zu erregen. Zieht man die Diagnosen in Betracht, wäre doch niemals jemand von einer vorsätzlichen Tötung ausgegangen, wenn man die beiden jeweils in ihren Betten vorgefunden hätte.«

»Nun, das rauszufinden, wird an dir hängen bleiben. Darf ich dir jetzt den Abschlussbericht schicken?«

Sie konnte schlecht Nein sagen, auch wenn sie damit ihren Ermittlungsvorsprung vor Damasos einbüßte. Was ein widersinniger Gedanke war, denn letztlich ging es allein darum, die Hintergründe aufzudecken. Was mit dem Zutun ihres Kollegen vermutlich sogar schneller erfolgte. Und wenn sie Damasos auf ihrer Seite hatte, würde auch der Comandante leichter zu überzeugen sein, dass dieser Fall zu einem ordentlichen Abschluss gebracht werden musste. Warum also zögerte sie? Sie verabschiedete sich von Tiago. Selbstredend wusste sie augenblicklich, wen sie als Erstes mit den Ergebnissen aus der Rechtsmedizin konfrontieren wollte, bevor man sie wegen der Obduktionsberichte zurück ins Präsidium beorderte. Auf dem Weg zur nächsten Befragung wählte sie nun endlich Henriks Nummer. Auch er platzte ohne jede Einleitung damit heraus, wieso er sie dringend zu erreichen versucht hatte. »Weißt du von der Datenauswertung des Handys?«

Helena musste nicht nachfassen, von welchem Gerät er sprach. Sie war nur äußerst verwundert darüber, dass er überhaupt von diesem Mobiltelefon wusste, doch er lieferte ihr die Antwort, noch ehe sie nachfragen konnte.

»Dein Kollege war hier«, gab er ihr zu verstehen, und erst jetzt bemerkte sie, wie aufgebracht er sich anhörte.

»Damasos?«

»Genau der! Er hat mich damit konfrontiert.«

Helena versuchte zu verstehen, warum Damasos sich überhaupt die ausgelesenen Handydaten angesehen hatte. Ralhas Order war doch recht eindeutig gewesen. Sie kümmerte sich um die Toten in der Straßenbahn, während Damasos den prestigeträchtigen Fall des ermordeten Immobilienmoguls ruhmreich zu Ende brachte. Jetzt, da sie ein Geständnis hatten, dürfte es nicht mehr viel Aufwand bedeuten, alles hieb- und stichfest für die Anklage aufzubereiten. Und sicherlich war eine Pressekonferenz anberaumt, bei der Ralha zusammen mit Sérgio Damasos glänzen konnten. Doch stattdessen mischte ihr Kollege mit einem Mal bei ihrer Untersuchung mit. Ging es ihm dabei um mangelndes Vertrauen oder gar Überwachung? Nur wozu das alles? Arbeitete er der Innenrevision zu, um sie loszuwerden?

»Hast du mich gehört?«, hakte Hendrik nach.

»Ja, habe ich«, antwortete sie. »Mir leuchtet nur nicht ein, wieso er damit zu dir gekommen ist, ohne mir vorher Bescheid zu geben. Was wollte er überhaupt von dir?«

»Mir verständlich machen, dass ich verdächtig bin.«

20
Henrik

Fahrplan Linie 28 E, Haltestelle N° 9, Miradouro Sta. Luzia nach Martim Moniz, Ankunft 10:48 Uhr

Sie bat ihn, nein vielmehr verlangte sie, dass er sie im Alfama treffen sollte. Sofort bekam er den Eindruck, dass sie ihn brauchte. Ihn in ihre Ermittlungen einzubinden gedachte, was absolut nicht zu ihrer bisherigen Einstellung passte, wenn es um ihre Arbeit ging. Sie war immer so korrekt, achtete stets darauf, keine Fehler zu machen, die man ihr später vorwerfen konnte. Handelte streng nach Dienstanweisung. Sie war vermutlich die integerste Polizistin bei der PSP, aber offenbar hatte die Eigenmächtigkeit ihres Kollegen dazu geführt, von diesem tugendhaften Pfad abzuweichen.

Seit Henrik begonnen hatte, Martins archivierte Verbrechen aufzuklären, war es immer wieder dazu gekommen, dass sie irgendwann beide im selben Fall ermittelten. Allerdings jeder auf seine Weise. Helena für die Kripo und er als Privatdetektiv, der von keinen Vorschriften und Gesetzesvorgaben blockiert wurde. Und auch wenn es deswegen immer mal wieder zu Querelen zwischen ihnen kam, waren sie dennoch erfolgreich mit ihren Nachforschungen gewesen. Und doch musste er sich hinterher oftmals fragen, wie viel effektiver und schneller sie gewesen wären, wenn sie von Beginn an am selben Strang gezogen hätten. Womöglich war der Trotz, den Helena gerade gegenüber ihrem Arbeitgeber an den Tag legte, also ganz hilfreich. Und darüber hinaus konnte das sogar der erste Schritt hin zu der gemeinsamen Ermittlungsarbeit sein, die er sich immer mal wieder ausmalte. Erneut sah er das polierte Messingschild an der Tür vor seinem inneren Auge: *H. Gomes e H. Falkner, Agência de Detectives Lisboa.*

Weshalb er sich mit einem Lächeln auf seinen Lippen aufmachte. Da Gisela sich angeboten hatte, an diesem Tag das Antiquariat zu übernehmen, kam er zudem nicht in die Verlegenheit, den Laden zwei Tage in Folge geschlossen zu lassen. Es war nicht unüblich, dass die junge Frau, die Henrik während einer seiner Ermittlungen in Lissabon kennengelernt hatte, gelegentlich spontan auftauchte, um bei ihm auszuhelfen. Zumeist dann, wenn sie knapp bei Kasse war, was eigentlich recht häufig vorkam. Gisela hielt sich mit Gelegenheitsjobs über Wasser, reparierte Motorroller und verkaufte Vintage-Möbel, die sie selbst restaurierte. Es kam ab und an vor, dass Henrik sie um die Unbekümmertheit beneidete, mit der sie durchs Leben ging. Und dass sie heute im Antiquariat auftauchte, hätte nicht besser abgesprochen sein können. So wusste er das Geschäft in guten Händen und verlor daher keine Zeit mehr, Helenas Ruf zu folgen. Schneller, als es wegen der Hitze förderlich war, marschierte er zum Praça Luís de Camões, um die nächste Straßenbahn zu erwischen. Helena hatte ihm eine Adresse in der Rua da Galé zugesandt, weshalb er diesmal nach einer beengten, aber sonst ereignislosen Fahrt an derselben Haltestelle ausstieg, an der er vor einer halben Woche gegen den toten Mann gestolpert war. Es war fünf vor elf Uhr am Vormittag, als er in die genannte Gasse einbog. Helena wartete im Schatten des malvenfarbenen Eckhauses am Largo de São Rafael. Er sah ihr sofort an, dass sie immer noch aufgebracht war, trotzdem rang sie sich ein Lächeln ab. Sie küssten sich, als Henrik bei ihr war, und er entschied, dass es sich dabei um einen Kuss von der Art handelte, mit der man ein Bündnis besiegelte. »Was machen wir hier?«

»Wir gehen zum Arzt«, erklärte Helena und zeigte auf ein Emailleschild neben dem Eingang. »Besser gesagt zu einer Ärztin«, korrigierte sie sich. *Dr. Elisabet Pacheco, Internista e Clínico Geral* war auf der Tafel zu lesen. In dem Fenster daneben klebte ein Hinweis, dass das Gebäude zum Verkauf stand.

Auch wenn es von der Haltestelle bis hierhin nur bergab ging, sorgte die angestaute Mittagshitze wieder dafür, dass Henrik ordentlich ins Schwitzen gekommen war. Ungeachtet der hohen Temperatur schoben sich etliche Leute an ihnen vorbei. Der übliche Trubel im Fischerviertel um diese Zeit. Erst nach Sonnenuntergang verlagerte sich das Besucheraufkommen rüber ins Bairro Alto.

»Zuerst erzählst du mir aber alles über den Auftritt von Damasos!«, verlangte Helena, und Henrik berichtete, was der Ermittler ihm offenbart hatte.

»Du hattest ohne dein Wissen Kontakt zu Bernardo Jacinto«, fasste Helena zusammen, wobei sie darauf bedacht war, möglichst sachlich zu bleiben. Natürlich war ihr anzusehen, wie wenig ihr diese Entwicklung gefiel. »Umso wichtiger ist es, möglichst viel über diese dubiosen Todesfälle in Erfahrung bringen …«

»… bevor sie dich wegen Befangenheit davon abziehen«, vollendete Henrik ihre Befürchtung. Auch er hatte seine unerklärbare Verstrickung mit dem Tod von Bernardo Jacinto noch nicht verkraftet. »Und diese Dr. Pacheco ist die Hausärztin von Jacinto?«

»Behauptet sein Nachbar«, sagte Helena und drückte gegen die Eingangstür, die sie in einen erträglich kühlen Flur führte. Die Praxis lag im Erdgeschoss, der Empfangsraum, der auch als Wartezimmer genutzt wurde, war leer. »Wir haben noch geschlossen!«, tönte es durch die halb offene Türe aus dem Nebenraum. »Sprechstunde ist wie immer erst ab 16 Uhr!«

Helena und Henrik sahen sich an, dann folgten sie der Stimme und betraten das Behandlungszimmer. Ein Schrank und zwei Vitrinen drängten sich auf engstem Raum zusammen mit einer Liege und einem Schreibtisch, hinter dem eine Frau im weißen Behandlungskittel saß. Davor stand der Stuhl, der für den Patienten bestimmt war. Durch das Fenster in ihrem Rücken schimmerte milchiges Tageslicht. Die Ärztin schrieb ohne Eile den Satz zu Ende, den sie in eine Karteikarte eintrug, bei der es sich vermutlich um eine Krankenakte handelte. Da er keinen Computer sah, ging Henrik davon aus, dass die Erfassung der Patientendaten und ihrer Leiden in dieser Praxis noch nicht auf digitale Weise erfolgte.

Dr. Pacheco legte den Füller akkurat parallel ausgerichtet neben die Schreibunterlage, bevor sie aufblickte. »Ich sagte doch …« Sie verstummte. Ihr graues, drahtiges Haar, das ihr ungekämmt und wirr vom Kopf abstand, rahmte ein schmales Gesicht ein. Zwischen ihren faltigen Wangen lag ein dünner Mund mit spitzen Lippen. Ihre Augen waren von klarem hellem Grau. Sie hob ihre buschigen Brauen und krauste die Stirn. »Neue Patienten«, stellte sie fest, auch wenn ihr amüsierter Gesichtsausdruck verriet, dass sie sofort durchschaute, dass Helena und er nicht wegen einer Behandlung hier erschienen waren.

»Polizei!«, berichtigte Helena, trat bis an die Kante des weiß lackierten Schreibtisches und zeigte ihren Dienstausweis vor. Dr. Elisabet Pacheco widmete der Legitimation keine Sekunde. Sie behielt ihr schmales Lächeln und schielte schließlich an Helena vorbei, um Henrik eindringlich zu mustern, ohne jedoch seine Anwesenheit zu erfragen. Unverhofft befiel ihn das Gefühl, diesen abschätzenden Blick zu kennen. Doch er kam nicht darauf, wo er die Ärztin schon einmal getroffen haben könnte. Falls es der Medizinerin ähnlich erging, ließ sie sich nichts anmerken. Dr. Pacheco musste bereits um die siebzig oder gar noch älter sein, was die Frage aufwarf, wieso sie in diesem Alter noch praktizierte. Er kam nicht weiter dazu, sich darüber Gedanken zu machen, denn Helena wurde in dieser Sekunde ihre erste Frage los.

»Sie sind Dr. Elisabet Pacheco?«

Die Antwort bestand aus einem kaum vernehmlichen Nicken.

»Wir kommen wegen einem Patienten von Ihnen, Bernardo Jacinto.«

Die Ärztin legte ihre Fingerspitzen aneinander, ehe sie entgegnete: »Ich muss Sie sicher nicht an die ärztliche Schweigepflicht erinnern.«

»Nun, er ist verstorben«, klärte Helena sie auf. Henrik achtete genau auf die Reaktion von Dr. Pacheco, doch die Nachricht über das Ableben ihres betagten Patienten schien keine Überraschung für sie zu sein. »Die Schweigepflicht gilt auch über den Tod des Patienten hinaus«, beharrte sie.

»Das ist wohl wahr, aber es liegt im Falle des Ablebens immer im Ermessen des Arztes, ob es weiterhin sinnvoll ist, daran festzuhalten, oder aber hilfreicher, dies nicht zu tun«, konterte Helena.

»Weshalb?«, fragte Dr. Pacheco.

»Um uns die Arbeit zu erleichtern.«

Der Blick der Ärztin wanderte zwischen Helena und Henrik hin und her. »Aufgrund seiner Diagnose war damit zu rechnen, dass Senhor Jacinto nicht mehr sehr viel Zeit bleibt«, erklärte sie. »Dennoch ist es bedauerlich. Wann ist er von uns gegangen?«

»Vor drei Tagen«, sagte Helena. Für ein paar Sekunden behielt das Schweigen die Oberhand in dem winzigen Behandlungszimmer.

»Und wieso kommt die Polizei deshalb zu mir?«, verlangte Dr. Pacheco schließlich zu erfahren.

»Der Umstände wegen, wie Senhor Jacinto gestorben ist«, machte Helena deutlich.

»Ich verstehe zwar nicht, warum das die Kriminalpolizei interessiert, aber ich will mir auch nicht vorwerfen lassen, Ihre Arbeit zu behindern. Sie sollten allerdings verstehen, dass ich Ihnen seine Krankenakte nur offenlege, weil ich weiß, dass er keine Angehörigen mehr hat.« Die Ärztin behielt ihren ruhigen, von nicht zu überhörendem Sarkasmus durchwobenen Tonfall bei.

»Es gab eine Sektion, wir wissen von dem Krebs«, machte Helena klar. Wieder sah Dr. Pacheco erst zu Henrik, dessen Anwesenheit sie immer noch nicht erklärt haben wollte.

»Wenn Sie schon informiert sind, warum dann dieser Aufmarsch?«

»Wie bereits erwähnt, die Umstände, unter denen Senhor Jacinto verstarb, werfen Fragen auf.«

»Ich höre!«, forderte sie Helena auf fortzufahren.

»Wann war Senhor Jacinto zuletzt bei Ihnen?«

»Wir sahen uns beinahe wöchentlich. Stets dann, wenn er unter starke Schmerzen litt, was wegen des rapiden Fortschreitens seiner Erkrankung in immer kürzeren Abständen erfolgte.« Sie blätterte in ihrem Tischkalender, obwohl es Henrik offensichtlich war, dass sie nicht hätte nachsehen müssen, um mit der verlangten Information herauszurücken. »Vor drei Tagen, sagten Sie?«

Dr. Pacheco sah auf, und Helena nickte.

»Dann ist Bernardo am Tag vor seinem Tod noch einmal bei mir in der Praxis gewesen«, verkündete sie schließlich.

»Was haben Sie ihm da gegen seine Schmerzen verabreicht?«, fasste Helena nach.

»Ein gängiges Morphin, das er gut vertragen hat.«

»Nichts weiter?«

»Nichts weiter«, bestätigte Dr. Pacheco ruhig. Helena zog ihr Handy aus der Tasche und zeigte der Internistin das Foto einer Medikamentenpackung. »Die habe ich in Bernardos Badezimmer gefunden.«

»Ja, das sind Schmerzstiller, die ich ihm verschrieben haben. Nur reichte deren Wirkung zuletzt meistens nicht mehr aus.« Die Ärztin ließ sich von Helenas scharfem Ton nicht dazu verleiten, ebenfalls ihre Stimme zu erheben. Henrik bekam nach wie vor die Ahnung nicht aus dem Kopf, die Frau mit dem wirren Haarschopf schon einmal getroffen zu haben. Doch sosehr er auch darum rang, er kam nicht darauf, welche Umstände dazu geführt haben könnten. Und in Dr. Pachecos Miene fand er keine Anzeichen dafür, dass sie ihn kannte. Oder aber sie besaß das unvergleichliche Talent, sich derartig geübt zu verstellen.

»Wie sieht es mit Natriumpentothal oder Ketamin aus?«

»Um Gottes willen, wieso sollte Bernardo so etwas einnehmen?«

»Es wurden Rückstände davon in seinem Körper nachgewiesen«, klärte Helena sie auf.

Dr. Pacheco schüttelte verständnislos den Kopf. »Dafür kann ich Ihnen keine Erklärung liefern. Kann ich sonst noch etwas für Sie tun?«

Helena öffnete ein weiteres Foto aus ihrem Bilderordner und hielt es der Ärztin entgegen. »Kennen Sie diese Frau?«

Dr. Pacheco verengte ihre Augen, was die Krähenfüße, die sie umrahmten, noch deutlicher hervortreten ließ. »Sie ist keine Patientin von mir, aber ich kann nicht ausschließen, dass ich sie nicht schon mal im Viertel gesehen habe. Ist sie ebenfalls verstorben?«

»Dazu kann ich nichts sagen«, entgegnete Helena.

Die Internistin nickte. »Sind wir dann fertig, ich muss noch einiges vorbereiten, bevor die Praxis öffnet.«

»Haben Sie keine Sprechstundenhilfe?«

»Dazu kann *ich* nichts sagen«, konterte Dr. Pacheco und machte keinen Hehl mehr aus ihrem Zynismus. »Wieso rücken Sie nicht endlich damit heraus, was Sie wirklich in Erfahrung bringen wollen?«

»Ich werde herausfinden, wer Bernardo Jacinto dabei geholfen hat, sein Leiden zu verkürzen«, stellte Helena unmissverständlich klar.

21
Helena

Fahrplan Funicular da Graça, alle 5 Minuten ab Estação Inferior

Sie war noch keine fünf Minuten im Büro, da ploppte auf ihrem Bildschirm die Anordnung auf, sich umgehend beim Comandante zu melden. Sie musste kein Orakel befragen, ahnte auch so, dass die Stunde geschlagen hatte. Man würde ihr die Untersuchungen der Todesfälle in der Straßenbahn wegnehmen, sie möglicherweise sogar beurlauben. Dabei war sie gestern ein ganzes Stück weitergekommen, auch wenn handfeste Indizien bisher Fehlanzeige waren.

Während ihrer Befragung von Dr. Pacheco hatte sie nahezu von Beginn an den Verdacht, dass die Frau etwas zu verbergen suchte. Etwas, das sich nicht allein mit der ärztlichen Schweigepflicht erklären ließ. Eine Meinung, die Henrik mit ihr teilte. Außerdem hatte er nach dem Verlassen der Praxis angemerkt, Dr. Pacheco von irgendwoher zu kennen, was ihr ziemlich seltsam vorkam. Leider war ihm auch heute früh noch nicht wieder eingefallen, wann und unter welchen Umständen er der Ärztin schon einmal begegnet sein könnte. Doch Helena vertraute seiner Intuition, und wenn die ihn nicht trübte, dann konnte diese vermeintliche Begegnung auch für ihre Ermittlung von Bedeutung sein. Wieder einmal brauchte sie mehr Geduld, als sie für gewöhnlich aufzubringen vermochte.

Erfolgreich war sie gestern zudem bei der Identifizierung des ersten Opfers gewesen. Darüber hatte sie bisher noch nicht Bericht erstattet, vor allem, weil sie nach ihren gestrigen Recherchen im Alfama nicht noch einmal zurück in die Dienststelle gefahren war, um das Unvermeidliche aufzuschieben, das sie dafür jetzt ereilen würde. Aber tatsächlich hatte sich der von der Krämerin Maria empfohlene Besuch in der Fleischerei jenes Fernandos dahingehend gelohnt. Der Metzger kannte zwar ebenfalls keinen Namen, wusste aber, wo die Frau wohnte, nachdem sie ihm das Foto der Toten gezeigt hatte. Also hatten sie im Anschluss an die Vernehmung von Dr. Pacheco einen Abstecher dorthin gemacht. Die Becco do Surra lag tatsächlich nicht weit von ihrer alten Wohnung entfernt. Als sie vor dem schmalen Haus ankamen, das ihr der Schlachter genannt hatte, entdeckten sie augenblicklich eine weitere Gemeinsamkeit mit Bernardo Jacinto. Auch dieses Gebäude war baufällig und stand zum Verkauf. Leider trafen sie niemanden an, doch in der Pastelaria schräg gegenüber war die Verstorbene namentlich bekannt. Auch wenn es in der Nachbarschaft über die Frau, die Ana Duarte hieß, sonst nicht viel zu erfahren gab. Sie lebte allein und zurückgezogen und bekam angeblich nie Besuch, wie die Thekenkraft aus der Pastelaria zu berichten wusste. So wie sich die Situation darstellte und obwohl die Seniorin vor knapp einer Woche verstorben war, hatte sie in ihrer Straße bislang niemand vermisst. Eigentlich wollte Helena heute als Erstes ihren Bericht dazu verfassen, doch nun musste sie bei Ralha antanzen.

Auf dem Weg durchs Büro meinte sie sämtliche Blicke ihrer Kollegen und Kolleginnen auf sich zu spüren. Mit eingezogenem Kopf stieg sie hinauf in die fünfte Etage. Sie hatte schon die Tür zu Ralhas Vorzimmerdame im Visier, als sie vom Treppenhaus her schnelle Schritte hörte. Sie drehte sich danach um und sah Damasos den Gang entlanghasten. Eigentlich rannte er nie. Helena war sofort alarmiert.

Damasos bremste, als er sah, dass sie ihn bemerkt hatte. »Kommen Sie!«, rief er und machte kehrt, ohne abzuwarten, ob sie ihm folgte. Erst beim Lift am Ende des Korridors schloss sie zu ihm auf. Er drückte mehrfach ungeduldig die Ruftaste.

»Was ist passiert?«

Seine Augen verdunkelten sich. Der Fahrstuhl kam, er huschte hinein und sie hinterher. Er hämmerte mit dem Knöchel auf den Knopf, der sie in die Tiefgarage brachte. Danach strich er seine Krawatte glatt und rückte das Jackett zurecht. »Noch eine Tote«, verkündete er, ohne sie anzusehen. »Ausgerechnet in der Funicular da Graça.«

»Die neue Standseilbahn«, raunte Helena, mehr zu sich selbst. Damasos nickte. »Gleich bei der ersten Fahrt heute Morgen. Mehr weiß ich noch nicht«, ließ er sie wissen. Helena hatte die neue Attraktion im Mouraria-Viertel noch nie benutzt. Die Bahn war vorrangig gebaut worden, um den Touristen den beschwerlichen Aufstieg über Hunderte von Stufen hinauf zum berühmten Aussichtspunkt Miradouro da Graça zu ersparen.

»Der Wagen war natürlich voll. Er fasst ja nur vierzehn Passagiere pro Fahrt. Alles Urlauber, die früh nach oben wollten. Es gab Verletzte, als die Tote unter ihnen entdeckt wurde und alle panisch nach draußen drängten«, sprach Damasos weiter gegen die Fahrstuhltür. Wegen der Enge in der Kabine konnte sie den Körperausdünstungen ihres Kollegen nicht entkommen. Sie bereute, nicht die Treppe genommen zu haben, aber freilich hatte der überstürzte Aufbruch sie dahingehend überrumpelt. Sie versuchte so flach wie nur möglich zu atmen. Endlich bremste der Lift, die Tür öffnete sich und erlöste sie. Über den rissigen Beton eilten sie mit langen Schritten zu ihrem Dienstfahrzeug. Damasos reichte ihr den Autoschlüssel. Er war niemand, der darauf bestand, selbst zu fahren, auch nicht, wenn eine Frau ihn zu einem Einsatz begleitete. Dieses und vergleichbare Verhaltensmuster ließen ihn auf gewisse Weise emanzipiert und liberal erscheinen. Gleichwohl war er aber auch ein verklemmter Verfechter von Rangordnung und Besoldungsstufen. Es war für Helena von Anfang an schwer, aus ihm schlau zu werden. Mitunter ein Punkt, warum ihre Vorbehalte ihm gegenüber nie verschwunden waren. Und nach der jüngsten Entwicklung fühlte sie sich in ihrem Misstrauen bestätigt.

Kaum saßen sie im Wagen, ließ sie die Seitenscheibe nach unten. Er war das von ihr gewohnt, und sie hoffte, dass er sie lediglich für eine Frischluftfanatikerin hielt und diese Marotte nicht persönlich auf sich bezog. Das wäre ihr trotz allem peinlich gewesen, denn schließlich war es ihre Psyche, die sich diese absurde Aversion herausnahm.

Mit dem integrierten Blaulicht, das martialisch aus allen Ritzen des neuesten Skoda-Modells blitzte, kamen sie schnell voran. Da die Standseilbahn jedoch an ihrem oberen Haltepunkt zum Stillstand gekommen war, mussten sie über die stets zugeparkte Serpentinenstraße hinauf zu der Panoramaterrasse fahren, was unnötig viel mehr Zeit kostete. Die Ortspolizei hatte im Bereich der Igreja da Graça bereits großräumig abgesperrt. Neben einigen Polizeiautos standen dort auch zwei Rettungswagen, die sich entlang des kleinen Parks aufreihten, der nordöstlich an die von dichten Pinienbewuchs beschattete Aussichtsterrasse grenzte. Unter den Einsatzkräften herrschte hektisches Treiben. Ein Uniformierter winkte sie unter dem Absperrband hindurch. Noch während sie ausstiegen, eilte die zuständige Brigadeführerin der Polícia Municipal auf sie zu. Mit zerknirschter Miene stellte sie sich als Patrícia Marques vor. Helena war der stämmigen Mittvierzigerin schon mehrfach bei Einsätzen begegnet.

»Was haben wir?«, fragte Damasos.

»Fünf verletzte Fahrgäste, alles Touristen. Nachdem ersichtlich wurde, dass sich eine Tote in der Kabine befand, löste dies eine Hysterie aus. Und kaum hatte die Bahn den Halt hier oben erreicht, versuchten alle gleichzeitig ins Freie zu drängen. Damit war das Chaos perfekt. Ein Wunder, dass nicht mehr als nur ein paar Schrammen und Quetschungen dabei herauskamen. Nur der Angestellte, der eigentlich für einen reibungslosen Ausstieg sorgen sollte, musste ins Krankenhaus, weil er in den Pulk der Hinausstürmenden geriet. Er fiel hin und holte sich eine Platzwunde am Kopf. Wir konnten noch nicht mit ihm sprechen. Alle anderen Verletzten werden gerade lokal versorgt.« Sie zeigte rüber zu den Rettungswagen. »Wir wären schon weiter mit der Zeugenbefragung, hätten wir nicht zuerst die Reporter verscheuchen müssen. Einige von diesen Aasgeiern waren schon vor dem Eintreffen der ersten Streife hier. Gerade so, als hätte jemand zunächst die Presse und danach erst Polizei und Rettung verständigt.«

Damasos warf Helena einen fragenden Blick zu. »Und die Tote?«, richtete er sich dann wieder an Marques. Die Polizistin reichte ihm einen Plastikbeutel, der einen deutschen Reisepass enthielt. »Den hatte sie einstecken. Alles andere, was sie bei sich trug, packt gerade ein Kollege von der KTU ein.«

Damasos gab den Pass sofort an Helena weiter, die bereits Einmalhandschuhe übergestreift hatte. Vorsichtig ließ sie das Dokument aus dem Beutel gleiten und klappte es auf. »Doris Schiller«, las sie vor, »geboren 1952, wohnhaft in Hannover.«

»Haben die Reporter Fotos gemacht?«

»Was glauben Sie denn, wir mussten sie aus der Bahn jagen.«

Helena erkannte, dass ihr Kollege für eine Sekunde um seine Beherrschung kämpfte. Vielleicht spielte er gedanklich gerade durch, wie der Comandante auf die Anwesenheit der Medienvertreter reagieren würde. Nach den Schlagzeilen der letzten

Tage dürfte ein weiterer cholerischer Ausbruch von Ralha nicht ausbleiben. »War die Frau allein unterwegs?«, fragte Helena die Polizistin.

»Von den Fahrgästen, mit denen ich geredet habe, kannte sie niemand. Und diejenigen, die gleich abgehauen sind, werden wir sehr wahrscheinlich nicht mehr aufspüren können, um sie zu befragen.«

Das gleiche Muster wie bei den vorangegangenen Toten. Nicht alle wollen sich ihrer Verantwortung stellen, dachte Helena, musste sich dann jedoch wieder auf Marques konzentrieren, die ihre Ausführungen noch nicht beendet hatte.

»Ich lasse gerade prüfen, in welchem Hotel sie untergebracht ist. Oder ob sie von dem Kreuzfahrtschiff kam, das seit gestern am Kai liegt.«

»Gut!«, sagte Damasos. »Ab hier übernehmen wir. Schicken Sie mir zügig Ihren Bericht!«

Marques nickte knapp und stiefelte davon.

Am Eingang zur neu erbauten Haltestelle des Funicular da Graça trafen sie auf den Forensiker in seinem weißen Einmaloverall. »Ah, die Kripo hat es auch geschafft. Ich kann gleich mal eure Erwartungen dämpfen. Hab zwar jede Menge Zeug eingepackt«, ließ er sie wissen und hob den Karton an, den er vor sich hertrug und in dem er die vermeintlichen Beweise gesammelt hatte, »doch in dem Durcheinander, das die Fahrgäste da drin hinterlassen haben, dürfte nicht wirklich viel Brauchbares dabei herauskommen. Ich weiß ohnehin nicht, wieso man uns angefordert hat. Sieht doch alles nach Herzversagen oder Ähnlichem aus.«

»Wir werden sehen«, raunte Damasos, was der Kriminaltechniker mit einem Schulterzucken kommentierte. »Wenigstens haben sie wieder die Hübsche aus der Rechtsmedizin geschickt«, fügte der Forensiker noch an und schenkte ihnen ein dämliches Grinsen, bevor er abzog. Helena musste an sich halten, ihm nicht eine zynische Bemerkung hinterherzurufen. Sie wusste leider sofort, wer mit der Hübschen aus der Rechtsmedizin gemeint war, was sie für einen kurzen Moment aus dem Konzept brachte. Als sie sich wieder gefangen hatte, schloss sie zu Damasos auf, der vor das gelbe, futuristisch anmutende Gefährt mit den rundlichen Ecken getreten war, das nichts von dem Charme der drei alten Ascensores besaß, die der Bevölkerung beim Überwinden der Höhenunterschiede im hügligen Stadtgebiet schon seit dem 19. Jahrhundert zu Diensten waren. Vielleicht hatte Helena auch deshalb noch keinen Anlass gesehen, dieses modernste aller Lissabonner Transportmittel auszuprobieren. Doch eigentlich beschäftigte sie weiterhin die Pathologin, auf die sie sogleich treffen würde. Ihr blieb nichts anderes übrig, als Damasos in die Standseilbahn zu folgen. Und da war sie auch schon. Im hinteren Bereich der Kabine beugte sich Dr. Sónia da Silva über die Tote. Helena war die ganze Zeit über bewusst gewesen, dass sie Sónia nicht ewig ausweichen konnte. Dass sie sich beruflich früher oder später über den Weg liefen. Und auch wenn es ihr schwerfiel, sie musste sich jetzt zusammennehmen und alles professionell über die Bühne bringen.

Sónia sah sich nach ihnen um, bemerkte Helena und lächelte. »Guten Morgen!«

Damasos grüßte zurück, während Helena nur ein unverständliches Murren hervorbrachte.

»Was haben wir?«, fragte Damasos.

»Keinerlei Äußerlichkeiten, die eine Todesursache erkennen ließen. Diesbezüglich sind wir erst nach der toxikologischen Untersuchung schlauer. Nach der Vorgeschichte ist nicht auszuschließen, dass auch ein Zusammenhang zu den beiden vergleichbaren Todesfällen der letzten Woche besteht.«

»Mit der Ausnahme, dass es sich diesmal um eine Touristin handelt«, fügte Damasos an.

»Und nicht die Linie 28 betroffen ist«, ergänzte Helena.

Sónia suchte Helenas Blick. »Das zu verstehen, bleibt eure Sache«, kommentierte sie und widmete sich wieder der Toten, die dort wie friedlich schlummernd mit dem Oberkörper quer über der Sitzbank lag. Helena konnte nur mutmaßen, was während der kurzen Fahrt den Berg hoch vorgefallen war. Doris Schiller ereilte der Tod, und sie kippte dadurch zur Seite und gegen ihren Sitznachbarn. Die Person dürfte daraufhin erschrocken aufgesprungen sein, was in der Folge in der engen Kabine zu einer Panik unter den Fahrgästen führte. Und als die Bahn ihr Ziel erreichte und die Tür sich öffnete, hatten alle die Flucht angetreten, während die Deutsche leblos in der Stellung liegen blieb, in der sie nun vor ihnen lag.

Es standen ihnen einige Befragungen bevor. Nicht nur von denjenigen, die heute Morgen zusammen mit Doris Schiller den Funicular da Graça genutzt hatten. Sollte sich eine Verbindung zu den Toten in der Linie 28 ergeben, würden sie alles daransetzen müssen, auch mit den Fahrgästen dieser beiden Fahrten zu sprechen. Zumindest mit denen, die von der Ortspolizei bei der Aufnahme der Todesfälle namentlich erfasst worden waren. Das hatte Helena bislang aufgeschoben, weil sie mit dem einzig relevanten Zeugen unter einem Dach wohnte. Jedenfalls stand für sie nun fest, dass diese Untersuchung ab sofort deutlich mehr Personal beanspruchen würde. Was auch damit zusammenhing, dass die Tote von heute eine Touristin war. Auch wenn es pietätlos klang, aber darüber war Helena auf gewisse Weise froh. Nicht dass sie sich noch ein Opfer innerhalb dieser seltsamen Ermittlung gewünscht hätte, doch eine tote Urlauberin in dieser Reihe mysteriöser Todesfälle würde sehr wahrscheinlich deutlich mehr Hebel in Bewegung setzen, als es bislang geschehen war. Blieb es dennoch bei der Entscheidung, sie von dieser Untersuchung auszuschließen? Oder wartete Ralha ab, wie sich die Lage entwickelte, bevor er auf ihre Mithilfe verzichtete?

Sónia gab ihnen ein Zeichen, dass sie sich nun selbst ein Bild machen konnten. Helena wich zur Seite, trotzdem führte der schmale Mittelgang dazu, dass die Rechtsmedizinerin sich nah an ihr vorbeischob. Sie roch Sónias Parfüm und ertappte sich dabei, dass sie es besser gefunden hätte, wenn der attraktiven Ärztin der latente Verwesungsgeruch angehaftet wäre, dem sie in der Pathologie fortwährend ausgesetzt war. Sónia verlor kein Wort, ließ stattdessen ihre Augen sprechen. In den ungewöhnlichen jadefarbenen Iriden spiegelte sich eine Botschaft, die Helena zu deuten verstand. Eine Bitte um Verzeihung, was widersinnig war, denn eigentlich müsste diese Geste von Helena ausgehen. Sie war es, die Sónia angegangen und beschuldigt hatte, bei einem vorangegangenen Fall Sektionsergebnisse manipuliert zu haben. Nun, tatsächlich konnte dieser Verdacht nie ausgeräumt werden, was schlicht und einfach daran lag, dass auf eine offizielle Untersuchung wegen *unergründbarer Vorwürfe* verzichtet worden war.

»Inspetora!«, hörte sie Damasos sagen und bemerkte, dass sie der Rechtsmedizinerin, die zwischenzeitlich die Kabine verlassen hatte, immer noch hinterherblickte. Sie nickte ihrem Kollegen zu und lauschte dann seiner Theorie darüber, was sich vor rund neunzig Minuten in dem Funicular da Graça abgespielt hatte. Eine Theorie, die sich nicht grundlegend von der ihren unterschied.

22
Henrik

Die Nachricht, die ihm Helena zukommen ließ, bestand nur aus zwei Worten: *Noch eine!* Mehr brauchte es nicht, damit er von seinem ursprünglichen Vorhaben abkam, erneut mit seiner Mutter zu telefonieren.

Sofort schaltete er das Radio ein. Es war von einer toten Touristin die Rede und von Verletzten, die sich mit ihr in der neuen Standseilbahn hinauf zum Panorama von da Graça befunden hatten. Völlig perplex darüber, wie gut die Sprecherin über den Vorfall Bescheid wusste, vergaß Henrik seinen kranken Vater. Die Anspannung, die er seit dem Aufstehen überdeutlich in sich spürte, erhielt eine andere Gewichtung. Sein Kriminalisteninstinkt nötigte ihn dazu, die Organspende beiseitezuschieben. Er musste jetzt zuerst über die eben gehörte Sache nachdenken. Über die Häufung fragwürdiger Todesfälle in öffentlichen Verkehrsmitteln. Er konnte nicht anders, das wusste er. Mit einem Becher Kaffee bewaffnet, ging er runter ins Antiquariat, schloss die Ladentür auf, stellte einen Stuhl hinaus auf die Gasse und setzte sich vors Haus. Von seinem Kaffee nippend, dachte er über die Vorkommnisse der vergangenen Woche nach. Über die Bindeglieder. Dass die drei Toten auf nahezu identische Weise aufgefunden worden waren. Laut der Berichterstattung war auch das dritte Opfer in den Siebzigern, was eine weitere Gemeinsamkeit ergab. Doch dann der Bruch. Im Radio war von einer Touristin die Rede. Wenn das stimmte, war sie das erste Todesopfer, das nicht aus Lissabon stammte. Wie passte das in die Serie? Und da war noch eine zweite Sache.

Von Helena wusste er, dass Bernardo Jacinto und Ana Duarte unheilbar krank gewesen waren. Diesen Umstand hielt er bis zum jetzigen Zeitpunkt für einen entscheidenden Hinweis. Wie stand es gesundheitlich um die heute gefundene Urlauberin? Das war eine Frage, die er vorerst nicht beantwortet bekam. Und womöglich auch Helena nicht, weil man ihr den Fall wegnahm. Wegen ihm, denn auch er war ein Bindeglied. Besser gesagt, er war zu einem gemacht worden, was die ersten zwei Opfer betraf. Aber wie waren Jacinto und Duarte in ihrem Zustand überhaupt in die Eléctrico gekommen? Jemand musste sie begleitet und in die Bahn gesetzt haben und dann rechtzeitig wieder ausgestiegen sein, bevor die schleichende Wirkung des verabreichten Medikamentencocktails zum Tod führte. Henrik konnte sich einen anderen Ablauf kaum vorstellen. Da war jemand, ein oder vermutlich eher mehrere Täter, die sich nicht nur mit der Wirkungsdauer dieser Präparate auskannten, sondern auch gut mit den Fahrplänen der Bahnen vertraut waren. Und die darauf basierend ein akribisches Timing erarbeitet hatten. Nur, wie musste er sich ein Motiv zu diesen Szenarien vorstellen? Was trieb die Mörder an? Warum auf diese skurrile Weise? In aller Öffentlichkeit und doch verborgen.

Timing, Fahrpläne, pharmazeutische Kenntnisse. Das waren wichtige Schlagworte, doch er musste sich eingestehen, dass er damit jetzt nicht weiterkam. Daran war auch die wachsende Unruhe schuld, die sich in ihm ausbreitete und seine Konzentration zerspante. Er verspürte Furcht über die perfide Art, wie man ihn in diese Todesserie hineinzog. Wie man ihn manipuliert und benutzt hatte. Wie auch Bernardo Jacinto, der ihm angeblich eine Büchersammlung verkaufen wollte, die sehr wahrscheinlich gar nicht existierte. Er glaubte auch nicht, dass es Jacinto selbst war, der ihm diese E-Mails geschrieben hatte.

Zwangsläufig musste er sich fragen, ob er nicht weitaus mehr wüsste, wenn es vor vier Tagen nicht zu dem Blackout gekommen wäre. Überhaupt, was war der Auslöser, der ihn dazu bewogen hatte, ausgerechnet mit der Straßenbahn zu fahren, in der Bernardo Jacinto zum Sterben zurückgelassen wurde? Gut, er fühlte sich zu diesem Zeitpunkt nervlich überlastet wegen seinem Vater. Eine solch extreme Situation in Kombination mit seiner psychischen Erkrankung konnte durchaus einen Aussetzer bewirken. Das war ihm nicht zum ersten Mal passiert, seit er sich die Kugel eingefangen hatte. Und auch die Medikamente, die er dagegen einnahm, waren nicht immer eine Garantie, dass sein Gehirn ihn gelegentlich aus der Zeit fallen ließ. Dennoch konnte er es unter den gegebenen Umständen nicht mehr nur als einen Zufall abtun. Mit dem, was er zwischenzeitlich an Erkenntnissen gesammelt hatte, war das genauer betrachtet unmöglich. Auch das wurde arrangiert. *Also, Henrik, denk nach, wer manipuliert dich?*

Selbst mit Helenas Hilfe hatte er es bislang nicht geschafft, sein Bewegungsmuster an diesem Tag in Gänze zu rekonstruieren. Die etwa drei, vier Stunden unmittelbar vor dem Blackout schienen unwiederbringlich in seinem Gedächtnis verloren gegangen zu sein. Was er noch zu wissen glaubte, war, dass er davor in einem Café gesessen hatte. Alleine wegen des Kaffeeflecks auf der Hose, von dem er jedoch nicht wusste, wie der dort hingekommen war. Er fand es naheliegend, dass das Ganze irgendwo bei ihm um die Ecke passiert sein musste. Schlichtweg aus der Überlegung heraus, dass er sich selten weit vom Antiquariat wegbewegte, wenn ihn um die Mittagszeit der Hunger überkam. Natürlich war er im Viertel mittlerweile hinlänglich bekannt, weshalb er rumfragen konnte. Womöglich würde sich ein Kellner oder eine Thekenkraft daran erinnern, ob er vor vier Tagen bei ihnen eine Pause eingelegt hatte. Vielleicht sogar ein Schwätzchen gehalten und beiläufig geäußert hatte, was er im Anschluss vorhatte. Das war alles in allem ein sehr vager Ansatz. Aber jetzt, da sich dieser dunkle Schatten eines Verdachts immer weiter über ihn schob, brauchte er dringend eine Antwort.

Henrik sah hoch zu dem Blechschild über dem Eingang seines Ladens. *Antiquário e Antiguidade* stand dort in geschwungenen Lettern geschrieben. Eigentlich müsste auch noch *e Segredos* darunter stehen: und Geheimnisse.

Er dachte an Martin, der ihm das Antiquariat und diese Geheimnisse vermacht hatte. Martin, der jetzt in einem ähnlichen Alter wie die toten Senioren wäre, wenn man ihn am Leben gelassen hätte. Bestand womöglich auch hier eine Verbindung? Fanden sich Hinweise im Antiquariat, die eine Erklärung für diese Mordserie liefern konnten? War es wieder so weit, dass er sich im Archiv der ungeklärten Verbrechen auf die Suche nach möglichen Antworten machen musste? Nun, es stimmte, er konnte genauso gut hier anfangen. Henrik trank den Kaffee leer, atmete tief ein und erhob sich von dem knarzenden Holzstuhl. Mit gemischten Gefühlen betrat er das einstige Reich von Martin Falkner.

23
Helena

Der Comandante hörte sich mit verkniffener Miene ihre erste Einschätzung der Sachlage an. Die Zeugenbefragungen hatten bisher keine nennenswerten Ergebnisse gebracht. Zwei der Fahrgäste konnten sich zumindest erinnern, die ältere Dame in der Warteschlange vor der Standseilbahn gesehen zu haben. Ohne jedoch ein auffälliges Verhalten bei ihr bemerkt zu haben. Gesprochen hatte Doris Schiller mit niemandem, was vermutlich auch daran lag, dass sie die einzige Deutsche unter den Fahrgästen war.

Ihre Hoffnung lag nun bei den Videoaufzeichnungen der Standseilbahn. Ein Beschluss zur Freigabe war bereits an die Betreiberfirma gegangen.

»Bisher stellt sich der Ablauf, der mit dem Tod von Senhora Schiller endete, anhand der Zeugenaussagen wie folgt dar«, fasste Damasos zusammen. »Die Frau stieg als eine der Ersten ein und starb während der Fahrt, die keine fünf Minuten dauerte, und ohne die unmittelbare Einflussnahme einer weiteren Person. Dabei erscheint mir schon allein diese kurze Zeitspanne als völlig absurd …«

»… allerdings halte ich dieses schmale Zeitfenster mit für entscheidend«, ergänzte Helena, was Damasos mit einem Nicken bestätigte. »Der Tod von Doris Schiller ist vergleichbar mit dem Ableben von Ana Duarte und Bernardo Jacinto, doch er weist auch Unterschiede auf, angefangen damit, dass die beiden deutlich länger unterwegs waren, bevor ihr Tod bemerkt wurde.«

»Was wollen Sie mir sagen, Inspetora, dass der Täter es diesmal auf die Spitze getrieben hat?«, hakte Ralha nach. »Oder aber, dass das Ableben von Senhora Schiller in keiner Verbindung zu den Toden der beiden anderen steht?«, führte er weiter aus. »So wie ich das sehe, haben Sie nichts außer Spekulationen. Genau wie die verfluchte Journaille, die schreiben auch nur Mist zusammen.« Der Comandante schäumte. Alles, was er vehement vermeiden wollte, war irgendwie eingetreten. Und zu allem Überfluss zwangen ihn die Umstände nun auch noch dazu, dass er erneut Gelder für das Einberufen einer Sonderkommission genehmigen musste.

Natürlich ernannte er Damasos zu deren Leiter, aber damit hatte Helena gerechnet. Ihrem Kollegen gelang es schnell, die Besetzung für diese Soko zusammenzustellen und zu versammeln. Wie zuvor bei Ralha informierten sie das Team darüber, was sie bislang wussten. Was wahrlich nicht viel war. Doch das musste sich rasch ändern. Damasos verteilte die Aufgaben, um mehr über den Hintergrund der Rentnerin in Erfahrung zu bringen. Eile wurde an den Tag gelegt, man hätte schon genug Zeit verstreichen lassen, ließ er mehrfach während dieser ersten Besprechung verlauten. Helena nahm diese Kritik persönlich. Als wäre es allein ihr Verschulden gewesen, dass die Ermittlungen zu Beginn der Mordserie verschlafen wurden. Dabei sollte es ausgerechnet Damasos besser wissen.

Nach der Besprechung, die keine halbe Stunde in Anspruch genommen hatte, winkte Damasos sie zu sich. Alexandra hatte ihm während der Unterredung eine Notiz zugesteckt, die er nun an sie weiterreichte. Helena überflog die kurze Nachricht, die noch mehr Informationen enthielt. Doris Schiller, eine alleinstehende Witwe, gehörte einer deutschen Reisegruppe an, die von einer kirchlichen Organisation durchgeführt wurde. Diese hielt sich seit über einer Woche in Portugal auf, die letzten beiden Tage davon in Lissabon.

»Wir fahren zu dem Hotel«, entschied Damasos. Helena folgte ihm, steuerte diesmal aber zielstrebig das Treppenhaus an, was Damasos für zwei Sekunden zu verunsichern schien. Danach war er es, der ihr hinterhereilte. Das Hotel befand sich am Praça dos Restauradores, gleich gegenüber dem Bahnhof. Es war nicht die Art von Herberge, von der Helena erwartet hätte, dass sich dort ein Kirchenverein einquartierte. Das Gat Rossio war eher eine Bleibe für junges Publikum, verfügte über kleine, funktionelle Zimmer und viel automatisierten Selfservice. Der Frau an der Rezeption, die nicht älter als zwanzig aussah und ein bauchfreies Top trug, wusste bereits Bescheid, als sie ihre Dienstausweise vorzeigten.

Sie bekamen Auskunft darüber, wer der Ansprechpartner der Reisegruppe war, die sich zurzeit jedoch auf einem Ausflug hinaus nach Belém befand. Da sich Senhora Schiller ihre Unterkunft mit einer Bekannten teilte, zierte sich die Rezeptionistin, ihnen das Hotelzimmer zu zeigen. Ein kurzer Widerstand, der gebrochen war, als Helena auf die Dringlichkeit hinsichtlich einer Mordermittlung verwies.

Das Quartier der deutschen Gäste war so aufgeräumt, dass sie zuerst dachte, in ein falsches, nicht belegtes Zimmer gebracht worden zu sein. Auch wenn die Reisegruppe nur drei Tage für Lissabon vorgesehen hatte, hatten beide Frauen ihre Koffer sorgfältig ausgepackt und Kleidung und Wäsche akkurat in den vorhandenen Schrank sortiert. Damasos und Helena streiften Einmalhandschuhe über und durchsuchten alles mit einer gewissen Zurückhaltung, weil sie sich scheuten, Unordnung zu hinterlassen. Helena nahm sich das Badezimmer vor, fand aber nichts, was ihr relevant genug vorkam, um es als Indizien zu betrachten. Als sie sich wieder ins Schlafzimmer begab, war Damasos gerade mit den Koffern und Taschen fertig, die fein säuberlich im unteren Bereich des Schranks aufgeschichtet waren. Sie sah ihn an, und er schüttelte nur den Kopf.

»Warten Sie hier, bis diese Leute von ihrer Klostervisite zurück sind!«, verlangte Damasos, nachdem sie sich wieder unten an der Rezeption eingefunden hatten. »Sprechen Sie mit der Senhora, die mit Doris Schiller das Zimmer teilte. Vielleicht bringen Sie noch was in Erfahrung! Wir sehen uns später in der Dienststelle.« Damit ließ er sie stehen, und Helena stellte fest, dass sie keine Probleme mit dieser Arbeitsteilung hatte. Sie setzte sich im Foyer des Hotels in einen der ausladenden Polstersessel, mit Blick auf den Eingang. Von dort aus beobachtete sie das Kommen und Gehen von Gästen und verspürte eine unerwartete Ruhe in sich, die sie in dieser Weise gar nicht von sich kannte. Sie ahnte, dass sie eine Entscheidung getroffen hatte. Dies würde ihr letzter Fall für die Divisão de Investigação Criminal sein. Es hörte sich wie eine Beschwörungsformel an, so unvorstellbar war dieser Entschluss, und dennoch kam er ihr zumindest im Moment wie der einzig gangbare Weg für ihre Zukunft vor.

Gleichzeitig hatte sie die feste Absicht, diese Ermittlung erfolgreich zu beenden. Wobei ihr einfiel, dass sie es bis hierhin versäumt hatte, die zuständige Staatsanwältin zu kontaktieren, so wie sie sich das ursprünglich vorgenommen hatte. Nun würde auch diese Aufgabe dem Soko-Leiter zufallen, was sie bedauerte. Noch während sie darüber nachdachte, wie sie dennoch ein Gespräch mit der Juristin einfädeln konnte, kehrte die deutsche Reisegruppe von ihrer Exkursion zum Mosteiro de Belém, dem weltbekannten Hieronymuskloster, zurück. Man sah in den Augen der Hereinkommenden, wie die Begeisterung über den spätgotischen Sakralbau bei den Besuchern nachwirkte. Während sich die durchwegs betagten deutschen Urlauber im Empfangsbereich des Hotels um ihren offenkundigen Reiseleiter scharten, um Instruktionen für die weitere Tagesplanung zu erhalten, erhob Helena sich und ging auf die Leute zu. Nach ihrem eher ausgelassenen Verhalten zu schließen, wusste noch niemand von ihnen, was mit der Mitreisenden Doris Schiller geschehen war. Sie postierte sich hinter dem Tourguide und tippte ihm auf die Schulter, eine Geste, die nicht nur bewirkte, dass der Mann erschrocken herumfuhr, sondern auch alle anderen Anwesenden augenblicklich verstummen ließ. Helena hielt dem älteren, schmalgesichtigen Reiseleiter mit dem weißen Haarkranz und der auf den Nasenflügeln platzierten Lesebrille ihren Dienstausweis hin. Zuerst brachte sie ihr Anliegen auf Portugiesisch vor, was noch mehr Unverständnis in den Augen derer erzeugte, die vor ihr standen. Also wechselte sie ins Englische, was dazu führte, dass sich der Angesprochene ihr noch stärker entgegenkrümmte, als erhöhte jedes Wort von ihr das Gewicht an Verantwortung, das ohnehin schon auf seinen spitzen Schultern lastete. »Kriminalpolizei?«, wiederholte er. »Ich verstehe nicht?«

Helena bat ihn, ein paar Schritte weg von der Gruppe zu treten, dem er nur zögernd nachging. »Wie heißen Sie?«, fragte sie nun mit gesenkter Stimme, weil offensichtlich war, dass die Entfernung in dem überschaubaren Foyer nicht ausreichte, um Mithörer völlig auszuschließen.

»Leitz, Dr. Leitz«, ergänzte er. »Was ist passiert?«

»Geht es um Doris?«, ertönte es hinter ihnen. Helena sah über die Schulter. Eine der Frauen war aus der Reisegruppe herausgetreten und auf halbe Distanz zu ihnen stehen geblieben. Helena winkte sie heran. »Sind Sie diejenige, mit der Senhora Schiller das Zimmer teilt?«

Die Frau, brünett gefärbtes Haar, füllig um die Hüften, nickte verhalten.

»Ihr Name?«, fragte Helena.

»Dietlinde Maier.«

»Frau Schiller war zu spät, der Bus musste ohne sie abfahren«, wandte Dr. Leitz auf eine Art ein, die ihn von jeglicher Verantwortung entbinden sollte. In seinem gesamten Auftreten wirkte er auf Helena nicht wie jemand, dem diese Reise auch nur annähernd Freude bereitete.

»Doris wollte noch hinauf zu dieser Aussichtsterrasse, die nicht im Programm steht«, erklärte Senhora Maier.

»Das hätte sie auch später erledigen können, nach der Besichtigung von São Vicente de Fora, danach steht der restliche Tag zur freien Verfügung«, intervenierte der Reiseleiter.

Dietlinde Maier stützte ihre Fäuste in die ausladenden Hüften. »Sie sagte, morgens wäre es nicht so voll und sie könnte es mehr genießen. Und wir hätten sicher auch noch fünf Minuten auf sie warten können«, spielte sie den Vorwurf zurück. »Wir sind ja schließlich im Urlaub und nicht auf der Flucht.«

»Wenn der Bus auf zehn Uhr gebucht ist, fährt der Bus um zehn Uhr ab. So war das kommuniziert, und bislang hat das ja auch prima funktioniert. Außerdem wusste jeder Teilnehmer schon vor Beginn der Reise, dass wir, was die Besichtigungen angeht, knapp getaktet sind«, verteidigte sich Dr. Leitz, der das Einhalten des Zeitplans als überaus wichtig erachtete.

»Senhora Schiller ist verstorben«, verkündete Helena, um dem Gezänke zwischen den beiden Einhalt zu gebieten. Sowohl Dietlinde Maier als auch Dr. Leitz blieb der Mund offen stehen.

»Nein, das ist …«, stammelte der Reiseleiter.

»… schrecklich«, vollendete Senhora Maier den Satz.

»Was ist los?«, tönte es aus der Gruppe heraus.

Dr. Leitz fuchtelte mit beiden Händen. »Begeben Sie sich bitte vorerst auf Ihre Zimmer, ich unterrichte Sie so bald als möglich!«, verlangte er im Befehlston. Keiner von den Leuten bewegte sich von der Stelle.

»Ich rede zuerst mit Senhora Maier!«, erklärte Helena bestimmt und führte die sichtlich konsternierte Frau rüber zu einem Durchgang, der in einer engen, kaum des Namens würdigen Hotelbar endete. Dort platzierte sie die Frau auf einem der so stylisch wie unbequem aussehenden Barhocker.

»Wollen Sie etwas trinken?«

Dietlinde Maier schüttelte den Kopf. Sie war blass geworden, sogar die bluthochdruckbedingte Röte aus ihren Wangen war verschwunden. »Wie ist es passiert, wurde sie überfahren?«, fragte sie mit brüchiger Stimme.

Helena schüttelte den Kopf. »Waren Sie eng befreundet?«

»Nicht direkt, wir kannten uns aus dem Kirchenchor. Wie die meisten von uns«, fügte sie an und deutete hinaus in den Empfangsraum, der sich immer noch nicht geleert hatte. Helena konnte sehen, wir Dr. Leitz von Leuten umringt wurde, die unter seiner Führung durch Portugal reisten.

»Wer mit wem auf ein Zimmer kommt, wurde mehr oder weniger ausgelost. Also, natürlich geschlechtergetrennt, versteht sich«, sprach Senhora Maier weiter. »Aber Doris ist … mein Gott, war, sie war eine sehr angenehme Zimmergenossin. Auch wenn sie …« Die Rentnerin stockte.

»Wenn sie was?«

»Sie, wie sag ich es? Sie tanzte gerne mal aus der Reihe, war nicht durchweg d'accord mit dem Programm, das Dr. Leitz für diese Reise zusammengestellt und organisiert hat. Gestern, nach der Führung durch den Botanischen Garten, da war sie auch plötzlich weg und stieß erst zum Mittagessen wieder zu uns. Später meinte sie zu mir, sie hätte Lust verspürt, ein wenig einkaufen zu gehen.«

»Wissen Sie, was sie gekauft hat?«

»Viel konnte es nicht gewesen sein, allenfalls etwas, das in ihre Handtasche passte, denn sie kam nicht mit irgendwelchen Einkaufstüten zurück. Kann sein, dass sie auch vom Bummeln gesprochen oder einfach nichts gefunden hat. Jedenfalls unternahm sie gerne Extratouren.«

»Darum auch ihr Ausflug heute hinauf zum Miradouro da Graça, den sie allein unternommen hat.«

»Genau«, bestätigte Senhora Maier und schniefte. Ihr Blick war wässrig trüb geworden. »Wollen Sie mir nicht endlich sagen, was ihr zugestoßen ist?«

»Das wissen wir noch nicht«, erwiderte Helena, was die Deutsche mit einem leichten Kopfschütteln kommentierte.

»Hatte Senhora Schiller gesundheitliche Probleme?«

Das Kopfschütteln wurde vehementer. »Nichts, wovon ich wüsste. Und ich habe auch nicht mitbekommen, dass sie irgendwas einnahm. Aber irgendwelche Zipperlein lassen sich in unserem Alter ja nicht ausschließen. Dennoch behaupte ich mal, dass sie recht vital und bei guter Kondition war.«

Diese Aussage unterschied Doris Schiller noch mehr von den anderen Todesfällen. Ana Duarte und Bernardo Jacinto hatten laut den vorliegenden Autopsieberichten nicht mehr lange zu leben. Und beide hausten unter eher widrigen Verhältnissen im Alfama-Viertel. So gesehen passte der Tod der Deutschen immer weniger ins Muster. Lag der Comandante womöglich richtig mit seiner Einschätzung, dass das Ableben von Doris Schiller einfach nur ein Zufall war, auch wenn es sich in einem öffentlichen Verkehrsmittel zutrug? Allerdings nicht in der Linie 28, nicht einmal in einer Eléctrico. Und ganz ohne die Anwesenheit von Henrik, was sie als große Erleichterung empfand. In Helena regten sich nun wieder berechtigte Zweifel, ob überhaupt von einer

Mordserie gesprochen werden konnte. Was Duarte und Jacinto anging, deutete ja vieles eher auf aktive Sterbehilfe hin.

»Da war doch etwas«, hörte sie Senhora Maier in ihre Überlegungen hineinreden.

»Bitte?«

»Gestern, meine ich. Doris war bei einem Arzt.«

Helena spürte ein Kribbeln entlang ihrer Wirbelsäule. »Erzählen Sie!«

Dietlinde Maier sah sie überrascht an. »Meinen Sie, das ist irgendwie von Bedeutung? Immerhin ging es nur um ihre Augen.«

»Augen«, wiederholte Helena, weil sie sofort erkannte, dass es nicht unbedingt das war, was sie zu erfahren hoffte. Dennoch forderte sie Senhora Maier auf weiterzureden.

»Es fing vor ein paar Tagen an. Wir waren gerade in Porto angekommen. Mehr oder weniger der erste längere Stopp unserer Rundreise. Doris klagte mit einem Mal über Lichtblitze vor ihren Augen, die immer mal wieder ihre Sicht beeinträchtigten. Nicht ständig, nur gelegentlich. Anfangs jedenfalls. Doch dann kamen die Blitze häufiger, vor allem, seit wir nach Lissabon gekommen waren. Darum bat sie Dr. Leitz darum, für sie einen Augenarzt in der Stadt ausfindig zu machen, um sich untersuchen zu lassen.«

»Und diesen Termin hatte sie gestern?«, hakte Helena nach, woraufhin die Zimmergenossin von Doris Schiller wohl wissend nickte. Helena vermochte noch nicht zu entscheiden, wie gewichtig diese Information wirklich war. Doch wenn sie nach ihrem Bauchgefühl ging, durfte sie diese Aussage keinesfalls ignorieren.

24
Henrik

Je größer die Erwartung, desto schwerwiegender die Enttäuschung. Das beschrieb treffend seine Nachforschungen im Antiquariat. Nicht zu wissen, wonach genau er suchte, war dabei nichts Ungewohntes. Das Stöbern in den verstaubten, schlecht beleuchteten Ecken und zwischen den engen Regalreihen war immer auch Glückssache. Nur fand er an diesem Tag auch keine Struktur. Alles, zu was er sich anschickte, kam ihm planlos, ja regelrecht kopflos vor.

Es war heißer als gewöhnlich im Laden, die offen gelassene Tür blieb ohne Wirkung, weil die Hitze sich schon vormittags draußen in der Gasse staute. Durchzug Fehlanzeige. Fortwährend lief ihm Schweiß in die Augen und trübte nicht nur seinen Blick, sondern auch die Motivation. Unter diesen Umständen wurde ihm recht schnell gewahr, dass das Antiquariat nicht den schützenden Kokon um ihn bildete, den es sonst für ihn bereithielt, wenn er sich in den Modus einer Ermittlung hineinsteigerte. Doch heute fand er keinen Rhythmus, konnte sich nicht konzentrieren. Ahnte, dass er Dinge übersah, die ihm in der Regel nicht entgingen. Ob sie für diesen Fall nun brauchbar waren oder auch nicht. War er ehrlich, hatte er die meisten Entdeckungen im Antiquariat nur durch Zufall gemacht. Legte er es darauf an, förderte er für gewöhnlich verborgene Botschaften und Hinweise zutage. Das war noch der einfachere Teil der Suche im Antiquariat. Schwierig wurde es erst, seine Funde einem bestimmten Verbrechen zuzuordnen. Es bedurfte einer Katalogisierung, dem Anlegen von Querverweisen und nach wie vor einem Quäntchen Glück, um die richtigen Verbindungen zu schaffen, die zu einer Ermittlung führten. Nur dass er rein gar nichts aufstöberte, war, soweit er sich erinnerte, noch nie vorgekommen. Zwischenzeitlich überkam ihn der Gedanke, dass es doch die Niere war, die ihn so unaufmerksam vorgehen ließ und seinen Denkapparat blockierte. Weshalb er die Sucherei im Antiquariat schließlich wieder sein ließ. Er brauchte eine andere Strategie. Henrik trank schnell einen halben Liter Wasser, zog sich eine Baseballcap über seinen fiebrigen Schädel und versteckte seine Augen hinter einer Sonnenbrille. So gewappnet begab er sich hinaus in die Rua do Almada. Immerhin musste er auch in Betracht ziehen, dass ihm womöglich nicht mehr allzu lange eine Gelegenheit für weitere Ermittlungen blieb. Er konnte nicht ausschließen, dass seine Verbindung zu den zwei Toten für Helenas Kollegen plötzlich doch mehr an Gewicht erhielt. Daher drängte ihn durchaus auch die Angst, in Gewahrsam genommen oder zumindest zum Verhör einbestellt zu werden. Was einiges an Zeit in Anspruch nehmen konnte. Zeit, die ihm fehlte, um sich von jedem Verdacht reinzuwaschen. Es war leider auch nicht das erste Mal, dass er in eine polizeiliche Untersuchung involviert wurde, was es auch nicht gerade einfacher machte.

Einem Bauchgefühl folgend, wich er von seiner üblichen Route ab und nutzte das Gassengewirr unterhalb der Rua do Loreto, bis er zu dem ersten jener Cafés gelangte, die er in unregelmäßigen Abständen immer mal wieder aufsuchte. Der junge Mann hinter der Theke, den er vom Sehen her kannte, konnte nicht bestätigen, dass er vor vier Tagen um die Mittagszeit einen Kaffee getrunken oder gar einen Snack bei ihm bestellt hatte. Trotzdem machte er sich die Mühe, die Belege für ihn durchzusehen, auch wenn Henrik als notorischer Barzahler kaum glaubte, die Rechnung ausgerechnet an diesem Tag mit seiner Bankkarte beglichen zu haben. Auf diese Weise arbeitete er sich durch die Gastrobetriebe und zog dabei einen immer größeren Radius. Als er dabei auch über den Largo de Carmo streifte, fiel ihm der Portugiese wieder ein, der ihn hier vor einigen Tagen so auffällig beobachtet hatte. Noch einer, der vom geschätzten Alter her zu diesem Fall passte, in den nur betagte Herrschaften verwickelt zu sein schienen. Ihn selbst einmal ausgenommen. War er eine Art Kollateralschaden? Das sprach gegen seine Theorie, dass ihn jemand bewusst in diese Verschwörung mit hineinzog.

Nun, er war sich recht sicher, dass genau diese Schlussfolgerung zutraf. Jemand wollte ihm ans Leder. Und sobald er herausfand, aus welchem Grund, würde er auch wissen, wer hinter dieser Inszenierung steckte. Genau wie sein Onkel, hatte auch er sich wegen seiner Verbrechensrecherchen unlängst Feinde in Lissabon gemacht. Womöglich sogar noch mehr als Martin selbst, der ja nur als der Archivar der ungeklärten Verbrechen fungierte. Henrik hingegen ging den Schritt weiter und strebte nach Aufklärung. Und war damit in einigen Fällen bereits recht erfolgreich gewesen, was den ein oder anderen Delinquenten durchaus in Alarmbereitschaft versetzen mochte. Gegen diese Theorie sprach jedoch, dass er seit dem Zwischenfall im Frühjahr, der ihn gesundheitlich so einschränkte, nicht mehr wirklich aktiv ermittelt hatte. Weshalb sollte er also jetzt jemanden aufgeschreckt haben? Und außerdem gab es hinreichend andere Methoden, um ihn aus dem Verkehr zu ziehen, ohne dafür das vorzeitige Ableben von todkranken Senioren zu instrumentalisieren.

Henrik passierte die Bronzestatue von Padre António Vieira, einem Missionar des 15. Jahrhunderts, der auch als der Apostel der indigenen Ureinwohner Brasiliens bezeichnet wurde. Die Skulptur, die vor der Jesuitenkirche de São Roque stand, faszinierte ihn auf erschreckende Weise. Dabei war es nicht die Darstellung des katholischen Theologen, der inbrünstig das Patriarchenkreuz gen Himmel streckte, sondern die der drei verstört dreinblickenden indigenen Kinder, die ihn umringten. Welcher Künstler auch immer die Bronzestatue geschaffen hatte, er hatte diesen Kindern eine so ausdrucksstarke Mimik völliger Desillusion verliehen, die Henrik jedes Mal tief in der Seele rührte. Jedenfalls war es schwer, nicht hinzusehen, selbst wenn er jetzt ganz andere Dinge im Kopf hatte. Doch für ihn spiegelten sich in den erstarrten Gesichtern dieser Kinder sämtliche Grausamkeiten wider, welche diese Menschen einst hatten ertragen müssen, um zum wahren und einzigen Glauben geführt zu werden. Umso weniger war es für ihn nachvollziehbar, dass die Installation die Verwerflichkeit der katholischen Kirche aufzeigen sollte, wo sie doch vor dem Portal einer der imposantesten Sakralbauten der Stadt aufgestellt worden war.

Sein Groll über die Unsäglichkeiten der damaligen Südamerika-Missionierung löste sich unverzüglich in Luft auf, als er an der Ecke der Rua de São Pedro de Alcântara, die zur gleichnamigen Aussichtsterrasse führte, eine ihm bekannte Person entdeckte. Henrik fand nur eine einzige Erklärung, wie er ihn hatte hier aufspüren können. Sérgio Damasos ließ ihn beschatten.

Während Henrik wie angewurzelt stehen blieb, schlenderte ihm Helenas Kollege ohne große Eile, aber mit wächserner Steifheit entgegen, an den Füßen elegante, schmal geschnittene Lederschuhe in der Farbe der Walnuss. Trotz der Hitze trug er einen Anzug. Helles Leinen, darunter ein weißes Hemd, eine Kombination, die vermutlich noch auszuhalten war. Der Major verzichtete auch heute nicht auf eine Krawatte, was Henrik allein bei dem Gedanken an die eingeengte Halspartie noch mehr Schweiß aus den Poren trieb. Das dunkle Haar des Ermittlers war so akkurat gescheitelt und fixiert, dass selbst der übermäßig warme, klebrige Wind, der vom Fluss her den Hügel heraufwehte, es nicht aus der Form zu bringen vermochte.

»Wollen wir uns setzen?«, empfahl Damasos, als er ihn erreicht hatte. Er deutete über den Kirchplatz hinweg zu einem Café, das dort unter dem Schatten von Platanen einige Tische bereitstellte. Ohne Henriks Einverständnis abzuwarten, steuerte der Kriminalpolizist einen dieser Tische an, als wäre er für ihn reserviert. Sofort war ein Kellner da. Damasos bestellte einen Espresso und Wasser, Henrik schloss sich an. Bis die Bestellung sie erreichte, redete keiner von ihnen. Henrik kannte die gängige Verhörmethode, bei der es galt, einen Verdächtigen so lange anzuschweigen, bis dieser die Stille nicht mehr aushielt. Damasos sollte es also besser wissen, und vermutlich tat er dies auch, verzichtete jedoch trotzdem nicht auf diese Art des Kräftemessens. Um der Synchronizität willen, rührten sie in ihren Tässchen, sobald diese vor ihnen auf dem Tisch standen. Nachdem hinreichend gerührt worden war, nippte jeder daran, ohne sein Gegenüber aus den Augen zu lassen. Dann reichte es Damasos mit dem Theater. »Ich nehme an, Ihre Lebensgefährtin hat Sie unterrichtet, dass wir noch ein Opfer zu beklagen haben«, leitete der Kriminalbeamte die Unterhaltung ein.

»Ich weiß nichts Konkretes«, gab Henrik zu. »Und ich stehe diesmal auch nicht als Entdecker der Toten zur Verfügung.«

Damasos lächelte und griff dann mit demonstrativer Bedächtigkeit in die Innentasche seines Jacketts. Für eine Sekunde spekulierte Henrik darauf, dass der Major seine Dienstwaffe herausholte. Doch statt einer Pistole förderte er ein Buch zutage und legte es zwischen ihnen auf die rot-weiß karierte Tischdecke. »Und dennoch«, sagte er nur und deutete Henrik an, die schmale Kladde aufzuschlagen. Die Durchschlagskraft dessen, was Damasos ihm da präsentierte, fühlte sich für Henrik nicht weniger gering an als die einer Glock G17, der üblichen Bewaffnung eines portugiesischen PSP-Beamten. Er ahnte bereits, was er zu sehen bekam, noch bevor seine Finger den Einbanddeckel berührten. Ähnlich vorsichtig, wie Damasos das Buch hervorgeholt hatte, klappte Henrik es auf und erblickte auf dem aufkaschierten Vorsatz im Innenteil, was er sehen sollte.

»Und dennoch gibt es wieder eine Verbindung zu Ihnen«, vollendete der Polizist seinen Satz. »Ich habe dieses Buch vor kaum einer Stunde im Hotelzimmer der jüngst verstorbenen Touristin gefunden. Das ist doch der Stempel Ihres Antiquariats.«

25
Helena

Fahrplan Linie 28 E, Endhaltestelle Martim Moniz, Ankunft 11:10 Uhr

»Wo ist der Major?«, zischte Ralha, kaum dass sie das Büro betreten hatte. Es war eine seltene Visite bei ihnen auf der Etage, bei Helena schrillten sofort die Alarmglocken. Offenbar hatte der Comandante sie abgepasst. In seinem Rücken hob Alexandra entschuldigend die Schultern. Wieso hatte sie Helena nicht vorgewarnt, dass Ralha bei ihr vorm Schreibtisch rumlungerte? Gedanklich steckte Helena in dieser Sekunde immer noch bei den Vernehmungen, die sie im Hotel Gat Rossio geführt hatte. Nach dem Gespräch mit Dietlinde Maier hatte sie sich dort noch Dr. Leitz vorgenommen, der ihr unter anderem zu einer Telefonnummer verhalf, unter der sie die Angehörigen von Doris Schiller erreichen konnte. Außerdem hatte sie an der Hotelrezeption die Adresse des Augenarztes erhalten, den Doris Schiller aufgesucht hatte. Für solche *Notfälle* lag an der Rezeption eine Liste von Medizinern aus, die kontaktiert werden konnten. Unter A war neben drei Allgemeinärzten auch der Augenarzt Dr. Paulo Sousa aufgeführt. Der Reiseleiter bestätigte ihr, dass er bei diesem Dr. Sousa für Doris Schiller einen Termin vereinbaren konnte.

Weil Senhora Maier ihr Einverständnis gab, hatte Helena auch die Kriminaltechnik verständigt, um das Hotelzimmer der beiden Damen noch einmal genauer unter die Lupe nehmen zu lassen.

Zu ihrer Überraschung bekam sie diesmal Lino ans Telefon. Und obwohl er frisch aus dem Urlaub kam, hatte er sich so knurrig wie immer angehört und sich selbstredend sofort über den Wust an Arbeit beschwert, den sie ihm schon wieder aufbürdete. Sie kannte Lino nicht anders, weshalb sie in seinen Sermon mit einstimmte, sich unter anderem darüber ausließ, einen Augenarzt vernehmen zu müssen und daher keine Zeit mehr zu haben, ihn hinreichend zu bedauern. Insgeheim war sie erleichtert darüber, dass der Chef der Forensiker wieder auf dem Posten war.

Bevor sie sich dann jedoch zu Dr. Sousa aufmachen konnte, war sie zurück ins Revier beordert worden. Wo sie nun direkt vom Comandante empfangen und davon überrumpelt wurde, dass er sie nach Damasos fragte. »Er wollte noch etwas überprüfen«, erklärte sie, weil sie nicht bereit war, zuzugeben, dass sie keine Ahnung hatte, wo Damasos sich gerade herumtrieb.

»Überprüfen! Himmelherrgott!«, knurrte Ralha und wirbelte zu Alexandra herum. »Haben Sie ihn immer noch nicht erreicht?«

»Tut mir leid, Comandante, ich versuche es weiter«, antwortete Alexandra und duckte sich hinter ihrem Bildschirm in Deckung.

Ralha machte eine wegwerfende Geste und wandte sich wieder an Helena. Die Röte, die bei ihm immer vom Hals her hinauf in sein rundes Gesicht stieg, dunkelte noch eine Spur nach. »Was stehen Sie hier noch rum, Sie haben einen Einsatz!«, herrschte er sie an.

»Einsatz?«

»*Desculpe*«, kam es leise von Alexandra. »Ich wollte Inspetora Gomes gerade informieren.«

»Bin ich hier nur von Dilettanten umgeben?«, fauchte Ralha und stiefelte auf seinen kurzen Beinen davon.

Helena suchte Alexandras Blick. »Mit seinem Geschrei bringt er mich immer völlig aus dem Konzept«, murrte sie. »Es gab noch mal einen Toten.«

»Das ist …« Helena glaubte, sich verhört zu haben. Für einen Moment war es, als bewegte sich der Boden unter ihren Füßen. Ohne es wirklich zu wollen, folgte sie dieser Bewegung, die ihre Beine Richtung Treppenhaus lenkte. Eigentlich sollte sie mit den Angehörigen von Doris Schiller telefonieren. Außerdem konnten endlich die Videos gesichtet werden, die von der Betreiberfirma der Eléctrico auf Anordnung der Staatsanwaltschaft freigegeben worden waren. Sie wusste zwar, dass sich darum schon ein Kollege aus der neu zusammengewürfelten Soko kümmerte, sie hätte aber dennoch gerne einen ersten Blick darauf geworfen. Plötzlich war auch dieser Antrag ohne Umschweife genehmigt worden. Mit einem Mal erhielt alles höchste Priorität, was irgendwie zur schnellen Aufklärung der Sachverhalte verhalf. Dass die Aufzeichnungen nun ganz ohne ihr Beisein ausgewertet wurden, behagte ihr nicht, denn sehr wahrscheinlich war darauf auch Henrik zu sehen. Wogegen sie aber ohnehin nichts hätte machen können. Und nun blieb ihr auch keine Zeit mehr, sich darüber den Kopf zu zerbrechen. Der oder diejenigen, die alte Leute zum Sterben in öffentliche Verkehrsmittel setzten, trieben sie unbarmherzig vor sich her.

»Ich schicke dir alles aufs Handy«, hörte sie Alexandra hinter sich herrufen. Da Damasos nach ihrem Einsatz im Hotel den Dienstwagen für sich beansprucht hatte, war sie gezwungen gewesen, sich von einem Taxi ins Revier chauffieren zu lassen. Jetzt fehlte ihr der Nerv, sich ein weiteres Auto aus dem Fuhrpark zu organisieren, daher steuerte sie in der Tiefgarage ihren Peugeot an. An der Ausfahrt hängte sie sich an einen Streifenwagen, der ihr mittels Blaulicht und Sirene den Weg frei machte. Augenscheinlich hatten sie dasselbe Ziel. Während der rasanten Fahrt durch die Innenstadt verflog allmählich der erneute Groll, den sie wegen des unmöglichen Verhaltens des Comandante verspürte.

Natürlich stand Ralha mittlerweile massiv unter Druck. Aber das taten alle aus der Abteilung. Die Stadtverwaltung, der Tourismusverband und wer weiß noch alles hingen ihnen im Nacken. Hinzu kam, dass die Medien die Tatsachen verdrehten und damit noch mehr die Hysterie in der Stadt schürten. Das machte es für Ralha deutlich schwerer, seine ohnehin cholerische Ader in Zaum zu halten. Doch das konnte keine Entschuldigung dafür sein, jegliche Kritik an seiner Kompetenz gnadenlos nach unten durchzureichen. Er war es doch, der von Beginn an befahl, wie sie ihre Ermittlung zu führen hatte. Und nun schaffte er es nicht, sich diesen Fehler einzugestehen. Noch nie hielt sie ihn auf seinem Posten für unfähiger als in diesem Moment. Und noch nie fühlte es sich für sie richtiger an, ihren Polizeidienst zu quittieren.

Im Windschatten des Streifenwagens dauerte es keine zehn Minuten, bis sie den Martim Moniz erreichte, an dem sich unter anderem auch die Endhaltestelle der Linie 28 befand. Die Polícia Municipal hatte den Platz bereits komplett abgeriegelt, was die Brisanz untermauerte, welche diesen Todesfällen mit einem Mal eingeräumt wurde. Der Martim Moniz war der zentrale Umsteigepunkt für zahlreiche Bus- und Straßenbahnlinien in der Innenstadt. Der öffentliche Verkehr dürfte damit bis auf Weiteres nahezu vollständig lahmgelegt sein.

Helena kam sofort der Gedanke, dass sie nur wenige Hundert Meter vom Funicular da Graça entfernt waren. Abgesehen davon, dass damit zwischen dem Auffinden der dritten Toten und diesem vierten Opfer nur wenige Stunden lagen, war nun auch der räumliche Abstand auffällig. Musste sie dem eine Bedeutung beimessen? Sie wusste es nicht. Wusste bald überhaupt nicht mehr, wie sie die überbordende Faktenlage einschätzen sollte.

Sie manövrierte ihren Wagen durch die Absperrung und so nahe wie möglich an die abgestellte und zusätzlich gesicherte

Straßenbahn. Drum herum wirbelten etliche Blaulichter im Hitzedunst. Das Aufgebot an Einsatzkräften kam ihr übertrieben und wie ein falsches Signal vor. Natürlich war es tragisch, was sich in Lissabon seit einer Woche abspielte, aber die schiere Menge an Polizei- und Rettungswagen vermittelte den Eindruck, als wäre hier ein Flugzeug abgestürzt. Die umhereilenden Ersthelfer ließen darauf schließen, dass wieder Fahrgäste verletzt worden waren. Helena stellte fest, dass auch die Spurensicherung schon eingetroffen war. Ebenso wie die Rechtsmedizin. Helena stieg aus und entdeckte unmittelbar den honigbraunen, wie immer wild verstrubbelten Haarschopf von Sónia, die mit ihrem Untersuchungskoffer gerade auf den Triebwagen zusteuerte. Entgegen ihrer sonstigen Art wirkte sie gestresst. Helena zögerte. Der Pathologin zweimal an einem Tag zu begegnen, rüttelte zusätzlich an ihrem Nervenkostüm. Warum bloß stellte sie sich so an? Sie wartete ab, bis Sónia in die Eléctrico gestiegen war. Sondierte die Lage, bis eine Uniformierte sie bemerkte und auf sie zukam. Wie schon am Morgen, handelte es sich um Patrícia Marques. Auch der arenagleiche Platz nordöstlich des Schlossbergs gehörte zu ihrem Revier.

»Mach dem bitte schnell ein Ende!«, verlangte Marques ohne jegliche Ironie. »Mir geht so langsam das Personal aus.«

Helena wusste nicht, was sie darauf erwidern sollte. Sie hätte ebenso auf ein weiteres Opfer verzichten können. »Hast du schon ein paar Fakten für mich?«, verlangte sie stattdessen zu wissen.

»Ein Mann. Alberto Milheiro laut dem Ausweis, den er mit sich führte. Siebenundsiebzig. Wohnhaft im Bairro Alto. Keine sichtbaren Verletzungen. Niemand von den anderen Fahrgästen, mit denen wir bislang gesprochen haben, hat bemerkt, wann oder wo er zugestiegen ist. Irgendwem ist dann aufgefallen, dass er nicht mehr atmete. Zum Glück war die Straßenbahn da bereits nahe der Endhaltestelle. Leider sind auch diesmal die Leute wieder wie die Irren raus aus dem Wagen. Nur eine Handvoll besaß den Anstand, auf das Eintreffen der Streife zu warten. Ich verstehe es nicht. Warum sterben diese Menschen? Ich meine, warum in der Straßenbahn? Ist es die Hitze? Aber dann wärt ihr von der Kripo ja nicht hier«, stellte sie kopfschüttelnd fest. »Was auch immer da passiert, Inspetora, diese Sache ist außer Kontrolle geraten, verdammt!«

Ohne eine Antwort abzuwarten, ließ die Polizistin Helena stehen. An der Absperrung waren ein paar Reporter aufgetaucht, die lautstark dagegen protestierten, dass drei Streifenpolizisten sie daran hinderten, näher ans Geschehen zu kommen. Trotzdem: Die Kameras klickten, und über die Köpfe der Uniformierten hinweg wurden Videoaufnahmen gemacht. Wieder war die Presse früh am Ort des Geschehens. Und nicht nur die, wie es aussah. In jüngster Zeit waren es nicht allein die Medienvertreter, die solche Themen gerne aufgriffen. Es mischten auch immer wieder die selbst ernannten Berichterstatter und Influencer mit, die in den sozialen Netzwerken alles ausschlachteten, was sie als ausschlachtenswert empfanden, um damit die Anzahl derer zu erhöhen, die ihnen zuhörten und zusahen. Und die keinen Wert darauf legten, wie fundiert oder wahr die Geschichten waren, die sie der Welt erzählten. Dieser Zirkus würde heute so richtig beginnen, das war nicht mehr zu stoppen. Und es war nur eine Frage der Zeit, bis auch das Fernsehen auftauchte. Die staatlichen Sender mal ausgenommen, gab es auch dort nicht mehr nur seriöse Kanäle. Und mit dem *Correio da Manhã* als Vorreiter hatten auch die anderen Boulevardblätter längst darauf verzichtet, den Wahrheitsgehalt ihrer Berichte zu hinterfragen. Vielleicht auch, weil die Konkurrenz in den sozialen Medien mittlerweile zu mächtig für die Tagespresse geworden war. Jedenfalls wirkte es fast so, als bräuchten die Täter eine Bühne. Weshalb es nicht abwegig war, zu mutmaßen, dass die Medien von den Verantwortlichen selbst informiert wurden. Dem musste sie nachgehen, so viel stand fest.

Überdies glich die Szene den vorangegangenen. Dieselbe Linie, ein zumeist mit Touristen vollbesetzter Straßenbahnwagen. Ein alter Mensch stirbt während der Fahrt, was eine Eskalation unter den Mitreisenden auslöst. Eine bewusst gewählte Kulisse, damit möglichst viele Leute betroffen waren. Und doch gab es auch wieder Abweichungen. Angefangen damit, dass Henrik nicht in der Eléctrico saß, was sie als sehr erleichternd empfand. Außerdem trug der Tote diesmal Papiere bei sich, was ja auch schon bei der Deutschen der Fall gewesen war, deren Tod dadurch wieder besser in die Serie passte. Auch wenn sie nicht auf der Linie 28 ihr Leben gelassen hatte.

Helena schickte Henrik eine Nachricht. Nichts, was sie hätte auch nur im Ansatz tun dürfen, aber sie konnte nicht anders. Als sie wieder vom Handydisplay aufsah, zuckte sie zusammen. Damasos war neben ihr aufgetaucht, seine Augen hinter einer dunklen Sonnenbrille verborgen. »Hat man Sie endlich erreicht?«, platzte es aus ihr heraus. Ein wenig zu aggressiv, als müsste sie sich verteidigen. Er wirkte pikiert, verkniff sich jedoch eine Bemerkung darüber, dass er vor ihr keine Rechenschaft abzulegen brauchte. »Ich war nicht untätig«, blieb sein einziger Kommentar. An seiner linken Schläfe hatte sich ein einzelner Schweißtropfen gebildet, in dem die Mittagssonne funkelte. »Sehen wir uns an, was uns diesmal erwartet!«, sagte er, während er seinen Krawattenknoten lockerte.

26
Henrik

Nur die Dringlichkeit eines eingehenden Anrufs hatte Damasos vermutlich davon abgehalten, ihn unverzüglich einzukassieren. Stattdessen ließ er ihn an dem Tisch unter der Platane allein zurück. Das Wasser des Polizisten war unberührt geblieben, nur den Espresso hatte er geleert. Und natürlich das Beweisstück wieder an sich genommen, bevor er sich verabschiedet hatte. Nicht ohne die Anordnung loszuwerden, dass Henrik sich zur Verfügung zu halten hatte.

Ihm war sofort klar, dass es Gisela gewesen war, von der Doris Schiller das Buch am Vortag gekauft hatte. Trotzdem wählte er die Nummer seiner Aushilfe. Gisela ging schneller als gewöhnlich ans Telefon, hörte sich allerdings verschlafen an, auch wenn es schon auf die Mittagszeit zuging. »Was gibt's, Chefe?«

Henrik hielt sich nicht mit Floskeln auf. »Du hast gestern ein Buch an eine Deutsche verkauft. Ältere Dame. Du erinnerst dich?«

»Werde ich neuerdings kameraüberwacht?«, fragte sie zurück.

»Ich will einfach nur wissen, ob dir was an der Frau aufgefallen ist. War sie allein? Oder in Begleitung? Hat sie irgendwas gesagt?«

»Abgesehen davon, was das Büchlein kosten soll, meinst du?«

Gut, Gisela wusste, von wem er sprach. Sie war nicht nur Verkäuferin im Antiquariat, er hatte sie auch gelegentlich schon Observationen durchführen lassen, wenn dies für seine Privatermittlungen nötig gewesen war. Einfache Jobs, bei denen er sie keiner Gefahr ausgesetzt gesehen hatte. Gisela verfügte über eine schnelle Auffassungsgabe und den Blick fürs Detail. Das hatte Henrik schnell erkannt. Alles Eigenschaften, die praktisch waren, wenn man Leute ausspionierte und versteckt Erkundigungen einholte. Einzig allein an ihrer Disziplin musste Gisela noch arbeiten, denn zu seinem Leidwesen verlor sie gerade bei langwierigen Observationen oft schneller die Geduld. Dennoch war ihm die junge Frau ans Herz gewachsen, weshalb er stets nachsichtig mit ihren Launen umging. »Also, was hast du beobachtet?«

»Was ist mir ihr? Ist sie die Tote aus dem Funicular da Graça?«

»Woher weißt du das, du bist doch gerade erst aufgestanden.«

»Haha«, maulte Gisela zurück, klärte ihn aber dann auf, dass sie die Nachricht vorhin im Radio gehört hatte. »Steckst du jetzt in Schwierigkeiten, weil ich der Frau gestern dieses Buch verkauft habe?«

»Nicht mehr als sonst«, spielte Henrik seine Situation herunter. Sein Handy teilte ihm mit, dass eine Nachricht eingegangen war. Es schielte kurz aufs Display, stellte fest, dass sie von Helena kam, und beschloss, dass sie vorerst warten musste. »Noch mal, Gisela! Irgendwelche Auffälligkeiten, jetzt, da du weißt, wen du da gestern im Laden bedient hast?«, wandte er sich wieder an seine Assistentin. Die dachte ein paar Sekunden nach. Im Hintergrund war Heavy-Metal-Musik zu hören. »Es gab ein paar Verständigungsschwierigkeiten, aber sie war ziemlich nett. Meinte, sie hätte Probleme mit den Augen, weshalb mir nicht so ganz klar war, wieso sie sich was zum Lesen kauft. Noch dazu was auf Portugiesisch. Doch sie erzählte was von einem Mitbringsel. Oder einem Geschenk. Ja, ich glaube, sie sagte Geschenk. Hab nicht nachgefragt, für wen. Du kennst mich, ich bin immer diskret …«

Diesmal war es Henrik, der einen Lacher losließ, bevor er Gisela zum Weiterreden ermunterte.

»Das war's schon.«

Er fühlte die Enttäuschung. Aber was hatte er erwartet? »Danke!«, raunte er in der Absicht, die Verbindung zu trennen, als er Gisela noch etwas sagen hörte.

»Was?«

»Sie hat was von Tropfen erzählt«, wiederholte seine Aushilfe.

»Tropfen?«

»Für ihre Augen. Ich hab nicht so ganz verstanden, was sie meint. Nur dass sie wieder besser sieht, seit sie die Tropfen nimmt.«

»Tropfen«, murmelte Henrik vor sich hin. Da Gisela nichts mehr hinzuzufügen hatte, verabschiedete er sich und las Helenas Nachricht. Danach musste er sich beherrschen, sie nicht unverzüglich zurückzurufen. Nach seiner erneuten Unterhaltung mit Sérgio Damasos hätte auch er nichts sonderlich Erfreuliches zu verkünden gehabt. Doch die Botschaft, die Helena ihm geschickt hatte, stellte vorerst alles in den Schatten, was er hätte verkünden können.

Vierter Toter, selbes Muster. Alberto Milheiro. Mehr heute Abend!

Das war doch Wahnsinn. Er legte sein Smartphone auf den Tisch neben der leer getrunkenen Espressotasse und schaute über den Largo Trindade Coelho hinweg, rüber zum Kirchenportal von São Roque. Die schlichte, dunkelrot gestrichene Holztüre ließ nicht erahnen, welch unermesslicher Prunk und Reichtum sich dahinter verbarg. Er hatte nie verstanden, wie man sich, umgeben von solch verschwenderischem Übermaß, näher bei Gott fühlen konnte. Doch er war auch niemand, der Beistand und Seelenheil im Glauben suchte. Was er jetzt dringender als alles andere brauchte, waren Antworten auf die zahllosen Fragen, die durch sein Oberstübchen jagten. Es war das ungute Gefühl, das ihn erneut nach dem Handy greifen ließ. Er fasste für Helena kurz zusammen, was ihm Gisela über den Besuch der Deutschen im Antiquariat erzählt hatte, auch über die bei der Unterhaltung erwähnten Augentropfen. Er schloss seine Nachricht mit den Worten *Dann bis heute Abend*, während ihm gleichzeitig bewusst wurde, dass dieser gemeinsame Abend womöglich nicht zustande kam. Nicht wenn er vorher verhaftet wurde.

27
Helena

Auf den ersten Blick war auch Alberto Milheiro während einer Fahrt mit der Straßenbahn *einfach* verstorben. Auch Sónia hatte ihnen dahingehend nicht mehr oder weniger zu berichten als bei der toten Doris Schiller, die sie am Morgen begutachtet hatten. Damasos sah daher keinen Anlass, den Leuten von der Kriminaltechnik und der Rechtsmedizinerin in der Enge des Wagens weiter unnötig auf die Füße zu treten. Er drängte nach draußen. Über den Martim Moniz hinweg wehte ein beständiger Wind, der der Hitze nichts anhaben konnte, sie lediglich gleichmäßig verteilte. »Wir fahren zu Milheiros Wohnung«, entschied der Major. Helena ließ ihren Peugeot stehen. Während sie den Einsatzwagen hinauf ins Bairro Alto lenkte, saß Damasos neben ihr und tippte in sein Handy. Ihr lag auf der Zunge, zu fragen, wo er die letzte Stunde über gewesen war, doch dann hatten sie ihr Ziel auch schon erreicht. Um diese Tageszeit war es noch möglich, in die enge Gasse hineinzufahren, ohne im Schritttempo hinter den Leuten herzuzuckeln, mit denen sie sich gegen später füllen würde. Das Haus, vor dem sie hielten, war ebenso baufällig wie die Gebäude, die Bernardo Jacinto und Ana Duarte bewohnten. Wieder eine Gemeinsamkeit, die ihr bestätigte, dass dieser Umstand von Bedeutung für die Ermittlung war. So wie Damasos die marode Fassade betrachtete, dachte er womöglich dasselbe.

Die Haustür war nicht abgeschlossen. Im Treppenhaus hing ein beißender Geruch. Eine Mischung aus Moder, Verfall und den Ausdünstungen der Bewohner. Helena betätigte einen

Lichtschalter, der jedoch nicht funktionierte. Im Halbdunkel tasteten sie sich den Flur entlang. Die unebenen Holzdielen knarrten unter ihren Schuhen. Helena ging voran. Ohne zu bemerken, wie, stand plötzlich jemand vor ihr, was sie dazu zwang, abrupt stehen zu bleiben. Das führte dazu, dass Damasos gegen sie lief, da der Gang schlichtweg zu eng war, um auszuweichen. Er murmelte eine Entschuldigung in ihren Rücken, gleichzeitig verlangte die Schattengestalt vor ihr zu wissen, was sie hier wollten.

»Polizei«, sagte Helena zu der Frau, die klein und dürr war und, zumindest im Zwielicht betrachtet, uralt sein musste.

»Sie sehen nicht aus wie die Polizei«, stellte die Greisin fest, woraufhin Helena ihren Dienstausweis vorzeigte. Es war viel zu duster, als dass die Frau ihn hätte lesen können, dennoch nickte sie, nachdem sie ein paar Sekunden mit zu Schlitzen verengten Augen darauf gestarrt hatte.

»Wo finden wir die Wohnung von Alberto Milheiro?«, fragte Helena.

»Alberto?«, wiederholte die Senhora. »Ist nicht zu Hause.«

»Das werden wir überprüfen«, erwiderte Helena.

»Müssen Sie nicht. Wenn ich sage, er ist nicht zu Hause, ist er nicht zu Hause. Hat er was ausgefressen?«

»Wie kommen Sie darauf?«, hakte Damasos über Helenas Schulter hinweg nach.

»Hat gelegentlich mal so was angedeutet«, bekamen sie als Antwort. Helena musste sofort an Bernardo Jacinto denken, über den Maria aus dem Einkaufsladen in der Beco do Pocinho eine ähnliche Äußerung losgeworden war.

»Führen Sie das näher aus!«, verlangte Damasos.

Die Greisin atmete pfeifend aus. »Sehen Sie sich doch mal um. Die Bude hier fällt uns eher heute als morgen über dem Kopf zusammen. Nahezu sechzig Jahre lang wohne ich jetzt hier«, begann sie und zeigte auf eine Wohnungstür, die sich unter den mäßigen Lichtverhältnissen kaum von der vergilbten Wand abzeichnete. »Zuerst mit meinem Mann natürlich. Wir sind damals von Braga runtergezogen, als wir beide eine Anstellung in einer der Fischhallen drüben auf der anderen Flussseite bekommen haben. Es war kein Zuckerschlecken, dort zu schuften. Mir hat das nichts ausgemacht, aber mein Mann bekam irgendwann Probleme. Neunundneunzig ist er dann gestorben, und seitdem bin ich auf mich selbst gestellt … Was war Ihre Frage?«

»Alberto, Sie meinten, er plane was«, erinnerte Helena sie.

Sie nickte. »Es ist ein Skandal, wie sie uns hier behandeln. Alle, die hier wohnen, sind alt, müssen Sie wissen. Schon lange in Rente. Von uns gibt es nichts mehr zu holen, weshalb wir auch nichts mehr wert sind. Und jetzt sollen wir auch noch ausziehen, weil er das Haus verkaufen will. Nach fünfundvierzig Jahren setzt dieser Mistkerl Ramusga uns alle auf die Straße. Behauptet, ihm fehle das Geld, um das Haus selbst renovieren zu lassen. Dabei hat er noch nie in all der Zeit auch nur einen Escudo hier hineingesteckt. Hat immer nur kassiert, dieser Geier …« Die Frau bekam einen Hustenanfall, der ihren schmächtigen Körper erzittern ließ.

»Und Alberto wollte deswegen gegen Senhor Ramusga vorgehen?«, fragte Helena, nachdem der Hustenanfall der Alten in ein raues Keuchen übergegangen war.

»Immer mal wieder hat er was in diese Richtung verzapft, aber ich habe ihm nicht geglaubt. Leute wie wir sind machtlos.« Sie schüttelte den Kopf, verdrehte dabei die Augen. »Er hat doch nicht wirklich was angestellt?«, fragte sie nach und klang plötzlich verunsichert.

»Wir müssen nur etwas nachsehen«, sagte Helena. »Es ist wichtig.«

»Wichtig? Das gefällt mir nicht. Egal, ob Sie von der Polizei sind oder nicht.«

»Sind wir, Senhora, das können Sie uns schon glauben!«, untermauerte Damasos, und Helena vernahm eine leichte Gereiztheit in seiner Stimme, was untypisch für den sonst immer steifen und gefassten Ermittler war.

Die Greisin seufzte. »Sie haben Glück«, erklärte sie und fischte einen Schlüsselbund aus der aufgenähten Tasche ihrer Strickjacke, die unförmig an ihrem ausgemergelten Körper hing. Mit zittrigen Fingern wählte sie einen der zahlreichen Schlüssel aus, fädelte ihn von dem Metallring und reichte ihn Helena. »Sie haben wirklich Glück. Dritter Stock, links«, ließ die Alte sie wissen. »Klopfen Sie, wenn Sie fertig sind«, ordnete sie an und schlurfte, unverständlich vor sich hin brummend, zurück in ihre Wohnung.

»Ich wundere mich, dass sie nicht darauf bestanden hat, mit hochzukommen«, murmelte Damasos.

»Vermutlich tut sie sich schwer mit der Treppe«, gab Helena zur Antwort. Hintereinander stiegen sie hinauf in die dritte Etage. Der Schlüssel passte. Sie ließ Damasos den Vortritt. Als sie ihm folgte, ereilte sie ein ähnlicher Eindruck wie beim Betreten der Wohnung von Bernardo Jacinto. Auch wenn die Luft weniger abgestanden und die beiden Räume, genau wie die Kochnische, ordentlicher aussahen. Letztlich waren es die Bücher im Schlafzimmer, die den deutlichsten Unterschied zu der Behausung von Jacinto machten. Ins Bett gelangte man nur über einen schmalen Tritt, denn Milheiros Büchersammlung beanspruchte beinahe den gesamten Platz in diesem winzigen Raum. Es roch wie in Henriks Laden, und dieser Geruch ließ nichts Gutes erahnen. Gewissermaßen schien vorprogrammiert, was sich innerhalb der nächsten Sekunden ereignete. Damasos war ihr in die Schlafkammer gefolgt, die vielmehr eine Bibliothek mit Bett darin war.

Er griff sich die erstbeste Kladde von dem Stapel, der sich gleich neben dem Türrahmen türmte, klappte den Umschlagdeckel auf, nickte und hielt ihr dann das offene Buch vor die Nase. Auf der ersten Seite prangte der Stempel des Antiquariats in der Rua do Almada.

28
HENRIK

Er konnte es nicht benennen, aber irgendein Gefühl hielt ihn davon ab, zurück in die Rua do Almada zu gehen. Stattdessen spazierte er runter ins Baixa, querte die Rua Augusta so wie alle anderen zu der Haupteinkaufsstraße parallel verlaufenden Straßen in dem schachbrettartig angelegten Viertel, in dem sich wie immer der Großteil der Touristen tummelte. Zumindest diejenigen, die nicht hoch zum Schlossberg gepilgert oder mittels diversen zur Verfügung stehenden Verkehrsmitteln dort hinauf verfrachtet worden waren. Henrik kannte Wege, Gassen und Treppen, die versteckt genug waren, um, zumeist unbehelligt von den zahllosen Besuchern der Stadt, bis ins verwinkelte Alfama zu gelangen. Durchgeschwitzt und mit leichtem Brummschädel, der hoffentlich nicht von einem Sonnenstich herrührte, erreichte er nach tausend Stufen über steile An- und Abstiege das Eckhaus am Largo de São Rafael. Ehe er es sich doch noch anders überlegen konnte, betrat er das zum Erwerb stehende Gebäude. Wieder außerhalb der Sprechzeiten, wie er feststellte, doch auch diesmal war die Tür der Arztpraxis nicht abgeschlossen. Dr. Pacheco war damit beschäftigt, die im Vorraum in einem Schrank verwahrten Akten in Umzugskartons zu packen. Als sie sein Eintreten bemerkte, richtete sie sich auf, wobei sie ihre Fäuste in ihren schmalen Rücken stützte, die Wirbelsäule nach hinten durchbog und ein leises Stöhnen verlauten ließ, bevor sie sich zu ihm umdrehte. »Wir öffnen erst um …« Sie unterbrach sich, als sie Henrik wiedererkannte. »Sie schon wieder!«

»Wie es aussieht, öffnen sie bald gar nicht mehr«, kommentierte er ihre Tätigkeit.

Die Internistin sah abgekämpft aus, was nach Henriks Eindruck nicht allein davon kam, dass sie sperrige Ordner in Umzugskisten verstaute. »Das Haus muss bis Ende des Monats geräumt sein. Wegen Sanierungsarbeiten«, fügte sie mit einem Unterton an, der verriet, was sie davon hielt.

»Wo ziehen Sie hin?«, fragte Henrik.

Für zwei Sekunden sah Pacheco ihn aus ihren hellgrauen Augen durchdringend an, dann senkte sie ihren Blick, als fehlte ihr auch dafür jede Energie. »Es wird kein Anderswo geben, ich bin zu alt, um noch mal neu anzufangen.«

»Und Ihre Patienten?«

»Ich bin dabei, sie bei anderen Kolleginnen und Kollegen unterzubringen. Auch das zerrt an meinen Kräften, aber ich bin es den Leuten und natürlich auch mir schuldig, zu wissen, dass sie allesamt gut aufgehoben sind …« Sie hielt inne, betrachtete ihn erneut. Die Spuren, die die kurzfristig aufkeimende Resignation in ihr schmales Gesicht gezeichnet hatte, verflüchtigten sich. »Was wollen Sie von mir?«

»Vielleicht haben Sie schon gehört, dass es heute zwei weitere Todesfälle gab. Eine Frau und einen Mann, die auf gleiche Weise verstarben wie ihr Patient Bernardo Jacinto.«

Wenn sie es bereits wusste, blieb sie gefasst. Jedenfalls hatte sich Henrik eine deutlichere Reaktion gewünscht als nur das leichte Zucken ihrer Nasenflügel. »Zwei«, murmelte Dr. Pacheco mit etwas Verzögerung, ohne dass er einschätzen konnte, ob es sich dabei um eine Frage oder eine Feststellung handelte.

»Die erste Tote heute war eine Touristin. Der Herr, der kurz darauf gefunden wurde, stammte wiederum aus Lissabon. Ein Alberto Milheiro. Kennen Sie ihn? War er einer Ihrer Patienten?«

Seit Helena ihm die Identität des vierten Opfers getextet hatte, meinte er dessen Namen von irgendwoher zu kennen, ohne dass er bis jetzt dahintergekommen war.

»Woher wissen Sie das alles?«, fragte die Ärztin. »Sie sind doch gar kein Polizist.« Bei seinem ersten Besuch zusammen mit Helena hatte er ihrem Desinteresse an seiner Person keine Bedeutung beigemessen. Natürlich war schon allein aufgrund seines schlechten Portugiesisch offensichtlich, dass er kein Landsmann war, weshalb es ihn nun doch stutzig machte, wieso Dr. Pacheco ihn nicht schon viel früher nach seiner Funktion gefragt hatte. Wusste sie von Anfang an, dass er keine Dienstmarke würde vorzeigen können? Kannte sie ihn also doch, so wie er zwischenzeitlich glaubte, auch sie zu kennen? »Es spielt keine Rolle, woher oder warum ich mich für diese Todesfälle interessiere. Es geht einzig darum, alles dafür zu tun, dass dieses Sterben aufhört«, machte Henrik klar, statt sich danach zu erkundigen, ob sie sich auch außerhalb dieser Praxis schon einmal begegnet waren.

Dr. Pacheco blieb unbeeindruckt. »Besser, Sie gehen jetzt, bevor ich die echte Polizei rufe.«

Für eine Sekunde überkam ihn der Gedanke, dass er sich vor dieser Frau in Acht nehmen sollte. Auch wenn sie ihm nur bis zur Brust reichte und vermutlich die Hälfte von dem wog, was er auf die Waage brachte. »Ich bin mir ziemlich sicher, dass Sie kein Interesse daran haben, sich die Behörden in die Praxis zu holen«, konterte Henrik. Pokern gehörte immer zum Geschäft, das hatte er schnell gelernt, seit er private Ermittlungen anstellte und Befragungen nicht mehr mittels einer amtlichen Legitimation rechtfertigen konnte. Und auch wenn die Ärztin ihn weiterhin unberührt anstarrte, wusste er, dass er mit seiner Einschätzung richtiglag. Sie hegte nicht die Absicht, einen Hilferuf abzusetzen, um ihn loszuwerden. Doch fürs Erste wollte er sich zurückziehen.

Aus strategischen Gründen und um ihr Zeit zum Nachdenken zu geben, denn er war überzeugt, dass sie diese jetzt brauchte. Auch um sich darüber klar zu werden, dass er bereit war, sie noch weiter in die Enge zu treiben. »Wir führen diese Unterhaltung ein anderes Mal fort!«, machte er deutlich und verließ die Praxis in der festen Absicht, zurückzukommen. Immer vorausgesetzt, dass Damasos ihn nicht zwischenzeitlich aus dem Verkehr zog.

29
Helena

Sie fuhren zum Antiquariat, hielten direkt davor und blockierten die enge Gasse. Damasos verlangte, dass sie im Wagen wartete. Er stieg aus, und sie beobachtete, wie er an der Ladentür rüttelte. Diese war abgeschlossen, was sie nicht unglücklich machte. Ihr Kollege drehte sich zu ihr um. Sie zuckte mit den Schultern und rechnete damit, dass er von ihr verlangte, ihm zu öffnen. Doch er setzte sich wieder auf den Beifahrersitz. »Ich kann ihn anrufen«, sagte sie. Das wollte sie nicht, schlug es aber dennoch vor.

»Später«, erwiderte Damasos. »Fahren wir zuerst ins Präsidium!«

Entgegen ihrer Befürchtung, dass der Major mit ihr ohne Umwege den Comandante aufsuchte, begaben sie sich an ihre Arbeitsplätze. Alle Kollegen und Kolleginnen blickten von ihren Bildschirmen auf.

»Wie weit sind wir mit den Videoaufzeichnungen aus den Bahnen?«, fragte Damasos in die Runde. Er wirkte ungehalten. Sie hatte ihn auch schon bei früheren Ermittlungen unter Stress erlebt, doch diesmal gelang es ihm nicht, seine unerschütterliche Professionalität aufrechtzuerhalten.

»Es wurde alles gesichtet«, antwortete Alexandra. Wie immer tat sie sich gerne hervor, wenn sie die Chance witterte, vor Damasos einen guten Eindruck zu machen.

»Und?«, fasste der Major nach und blieb ihr gegenüber noch distanzierter als sonst. Kein guter Zeitpunkt für Avancen, dachte Helena, der Alexandras Enttäuschung nicht entging.

»Ich habe euch die entscheidenden Sequenzen geschickt, die von dem Kollegen bei der ersten Sichtung herausgefiltert wurden, aber …«

»Nichts Brauchbares? Wollen Sie uns das damit sagen, Senhora Casal?«, murrte Damasos. Er war wortkarg geblieben, nachdem sie Alberto Milheiros Wohnung verlassen hatten. Ohne große Anstrengung hatten sie dort weitere Bücher gefunden, die der Mann in Henriks Antiquariat gekauft hatte. Womit sich auch bei diesem Toten eine Verbindung zu Henrik ergab. Wenn man objektiv darüber nachdachte, konnte man die Fülle an Hinweisen auf ihren Lebensgefährten eigentlich nur noch als provoziert erachten. Und wenn Damasos der qualifizierte Kriminalkommissar war, für den sie ihn bisher gehalten hatte, konnte er kaum anders darüber denken. Das hoffte sie zumindest inständig.

»Sehen wir uns an, was wir haben«, entschied der Major und setzte sich vor seinen Bildschirm. Helena blieb schräg hinter ihm und mit dem Abstand zu ihm stehen, den sie brauchte, um möglichst frei atmen zu können. Damasos öffnete die erste Datei in dem Ordner, in dem die Aufzeichnungen von ihrem Kollegen abgelegt worden waren. Nacheinander sahen sie alle Videosequenzen durch. Es gab viele Wiederholungen, nur aus anderen Perspektiven. Die Ergebnisse blieben weitgehend ähnlich. Obwohl die historischen Eléctricos seit mehreren Jahren mit Videoüberwachung nachgerüstet worden waren, stellte die Enge in den Bahnen das eigentliche Problem dar. Sobald die Wagen mit Fahrgästen gefüllt und auch der Mittelgang mit Leuten zugestellt war, konnte man die Passagiere auf den Sitzbänken nicht mehr erkennen. Außerdem herrschte beim Zustieg an den Hauptknotenpunkten der Linie 28 jedes Mal ein undurchsichtiges Gedränge. Während sich die Lisboeta dabei noch einigermaßen diszipliniert verhielten, waren es vorrangig die Touristen, die mit aller Macht in die Bahnen hineindrückten, als handelte es sich um das letzte verbliebene Rettungsboot eines sinkenden Schiffes. Das Prinzip, das vorne zu- und hinten ausgestiegen werden sollte, funktionierte ebenso wenig. Was dazu führte, dass diejenigen, die raus wollten, mit denjenigen kollidierten, die hineindrängten. Obwohl Helena dieses Durcheinander von ihren täglichen Beobachtungen kannte, verdeutlichten die Bilder auf dem Monitor die Eigensinnigkeit der Menschen, vor allem der Urlauber, von denen man hätte annehmen können, dass sie Zeit und Gelassenheit im Reisegepäck hatten. Doch danach sah es nicht aus.

Zwei Leute aus der Soko waren dazu abgestellt, mit den Fahrern und Fahrerinnen der jeweiligen Bahnen zu sprechen, die anhand der Dienstpläne des Verkehrsunternehmens leicht zu ermitteln gewesen waren. Womöglich brachten diese Befragungen zusätzliche Erkenntnisse. Was sie im Moment schon als Erfolg verbuchen konnten, war, dass sie Ana Duarte, Bernardo Jacinto und auch Alberto Milheiro auf den Videos ausmachen und endlich auch die Haltestellen bestimmen konnten, von denen aus die drei ihre letzte Fahrt angetreten hatten. Allerdings war nicht zu bestimmen, ob unter den Personen, die in einem Pulk um sie herumstanden, jemand als eine Art Begleitung agierte. Jedenfalls konnte Helena niemanden erkennen, der ihr im Rahmen der Ermittlungen bislang untergekommen war. Abgesehen von Henrik natürlich, der in den beiden ersten Fällen ebenfalls zu sehen war. Vor sieben Tagen stieg er, wie von ihm geschildert, an der Haltestelle Santa Catarina ein und verlor sich danach im Getümmel. Eine Weile war er bei dieser Fahrt noch aufgrund seiner Größe auszumachen, bis zu dem Moment, als eben jener schicksalhafte Sitzplatz neben Senhora Duarte für ihn frei wurde. Die alte Dame war eine Viertelstunde zuvor an der Haltestelle Limoeiro in die Bahn geklettert, gleich bei der Igreja de Santa

Maria Maior, der Kathedrale von Lissabon. Selbstredend zusammen mit etlichen anderen Leuten.

Eine vergleichbare Szene spielte sich ab, als Henrik seine Fahrt mit der Eléctrico antrat, in der Bernardo Jacinto zu Tode kam. Henrik wusste bis heute nicht, wo er vor vier Tagen zugestiegen war. Jetzt offenbarte die Videoaufnahme dieses Geheimnis. Wie er schon vermutet und auch bei seiner Aussage zu Protokoll gegeben hatte, war er tatsächlich am Martim Moniz in die Linie 28 gestiegen. Genau dort, wo Alberto Milheiros letzte Fahrt heute geendet hatte. Wie die Aufzeichnung zeigte, wartete Henrik an der Haltestelle zusammen mit einem guten Dutzend anderer Fahrgäste, und auch wenn man ihm wegen der schräg von oben gefilmten Perspektive nicht in die Augen sehen konnte, war für Helena zu erkennen, dass er abwesend wirkte, als er von dem Pulk mit hinein in die Bahn geschoben wurde. Eigenwillig ungelenk in seinen Bewegungen, als sei er nicht bei sich gewesen. Nur zwei Haltestellen weiter, an der Igreja Anjos, kam Bernardo Jacinto dazu, was Helena überraschte. Ohne erklären zu können, warum, war sie bisher davon ausgegangen, dass der alte Mann vor Henrik in der Eléctrico gesessen hatte.

»Interessant«, kommentierte Damasos die Szene mit Henrik knapp, die sie wie alle anderen ein weiteres Mal betrachteten, während Helena vorbehaltlich auf jede Äußerung verzichtete. Natürlich musste man sämtliche Aufzeichnungen noch einmal Bild für Bild durchgehen und auch eine Gesichtserkennungssoftware darüber laufen lassen, um gegebenenfalls verdächtig wirkende Fahrgäste herauszufiltern und bestenfalls zu identifizieren. Doch Helena hatte dahingehend keine allzu großen Erwartungen. Bei dieser Verbrechensserie waren keine polizeilich bekannten Personen am Werk. Und da nach wie vor auch keine Forderungen, weder an das Verkehrsunternehmen noch an die Stadt oder ein

Ministerium, gestellt worden waren, blieb auch das Motiv weiterhin schleierhaft. Helena erhielt keine Zeit, sich darüber Gedanken zu machen, denn Damasos öffnete bereits die nächste Aufnahme. Sie waren bei den Aufzeichnungen am Zustieg zum Funicular da Graça angelangt. Darauf war die verstorbene Doris Schiller deutlich zu erkennen. Überdies jemand, der sich in der Warteschlange unmittelbar in ihrem Rücken aufhielt. Was auf den ersten Blick noch nicht verdächtig war, da sich trotz der frühen Stunde auch hier schon eine größere Traube an Wartenden gebildet hatte. Das, was ihre und auch Sérgio Damasos' Aufmerksamkeit erregte, war die Tatsache, dass die Person hinter Senhora Schiller ihr Gesicht die ganze Zeit über geschickt unter einer Schirmmütze verbarg. Was noch nicht das auffälligste Verhalten war. Zunächst einmal sah es sehr danach aus, als interessierte sich die Person hinter der Deutschen für die Handtasche, die Doris Schiller, über ihrer Schulter hängend, bei sich trug. Leider war aus dem Winkel nicht zu erkennen, ob in den rund zehn Minuten, während sie wartete, der- oder diejenige etwas aus der Tasche entnommen hatte. Richtig interessant wurde es aber erst, nachdem sie mit ansehen durften, dass die bemützte Gestalt, nachdem sie geduldig über eine Viertelstunde im Rücken von Doris Schiller ausgeharrt hatte, doch nicht in die Standseilbahn stieg, als die Automatiktüren sich endlich öffneten. Stattdessen schwenkte der oder die Mützenträgerin aus der Warteschlange aus und ging mit gesenktem Kopf davon.

Sie sahen sich auch diese Sequenz mehrfach an. »Es ist ein Mann, oder?«, fragte Damasos schließlich, ohne seinen Blick vom Bildschirm zu nehmen.

»Tendenziell ja«, erwiderte Helena.

»Hat er Senhora Schiller noch berührt, bevor er wegging?«, fragte er. Auch für Helena hatte es so ausgesehen. Ehe sie etwas sagen konnte, ging Damasos ein paar Sekunden zurück und ließ die Aufnahme noch mal ablaufen. Wiederholte den Vorgang erneut, diesmal in langsamerem Tempo, Bild für Bild ruckelte das Geschehen vorwärts.

»Ich sehe es auch so«, ließ ihn Helena schließlich wissen. »Es gibt eine Berührung.« Es dauerte keine Sekunde. Die Hand der Person hinter Doris Schiller tauchte kurz über ihrer Schulter auf, und auch wenn man die Bewegung nicht richtig weiterverfolgen konnte, sah es so aus, als berührte sie den Hals der Deutschen unterhalb des rechten Ohrs. Nur dass die Frau nicht darauf reagierte, was sie folgern ließ, dass sie die Berührung nicht bemerkte. Vielleicht, weil die Hand nur vorbeigewischt war, ohne Kontakt. »Wir müssen das vergrößert und in besserer Auflösung bekommen«, entschied Damasos.

»Und abwarten, ob bei der Obduktion etwas am Hals der Frau gefunden wird. Ein Einstich vielleicht …«

Damasos drehte sich abrupt zu Helena um. »Es könnte Ihr Freund sein«, sagte er, wobei er auf die im Monitor jetzt eingefrorene Person mit der Schirmmütze zeigte.

Für zwei Sekunden blieb ihr die Luft weg. »Nein, keinesfalls, die Statur passt nicht«, entgegnete Helena, als sie ihre Stimme wiederfand, die sich jetzt unangenehm schrill anhörte. Damasos hielt ihrem Blick stand, lächelte schmallippig und sah dann an ihr vorbei. »Wie aufs Stichwort«, sagte er. Helena wandte sich um. Gerade betrat Lino in seinem leicht eiernden Gang das Büro. Der Chef der Forensiker trug einen der Kartons vor sich her, den die Spurensicherung zum Verwahren von Beweismitteln benutzte.

»Ist das aus Bernardo Jacintos Wohnung?«, fragte Damasos, noch ehe Lino die Schachtel auf dem Schreibtisch abgestellt hatte. »Wie gewünscht«, bestätigte der Kriminaltechniker und warf

Helena einen mitfühlenden Blick zu. Für den Moment wirkte er so, als wollte er noch etwas loswerden, entschied sich dann anders und zog wieder von dannen.

»Jacintos Wohnung ist zwischenzeitlich auch durchsucht worden?«, fragte Helena.

»Natürlich. Wir dürfen keine Zeit mehr verlieren«, erwiderte Damasos, und wieder klang es wie ein Vorwurf. Ihr Kollege öffnete den Deckel des Beweismittelkartons. Wie schon in der bescheidenen Behausung von Alberto Milheiro, präsentierte er auch diesmal ein Buch, das er mit Zuhilfenahme eines Einmalhandschuhs aus der Kiste fischte. Er hätte sich sparen können, es aufzuschlagen. Auch dieses Buch war auf der inneren Umschlagseite mit einem Stempel aus Henriks Antiquariat versehen. »Das ist doch wohl ein Witz«, entfuhr es Helena, die sicher wusste, dass bei ihrer Begutachtung von Jacintos Wohnung vor wenigen Tagen nirgendwo Bücher gestanden hatten. Wer hatte sie danach dort deponiert? Bastos, der Nachbar? Sie spürte Zorn in sich aufsteigen. Es war jedenfalls jemand, der ein Interesse daran hatte, Henrik immer tiefer in den Schmutz zu ziehen. Doch wie sollte sie das beweisen? Abgesehen davon, dass es längst zu viele Spuren gab, die unweigerlich zu ihm führten.

»Es wäre ratsam, Sie bringen Senhor Falkner schnell dazu, sich hier einzufinden. Mehr können Sie in der jetzigen Situation nicht mehr für ihn tun«, erklärte Damasos und hielt ihr die Hand hin. »Comandante Ralha hat mich befugt, Sie vorläufig vom Dienst zu befreien. Geben Sie mir Ihren Ausweis und die Dienstwaffe!«

Sie tat, was von ihr verlangt wurde, und eilte dann hinaus in den Flur, um den Blicken aller zu entkommen, mit denen sie sich das Büro teilte. Es war unmöglich, die Tränen zurückzuhalten. Sie flüchtete auf die Toilette, wo sie sich kaltes Wasser über die Handgelenke laufen ließ und danach ihr Gesicht benetzte. Sie spürte ihren schnellen Herzschlag. Betrachtete sich angestrengt in dem Spiegel über dem Waschbecken, bei dem von der unteren rechten Ecke ein Stück abgesplittert war. Henrik hatte sie einmal mit Jennifer Lopez verglichen, doch sie konnte keinerlei Ähnlichkeit mit der amerikanischen Schauspielerin in ihren Zügen erkennen. Vielleicht hatten sie dieselbe Haarfarbe. Keine Ahnung, was er da sonst noch gesehen haben mochte. Sie rupfte ein paar Blätter aus dem Spender für Papiertücher und wischte sich die letzten Tränen aus den Augenwinkeln. Die Wimperntusche war nicht allzu sehr in Mitleidenschaft gezogen. Mit immer noch leicht getrübter Sicht tippte sie eine Nachricht an Henrik. Deren Inhalt war jedoch nicht das, was Damasos von ihr verlangte, eher das Gegenteil.

Als sie zurück in den Flur trat, bemerkte sie Lino, der sich bei den Aufzügen herumdrückte. Offensichtlich wartete er auf sie. »Weißt du schon Bescheid?«, fragte sie forsch, obwohl der Kriminaltechniker das falsche Ziel war, um Dampf abzulassen. Lino hob beschwichtigend die Hände. »Ich hab nichts damit zu tun.«

»Natürlich nicht, tut mir leid«, lenkte Helena ein, was Lino ein sanftes Lächeln abrang. »Alles klar, ich nehme es nicht persönlich, ich kenne doch dein Temperament. Sie sollten dich und die Arbeit, die du leistest, mehr zu schätzen wissen«, fügte er noch an, womit er sie einigermaßen besänftigen konnte.

»Ich danke dir!«

»Musst du nicht, ich spreche nur aus, was ich denke.«

Helena drückte die Taste, um den Fahrstuhl zu holen. »Wie war der Urlaub?«

»Schön, dass du fragst.« Er machte ein missmutiges Gesicht. »In den Bergen war's zu heiß, meine Frau hat nur rumgemeckert, weil sie bei der Hitze nicht wandern wollte. Nächstes Mal fahren wir wieder ans Meer.«

»Siehst trotzdem erholt aus.«

»Das hält nicht lange bei dem, was hier los ist.«

Der Lift kam, und sie betraten die Kabine. »Ich gehe davon aus, du willst nach unten«, sagte Lino und drückte die Taste für die Tiefgarage, obwohl die Kriminaltechnik ihre Labors in der Etage über ihnen hatte. »Was wird das, willst du dich versichern, dass ich das Gebäude auch ja verlasse?«

»Da will man einmal nett sein«, frotzelte Lino zurück. Der Lift setzte sich in Bewegung, und für einen kurzen Moment herrschte eine Art verlegenes Schweigen, während sie gegen die matte Aluminiumverkleidung der Aufzugstür starrten. Dann ging Helena ein Licht auf. »Hast du noch ein Abschiedsgeschenk für mich?«

Lino schielte sie von der Seite her an. »Ich vermute mal, du wirst diese Sache nicht einfach so auf dir sitzen lassen, wie ich dich kenne.«

»Du sprichst von der Ermittlung?«

Der Chef der Kriminaltechnik deutete ein Nicken an.

»Hast du bei den Wohnungsdurchsuchungen was entdeckt, was mich interessieren könnte?«

»Nur so eine Ahnung«, erwiderte Lino. Der Fahrstuhl kam zum Stillstand, und die Tür glitt zur Seite. Lino stieg aus, Helena folgte ihm. Soweit sie die Ebene mit den abgestellten Dienst- und Privatfahrzeugen einsehen konnten, waren sie allein.

»Bei unserem letzten Telefonat hast du was von einem Augenarzt gefaselt«, fuhr Lino fort und zauberte sein Handy hervor. Er tippte herum, bis es bei Helena vibrierte. »Darauf bin ich in der Wohnung von eurem letzten Toten gestoßen«, kommentierte er den Datenversand. Helena öffnete den Anhang in der Nachricht. Es handelte sich um die Fotografie eines kleinen Zettels, der offenbar zerknüllt und dann wieder glatt gestreift worden war.

»Lag im Müll«, erklärte Lino, während sie gebannt das Display ihres Handys betrachtete. »Warum machst du das?«

»Wie gesagt, ich halte dich für ziemlich kompetent, mehr jedenfalls als den Rest der Truppe da oben. Was auch immer vorgefallen ist, vielleicht hilft dir das dabei, dich wieder zu rehabilitieren. Außerdem will ich nicht zweimal täglich meine Leute rausschicken müssen, damit sie in stickigen Straßenbahnen forensische Beweise sichern.«

Helena suchte Linos Blick, und für zwei Sekunden rang sie ein weiteres Mal um ihre Fassung. Weil sie nicht wollte, dass er ihre feuchten Augen bemerkte, studierte sie erneut die Notiz, die er für sie fotografiert hatte. Es handelte sich um einen Augenarzttermin für Alberto Milheiro, der von letzter Woche stammte. Ausgerechnet bei dem Facharzt, den gestern auch Doris Schiller aufgesucht hatte. In dem Zusammenhang fiel Helena ein, dass auch Henrik ihr erst vor Kurzem eine Textnachricht zu diesem Thema geschickt hatte. »Habt ihr Augentropfen bei Doris Schiller gefunden?«, fragte sie Lino.

»Augentropfen? Nein!«

»Auch nicht auf ihrem Zimmer?«

»Nicht im Hotel, nicht in ihrer Handtasche und auch sonst nirgendwo, da kannst du sicher sein!«

30
Helena

Fahrplan Linie 28 E, Haltestelle N° 6 Sapadores nach Praça Luís de Camões, Ankunft 17:19 Uhr

Die Praxis lag in der Rua António Maria Baptista, ganz in der Nähe des Tramhalts Sapadores, an dem laut der gesichteten Videoaufzeichnungen Alberto Milheiro zu seiner letzten Fahrt mit der Linie 28 aufgebrochen war. Was bedeutete, er fuhr nur sechs Haltestellen und war zu diesem Zeitpunkt bereits mehr tot als lebendig, als er in die Bahn stieg.

Es wunderte sie nicht, dass auch das dreistöckige Haus, bei der sich die ehemals aprikosenfarbene Fassade noch gerade so erahnen ließ, zum Verkauf stand. Ein entsprechendes Schild mit der Nummer einer Maklerfirma klebte an der Haustüre. Auffällig oft wiederholten sich Dinge in diesem Fall. Auch in ihrer Ermittlung davor musste sie sich mit den Machenschaften in der Immobilienbranche auseinandersetzen. Damasos hatte ihr keine Gelegenheit mehr gelassen, sich mit ihm darüber auszutauschen, wie seine Reise an die Algarve ausgegangen war. Er hatte sich dort unten das Geständnis des Täters abgeholt. Jetzt fragte sie sich, ob er durch diese Aussage nicht auch auf eine Verbindung zu der aktuellen Todesserie gestoßen war und er deshalb mit einem Mal so starkes Interesse an dieser Untersuchung hatte. Vielleicht hätte er damit vor ihr sogar hinter dem Berg gehalten, aber nicht, nachdem er die Leitung der Sonderkommission übernommen hatte. Spätestens dann hätte er seine Erkenntnisse über einen möglichen Zusammenhang auf den Tisch gelegt. Nun, wie auch immer. Sie war jetzt aus allem raus. Bekam seitens der Polizei keine Einblicke mehr. Sie musste sich die Antworten auf eigene Faust beschaffen, und es genügten ihr vorerst die, die ihr halfen zu beweisen, dass Henrik keine Schuld an dem Tod der vier Senioren hatte.

Eine Messingtafel im Treppenhaus verriet ihr, dass Dr. Paulo Sousa im ersten Stock praktizierte. Sie folgte der Beschilderung und betrat schließlich ein von der Nachmittagssonne aufgeheiztes Wartezimmer, in dem sie auf ebenfalls vier Personen traf. Drei davon saßen auf billigen Plastikstühlen. Darunter eine Mutter, deren etwa sechs Jahre alter Sohn, vor ihr auf dem Boden kauernd, mit einem Feuerwehrauto spielte und dessen linkes Auge mit einem Pflaster abgeklebt war. Die Mutter fächelte dem Kind mittels einer gefalteten Zeitschrift Luft zu. Der Junge musterte sie für eine Sekunde und entschied sofort, dass sie uninteressant für ihn war. Die Mutter grüßte verhalten. Eine weitere Frau mit weißem, hochgestecktem Haar, blickte nur kurz auf und vertiefte sich dann wieder in ein zerlesenes Boulevardmagazin. Unter dem einzigen Fenster hatte ein Herr Platz genommen, den Helena auf jenseits der achtzig Jahre schätzte und der sich, leicht nach vorne gebeugt, an einem Gehstock festhielt, den er zwischen seinen Knien abgestellt hatte. Er grüßte sie mit einem knappen Nicken. Schweißperlen standen auf seiner Stirn und sammelten sich in einem großen Tropfen, der an seiner Nasenspitze hing. Auch wenn das Fenster mit einer Jalousie verdunkelt war, hatte sich der Wartebereich tagsüber auf ein kaum erträgliches Maß aufgeheizt.

»Wo melde ich mich an?«, fragte Helena in die Runde.

Die Mutter zeigte zur Tür, die gegenüber dem Eingang aus dem Wartezimmer führte. »Der Doktor kommt, sobald er mit der Patientin fertig ist, die er gerade untersucht«, bekam sie zur Antwort. Was so viel hieß, wie dass sie sich setzen sollte: Wäre sie noch offiziell im Dienst gewesen, hätte sie sich vorgedrängt, Dr. Sousa ihre Legitimation vor die Nase gehalten und die Vernehmung ohne Rücksicht auf die wartenden Patienten durchgezogen. Doch in ihrer jetzigen Situation hielt Helena es für angemessen, den Rat der Mutter zu befolgen. Sie wählte den Stuhl gegenüber dem Eingang zum Behandlungsraum und nahm Platz, um in dieser Hitzekammer auszuharren, bis sie nach allen anderen an der Reihe war.

Es grenzte beinahe an Verbissenheit, wie jeder der Anwesenden darum bemüht war, die Stille in dem stickigen Raum zu wahren. Darum empfand es Helena direkt als Erleichterung, als der Junge sein Spiel plötzlich unterbrach und zu seiner Mutter aufschaute. »Muss ich wirklich zu Dr. Sousa?«, fragte er und klang dabei weinerlich.

»Du willst doch endlich das Pflaster loswerden«, erinnerte ihn seine Mutter. Ihr Gesicht war rot von der Hitze. Sie klang genervt, was Helena weniger auf ihr Kind, sondern vielmehr auf die Warterei schob.

»Er klebt nur wieder ein neues drauf«, protestierte der Junge. Es war übergewichtig, und jemand hatte ihm einen unvorteilhaften Topfschnitt verpasst.

»Sei still jetzt!«, mahnte die Mutter.

»Magst du Dr. Sousa nicht?«, fragte Helena unverhohlen.

»Hören Sie nicht auf ihn!«, bekam sie von der Mutter vorgehalten.

»Er hat ja recht, der Doktor ist nur noch ein alter Griesgram, seit er die Praxis allein macht«, mischte sich die Senhora mit der Hochsteckfrisur ein. »Die arme Frau«, schickte sie hinterher, bevor sie weiter in der Zeitschrift blätterte.

»Was ist passiert?«, hakte Helena nach.

So wie sie erneut aufblickte, bereute die Frau, überhaupt etwas gesagt zu haben. Sie atmete einmal tief ein, ehe sie antwortete: »Seine Gattin, die war immer sehr zuvorkommend und hat das mit den Patienten und Terminen einwandfrei im Griff gehabt. Aber dann ist sie … wie lange mag das her sein? Hm, ein Jahr etwa, ja, da passierte dann dieser Unfall. Tot, man stelle sich das mal vor! Jedenfalls ist der Doktor seither nicht mehr derselbe …«

Helena erfuhr nicht, ob sie ihrem Bericht noch mehr hinzufügen wollte, denn sie wurde von der sich öffnenden Tür zum Behandlungszimmer unterbrochen. Eine Patientin mittleren Alters kam heraus. Ohne nach rechts oder links zu sehen, durchquerte sie mit forschem Schritt den Wartebereich, ein bisschen so, als sei sie auf der Flucht, und verschwand grußlos hinaus in den Flur. Gleich darauf tauchte Dr. Sousa im Türrahmen auf. Er sah in die Runde, bis sein Blick bei Helena hängen blieb. »Sie haben keinen Termin«, stellte er fest und wirkte dabei enttäuscht, was sie irritierte. Entgegen dem, was die Frau mit dem Boulevardmagazin ihm eben noch unterstellt hatte, schien Dr. Sousa doch recht gut zu wissen, wer heute zur Untersuchung in seinem Kalender vermerkt war. Helena erhob sich und trat auf ihn zu. »Ich bin Inspetora Gomes von der Divisão de Investigação Criminal und habe ein paar Fragen an Sie.«

»Kriminalpolizei«, murmelte der Augenarzt. Seine auffälligen Falten, die sich von der Nase an den hängenden Mundwinkel bis runter zum kantigen Kinn zogen, schienen noch tiefer zu werden. *Du bist ein trauriger Mann*, dachte Helena. Diese Trauer, die ihm anhaftete, machte ihn älter, als er vermutlich war. Trübe Augen, grauer Teint, nur noch spärliches weißgraues Haar, das flusig über seine abstehenden Ohren quoll. Eine magere, gebeugte Gestalt in einem fadenscheinigen, sandfarbenen Anzug. Sie wunderte sich darüber, dass er selbst das Jackett anbehielt, obwohl die

Praxis nicht mit einer Klimaanlage ausgestattet war. »Ich komme wegen einem Patienten von Ihnen … nein, vielmehr wegen zweier Patienten. Alberto Milheiro und einer Touristin, die gestern bei Ihnen war. Die Frau heißt Doris Schiller.« Helena hoffte, dass die beiden Namen ausreichten, um von Dr. Sousa auch ohne Termin vorgelassen zu werden. »Es dauert nicht lange«, fügte sie schnell noch an, weil sie sich der missmutigen Blicke bewusst war, die ihr von den Leuten im Warteraum entgegengeworfen wurden.

Dr. Sousa geriet ein wenig ins Wanken, umklammerte die Türklinke, die er bislang nicht aus der Hand gelassen hatte, nur noch fester. Erneut wanderte sein Blick durch sein Vorzimmer, von der Mutter über das Kind hinweg, weiter zu der Frau mit dem Boulevardmagazin bis hin zu dem Greis, der seinen Gehstock jetzt nervös zwischen seinen arthritischen Fingern drehte. Beinahe kam es ihr so vor, als wollte Dr. Sousa die Erlaubnis seiner Patienten einholen. Einen Gefallen, den sie ihm gewissermaßen auch taten.

»Unerhört«, murrte die Frau in die aufgeschlagene Zeitschrift hinein.

»Wir warten schon eine Stunde«, jammerte die Mutter und warf ihrem Sohn einen mitleidigen Blick zu. Das Kind blieb davon unbeeindruckt und ließ das Feuerwehrauto eine weitere Runde um den linken Schuh der Mutter drehen. Nur der Alte sagte nichts. Allerdings erlag der Schweißtropfen an seiner Nase der Schwerkraft und klatschte zu Boden.

»Ich kann sie auch vorladen lassen«, machte Helena deutlich und spielte damit ein Blatt aus, das sie gar nicht mehr auf der Hand hatte.

Die Aufmerksamkeit des Augenarztes war zwischenzeitlich wieder bei ihr gelandet. Seine Mimik hatte eine Verwandlung vollzogen. Mit einem Mal wirkte er gefasster. Nahezu arrogant musterte er sie. Er öffnete den Mund, ohne etwas zu sagen. Schloss ihn wieder. Hielt ihrem Blick stand. Schüttelte den Kopf. »Nein«, entschied er dann, »Sie haben keinen Termin.«

Helena hatte nicht vor, so einfach aufzugeben. »Was waren das für Tropfen, die Sie der deutschen Touristin mitgegeben haben?«

Dr. Sousa sah sie entgeistert an. »Haben Sie eine Vorladung? Einen Haftbefehl? Irgendwas?«

Helena konnte nur den Kopf schütteln.

»Dann gehen Sie jetzt!«, verlangte er und drängte an ihr vorbei ins Wartezimmer. Er trat zu dem Jungen und beugte sich zu ihm runter. Der Kleine hörte damit auf, das Feuerwehrauto um den Fuß seiner Mutter kreisen zu lassen, und sah zu dem Arzt auf. Der nickte selbstzufrieden, bevor er verkündete: »Sehen wir uns mal dein Auge an, junger Mann.«

31
Henrik

Fahrplan Linie 28 E, Haltestelle N° 29 Estrela (Basílica) nach Campo Ourique, Ankunft 17:40 Uhr

Verschwinde sofort aus der Rua do Almada! Er musste die Nachricht zweimal lesen, nicht weil er sie nicht verstand, sondern weil ihr Inhalt so gar nicht zu Helena zu passen schien. Nun, die Botschaft war klar: Damasos war zu dem Schluss gekommen, ihn nun doch in Gewahrsam zu nehmen. Was Helena zu verhindern suchte. Er unterdrückte den Impuls, sie umgehend anzurufen. Sie würde sich melden, sobald sie die Gelegenheit dazu bekam. Unschlüssig sah er sich um. Er befand sich auf halbem Weg die Rua Garrett hinauf, war demnach nicht einmal zehn Minuten von seinem Zuhause entfernt. Wartete dort bereits eine Streife auf ihn? Tatsächlich verspürte er keine Lust darauf, das zu überprüfen. Weil ihm vorerst nichts Besseres einfiel, bog er nach rechts ab und landete so wieder auf dem Largo do Carmo. Natürlich kam ihm sofort wieder der seltsame Vorfall mit dem alten Mann ins Gedächtnis. Wie lange war das her? Er kam nicht mehr darauf, wusste nur, dass er eine Verbindung zu den Todesfällen nicht unbedingt ausschloss. Allein aufgrund des Alters dieses Mannes, was nicht mehr als einer hauchdünnen Spur gleichkam. Trotzdem hatte der betagte Portugiese ihn auf irgendeine Weise ausspioniert. Folglich hatte er in der vergangenen Woche nicht nur seitens der Polizei unter Beobachtung gestanden.

Henrik setzte sich auf dieselbe Bank, auf der er auch bei seinem letzten Besuch des Largo do Carmo Platz genommen hatte.

Drüben beim Pavillon interpretierte eine dreiköpfige Combo bekannte Popsongs auf jazzige Weise. Sie machten das so unterhaltsam, dass sich einiges an Publikum angesammelt hatte. Für ihn interessierte sich niemand. Und das konnte gerne so bleiben. Wer auch immer hinter den Gräueltaten der letzten Tage steckte, man hatte ihn damit ausreichend tief in die Bredouille geritten. Vielleicht hielten die Verantwortlichen es nicht mehr für erforderlich, ihn weiter zu überwachen. Hatten sie erreicht, was sie wollten? Der Gedanke schmeckte bitter, denn er war keineswegs mehr von der Hand zu weisen.

Inmitten des dritten Musikstücks, dem er nur mit halbem Ohr lauschte, erreichte ihn eine weitere Anweisung auf seinem Handy. Die Nachricht enthielt eine Adresse, zu der er sich begeben sollte, um … ja, um was zu tun? Unterzutauchen? Auch wenn Helena es nicht explizit ausformulierte, erwartete sie genau das von ihm. Er sollte sich vor der Polizei verstecken. Sie warnte damit nicht nur einen Verdächtigen, sie verschaffte ihm sogar ein Versteck. Wie weit war sie noch bereit zu gehen?

Er musste sich auch fragen, ob er das überhaupt wollte. Sich verstecken und damit den Verdacht gegen ihn noch erhärten. Er schätzte, dass es Helena darum ging, Zeit zu gewinnen, bis sie den oder die richtigen Täter gefunden hatte. Nur, war das der richtige Weg?

Ihm fiel noch eine andere Option ein. Eine Sache, die er aufgrund der sich überschlagenden Ereignisse in Lissabon zu weit von sich geschoben hatte. Er hatte alles bei sich, was er brauchte, konnte sofort raus zum Flughafen fahren und nach Deutschland fliegen. *Fliegen oder flüchten?* Wie auch immer, er glaubte nicht, dass die Polizei bereits Maßnahmen dahingehend eingeleitet hatte, ihn an einer Ausreise zu hindern. Und seine Mutter erwartete ihn ohnehin. Sicherlich würde sie alle Hebel in Bewegung setzen, ihm vermutlich sogar einen von ihren Juristenfreunden engagieren. Und der Preis dafür wäre dann wohl eine Niere. Er schüttelte den Kopf. Das Land zu verlassen, würde Damasos vermutlich als Geständnis interpretieren. Als ein deutlicheres Signal für seine Täterschaft, jedenfalls deutlicher, als sich lediglich irgendwo in Lissabon zu verkriechen und nur nicht auffindbar zu sein. Und falls sie ihn doch aufstöberten, konnte er sich leichter dumm stellen als bei einem Auslieferungsgesuch. Folgte er Helenas Plan, konnte er immer noch so tun, als hätte er nicht gewusst, dass die Polizei ihn für ein offizielles Verhör einzubestellen gedachte.

Weiterhin unschlüssig, blieb er unter seinem Palisanderbaum sitzen. Folgte seinen Gedanken, die ihn weg von einer möglichen Flucht und hin zu seinem Besuch bei Dr. Pacheco lenkten. Dieser war bei längerer Betrachtung aufschlussreicher gewesen, als es ihm anfänglich vorgekommen war. Die Ärztin wurde aus dem Haus geworfen, indem sie ihre Praxis betrieb. Ein Schicksal, das sie mit mindestens zwei der toten Senioren teilte. Die Gebäude in bester Innenstadtlage wechselten die Besitzer. Die alten Mieter wurden entfernt, um die Wohnungen danach aufwendig und wertsteigernd zu renovieren. Was letztlich satte Gewinne versprach, wenn die Immobilien wieder auf den Markt kamen. Konnte das ein Motiv sein? Wurde der Auszug der alten Bewohner, derer man sich sonst nicht so einfach und schnell entledigen konnte, auf diese Weise beschleunigt?

Diese Überlegung hatte seine Haken. Zum einen passte damit der Tod dieser deutschen Touristin nicht ins Bild. Konnte man sie demnach ausklammern? War sie nur zufällig auf ähnliche Weise verstorben wie die Frau und die beiden Männer, die in Lissabon beheimatet waren? Zum anderen ließ sich mit der Immobilientheorie auch das verdächtige Verhalten von Dr. Pacheco nicht erklären. Der Gedanke, dass die Internistin irgendwie darin verstrickt war, hatte sich längst manifestiert. Allerdings sah er sie auf der Seite ihrer Patienten. Wenn sie aktiv Sterbehilfe betrieb, dann nicht, um den Investoren in die Karten zu spielen, die großräumig Häuser in der Stadt aufkauften. So schätzte er sie ganz und gar nicht ein. Und wenn er viel simpler denken musste? Erlöste Dr. Pacheco die betagten und ohnehin todkranken Menschen, bevor diese nicht auch noch den Stress und sicherlich auch die Schmach eines erzwungenen Umzugs über sich ergehen lassen mussten? Steckte das hinter den Tötungen? Auch das hörte sich nach einer Spekulation an, die man weiter hinterfragen musste. Vor allem, weil er nach wie vor nicht kapierte, wieso es Dr. Pacheco oder den wie auch immer Verantwortlichen wichtig war, dass die Leute in der Straßenbahn starben. In der Öffentlichkeit, vor allen Leuten …

Der Gedanke, der ihn hierzu ereilte und der sich gleichwohl äußerst wichtig anfühlte, war gleichzeitig aber viel zu flüchtig, um ihn festzuhalten und zu Ende zu denken. Dennoch hatte er hinreichend Material zusammengetragen und ausreichend offene Fragen gesammelt, die er mit Helena erörtern wollte. Mit der Gewissheit, die Lösung eigentlich vor Augen zu haben, machte er sich auf den Weg in den Stadtteil Campo de Ourique. Wozu er ein weiteres Mal die Eléctrico nutzte, auch wenn die Fahrt Überwindung kostete. Ausgerechnet mit derselben Linie und in die gleiche Richtung wie vor einer Woche, an dem Tag, als alles seinen Anfang genommen hatte. Neben der verstorbenen Ana Duarte sitzend, war er sogar bis zu der Haltestelle gefahren, an der er auch heute auszusteigen gedachte. Womit sich für ihn ein Kreis schloss, auch wenn er weiterhin nicht zu sagen imstande war, welche Abgründe dieser Kreis wirklich umschloss. Henrik war keineswegs anfällig für übersinnliche Vorkommnisse, dennoch hoffte er jetzt im Moment, dass die erneute Straßenbahnfahrt kein schlechtes Omen bedeutete.

Sah man davon ab, dass die Eléctrico, wie nicht anders zu erwarten, überfüllt war, verlief die ruckelnde Fahrt jedoch ereignislos. Niemand starb. Niemand hielt ihn auf. Nachdem er die Straßenbahn an der Basílica da Estrela verlassen hatte, führte ihn Helenas Instruktion in die Rua do Cabo. Es war später Nachmittag geworden. Die Luft war heiß und schwer, was er bei dem strammen Anstieg westlich des Estrela-Parks noch mehr zu spüren bekam. Das Wohnhaus war modern. Ein vierstöckiger Neubau, der in die Zeile der sonst älteren Gebäude eingefügt worden war, mit nüchterner, cremefarbener Fassade und kleinen, versetzt angeordneten Glasbalkonen. Er klingelte bei der Nummer, die ihm Helena getextet hatte. Der Türöffner summte nach nur wenigen Sekunden. Allem Anschein nach wurde er bereits erwartet. »Zweiter Stock«, tönte es von oben. Er kannte die Stimme, hatte sie vor nicht allzu langer Zeit im Rahmen seiner Ermittlungen zu einem anderen Fall einmal aus einiger Entfernung gehört. *Belauscht,* berichtigte ihn sein Gehirn. *Du hast diese Frau belauscht, gar nicht weit von hier in der Grünanlage gegenüber dem portugiesischen Parlament.* Wie auch immer, Henrik versuchte diesem Umstand nicht zu viel Bedeutung beizumessen. Natürlich blieb eine leichte Verwirrung nicht aus, auch wenn sich die Sache, die sich damals ereignet hatte, für Helena offenbar erledigt hatte.

Er entschied sich für die Treppe, weil ihm dies mehr Zeit zum Nachdenken verschaffte, als mit dem Aufzug zu fahren.

Sie erwartete ihn in der Tür zu ihrem Appartement. Er kannte ihren Namen und wusste, was sie arbeitete. Sie musste gerade aus der Dusche gekommen sein, trug nur einen Bademantel, und ihre Haare waren nass, weshalb sie ihm deutlich dunkler vorkamen, als er sie in Erinnerung hatte. Sónia da Silva war eine schöne Frau, das zeigte sich erst recht, wenn sie ungeschminkt war. Ihre Augen, dieser bläulich grüne Schimmer, hatte ihn schon auf dem Foto beeindruckt, das ihm Helena einmal gezeigt hatte. Eher unfreiwillig, wie ihm jetzt wieder einfiel: Er hatte sie einmal dabei erwischt, wie sie in Sónias Social-Media-Accounts gestöbert hatte.

»Henrik, wie schön!«, begrüßte ihn die Rechtsmedizinerin.

Er reichte ihr die Hand. Sie drückte fest zu für eine Frau.

»Ich will Ihnen nicht zur Last fallen«, sagte er.

»Wäre das der Fall, hätte ich Helena das wissen lassen, als sie mich darum bat«, erwiderte sie. »Entschuldigen Sie meinen Aufzug, ich bin erst vor zwanzig Minuten von der Arbeit gekommen. Nur zu!«, forderte sie ihn auf und ging voran. Verhalten betrat er die Wohnung, die aufgrund fehlender Zwischenmauern im Licht der schräg einfallenden Nachmittagssonne hell erleuchtet war. Bis auf ein Sofa und einen Tisch im offenen Wohn- und Essbereich mit vier Stühlen darum mangelte es noch an Mobiliar. An einer Wand stapelten sich Umzugskartons. »Schön hier«, brabbelte er.

»Ich bin noch nicht wirklich weit gekommen«, erklärte sie, seinem Blick folgend.

»Sie leben noch nicht lange in Lissabon?«, sagte Henrik, der das natürlich wusste, aber der Small Talk half gegen die Befangenheit, überhaupt hier zu sein. Die Ärztin hatte ihre Stelle in der Pathologie der Universitätsklinik erst zu Beginn dieses Sommers angetreten, wenn er sich recht entsann. Ihm war nicht klar gewesen, dass Helena besser mit Sónia da Silva befreundet war, als er das bis zu diesem Moment angenommen hatte.

»Die Arbeit hat mich bislang davon abgehalten, mich ordentlich einzurichten«, erklärte Sónia. »Aber ich hab's mir ja selbst ausgesucht, wollte unbedingt in die Hauptstadt. Nicht dass Sie den Eindruck bekommen, ich würde mich beschweren wegen der vielen Toten, die bei uns auf den Tischen landen. Darf ich Ihnen was anbieten? Kaffee? Wasser?«

»Wasser bitte«, antwortete Henrik. »Und lassen Sie das *Sie* weg!«

»Du dann aber auch!«, gab sie zurück. »Nur Wasser also?«

»Gerne mit Eis, wenn's nichts ausmacht.«

»Klar.« Sie lächelte und huschte um die Küchenzeile mit dem freistehenden Kochfeld, die gleichzeitig auch als Bar genutzt werden konnte. Sónia öffnete den überdimensionierten Kühlschrank und fischte zwei Mineralwasserfläschchen heraus. Ein integrierter Eisspender füllte derweil auf Knopfdruck zwei Gläser mit Eiswürfeln auf. Mächtig viel Schnickschnack, dachte Henrik, dann stand sein Drink vor ihm auf der schwarzen Theke aus poliertem Marmor. Sónia schnitt eine Limette auf und versenkte eine Scheibe davon in ihrem Glas. »Sie … sorry, du auch?«

Henrik nickte und bekam ebenfalls einen Limettenschnitz. Er musste sich zügeln, die Erfrischung nicht in einem Zug leer zu trinken. Sónia nippte nur an ihrem Wasser. Verlegenheit machte sich breit.

»Ich ziehe mir kurz was an«, verkündete sie und huschte in den Flur. Henrik presste das kalte Glas gegen seine heiße Stirn und hoffte damit nicht nur seine Haut, sondern auch seine Gedanken abkühlen zu können.

Sie kam schneller zurück als erwartet, aber sie hatte den Bademantel auch nur gegen ein leichtes, ziemlich durchsichtiges Sommerkleid getauscht.

»Ich weiß nicht, wieso Helena mich zu dir geschickt hat«, begann Henrik sofort, wieder draufloszureden, und fixierte dabei die Magnetbuchstaben an der Kühlschranktür.

»Sie hat es gut gemeint«, antwortete Sónia, nahm ihr mittlerweile angelaufenes Glas und ging damit an das raumhohe

Fenster, das sich zur Seite schieben ließ. Was sie mit der freien Hand mühelos bewältigte und womit sie sich Zugang zu dem schmalen Balkon verschaffte, der hinaus auf die Rua do Cabo führte. Mit kurzer Verzögerung erhielt ihre Antwort einen Beigeschmack. Die Rechtsmedizinerin trat nicht hinaus in die Sonne, sondern drehte sich wieder zu ihm um. »Ich meine es auch gut mit dir, Henrik«, sagte sie in derselben Sekunde, als er durch die geöffnete Balkontüre und trotz des intensiven Einfalls der tiefstehenden Sonne den schwachen Schein eines kreiselnden Blaulichts wahrnehmen konnte.

32
Helena

Der Streifenwagen blockierte die Straße. Sie bremste und hielt in etwa fünfzig Metern Entfernung. Starrte auf die blinkenden Lichter und wusste, wieso sie dort standen. Jede Kraft wich aus ihr, ihr linker Fuß rutschte von der Kupplung, und sie würgte den Motor ab. Durch die mit Fliegendreck gesprenkelte Windschutzscheibe beobachtete Helena, wie keine halbe Minute später zwei Uniformierte Henrik aus dem Haus führten und auf den Rücksitz des Polizeiautos verfrachteten. Er sperrte sich nicht, stieg bereitwillig ein. Wieso auch hätte er sich wehren sollen, er hatte nichts verbrochen. Dennoch fühlte sie die Machtlosigkeit, die ihr Tränen in die Augen trieb. Zusammen mit der Wut über den Verrat. Wie hatte sie das nur tun können? Das war für sie unverständlich. Während die Gedanken in ihrem Kopf Achterbahn fuhren, sah sie dabei zu, wie sich der Streifenwagen auf der Rua do Cabo Richtung Westen entfernte. Ihre Hand zitterte, als sie den Schlüssel drehte, um den Motor wieder zu starten. Es brauchte drei Versuche, bis sie ihren Peugeot wieder in Gang brachte. Sie zuckelte vor, bis sie eine Lücke in der Reihe der geparkten Autos fand, in die sie ihren Peugeot hineinquetschen konnte. Das Heck ragte dabei zur Hälfte in eine Ausfahrt, doch das war ihr egal. Helena spürte das Beben in ihrem Inneren, wie es anschwoll und stärker wurde, als sie das Haus betrat. Sie nahm die Treppe, und auf dem Weg nach oben geriet sie in Zweifel, ob sie das Richtige tat. Oder ob es nicht besser wäre, umzukehren und abzuwarten, bis die Ader in ihrer rechten Schläfe aufhörte zu pochen. Doch dann stand sie vor der Wohnungstür und wusste, dass es zu spät war. Sie bemühte sich, ihre Beherrschung zurückzuerlangen. Atmete in den Bauch. Schloss dabei die Augen. Sie brauchte nicht zu klingeln. Sónia öffnete unverhofft die Tür, als hätte sie dahinter nur auf sie gewartet. Ihre Jadeaugen funkelten. »Raste jetzt bloß nicht aus, tief in dir weißt du, ich habe richtig gehandelt«, insistierte sie. Helena schüttelte den Kopf. Ihre Atmung beschleunigte sich wieder, was Sónia dazu veranlasste, zwei Schritte zurückzuweichen. Helena folgte ihr. Sie war noch nie hier gewesen, hatte aber auch keinen Blick für die Einrichtung. Merkte nur am Rand, dass da nichts an den weißen Wänden hing oder stand, was den Schall ihrer Schritte auf dem polierten Holzboden dämpfte. »Das war kein Verrat an dir oder Henrik«, hörte sie die Rechtsmedizinerin sagen, die jetzt nur noch eine von durch die deckenhohen Fenster einfallenden Sonnenstrahlen überstrahlte und gleichzeitig durchscheinende Silhouette war. Beinahe so, als löste sie sich in dieser Lichtkaskade auf. Eine Illusion, die das weiße, seidige Sommerkleid hervorrief, das bodenlang um ihre nackten Knöchel wogte. »Ich habe Sérgio angerufen, und er hat ihn abholen lassen, um mit ihm zu reden. Nicht mehr und nicht weniger. Dein Henrik hat doch nichts getan, er soll nur ein paar Antworten liefern …«, führte Sónia ihre Rechtfertigung weiter aus. »Das ist auch in deinem Sinne, wenn du darüber nachdenkst …«

»Sérgio, also«, zischte Helena, die sich über die Vernunft in Sónias Worten mehr ärgerte als darüber, dass sie ein weiteres Mal von ihr hintergangen worden war.

»Ich kenne Damasos von früher«, gestand die Pathologin, die bemerkte, wohin Helenas Gedanken gewandert waren.

»Er hat in Porto ermittelt, und du warst bei der Rechtsmedizin in Braga tätig. Wie passt das zusammen?«, fragte Helena, darum bemüht, ihren hochkochenden Emotionen nicht über ihre Stimmbänder Ausdruck zu verleihen. In ihren Ohren hörte sie sich tatsächlich erstaunlich ruhig an, was auch bei Sónia für Verwirrung sorgte. Helena spürte nämlich sehr wohl auch die Funken des Zorns, die aus ihren Augen sprühten, weshalb Sónia es vorzog, die Küchentheke zwischen sie beide zu bringen.

»Sérgio kam ab und zu zu uns hoch, wenn einer der Fälle, an denen er arbeitete, es notwendig machten. Es ist schließlich keine Weltreise, lediglich fünfzig Kilometer … ich weiß gar nicht, wieso du alles immer dermaßen kritisch betrachtest, so als steckte hinter allem ein Verbrechen.«

»Ihr habt vor mir so getan, als wärt ihr euch vorher nie begegnet.«

»Das stimmt absolut nicht. Nur weil wir uns nicht um den Hals gefallen sind vor lauter Wiedersehensfreude! Immerhin waren jedes Mal Leichen zugegen, schon allein das bremst die Euphorie«, verteidigte sich Sónia.

»Sag, was du willst, für mich hat es anders ausgesehen«, widersprach Helena.

Sónia schüttelte den Kopf. »Ich wusste jedenfalls, dass ich Sérgio anrufen konnte und er das mit Henrik ohne großes Brimborium abwickeln würde …«

Helena wollte das nicht hören, was zum größten Teil daran lag, dass Sónia vermutlich recht damit hatte. Und trotzdem fühlte sie sich durch diese Frau betrogen, von der sie dachte, sie könnte ihr wieder vertrauen. Sónia und Sérgio. Wie passte das denn zusammen? »Wieso hast du nie erzählt, dass du ihn kennst?«

»Haben wir jemals darüber gesprochen?«, entgegnete Sónia.

Nun, das hatten sie in der Tat nicht, auch das musste Helena eingestehen, womit sie sich zusätzlich in die Enge getrieben fühlte. Sie hätte besser in sich hineinhorchen müssen, was Sónia betraf. Hatte sie jemals jemand mehr aus dem Konzept gebracht als die

Ärztin? Sowohl in die eine wie in die andere Richtung? Nicht zum ersten Mal war sie zuerst von ihr eingenommen worden, nur um danach wieder im höchsten Maße enttäuscht zu werden. Was hinderte sie nur daran, bei Sónia der Vernunft zu folgen? Das bekam sie doch sonst auch immer hin, so pragmatisch, wie sie normalerweise veranlagt war.

»Ich habe Sérgio nicht gesagt, dass du es warst, die Henrik zu mir geschickt hast.«

Das war ja wohl lächerlich! »Als ob Damasos sich das nicht auch so denken könnte. Das ist doch völliger Bullshit!«, fauchte Helena. »Es tut mir leid, leid für mich, dass ich mich so in dir getäuscht habe«, presste sie hervor, dann wandte sie sich um und eilte aus der Wohnung. Hinter sich hörte sie Sónia ihren Namen rufen, dreimal, jeweils gefolgt von einem *Bitte* und einem *Jetzt warte doch.* Nur war Flucht das Beste, was sie in dem aufgewühlten Zustand tun konnte, in dem sie sich gerade befand. Außerdem wollte sie nicht, dass Sónia die Tränen sah, die ihre Augen füllten. Nicht zum ersten Mal heute. Sie hastete die Treppe hinab und sprang hinaus auf die Straße. Die Sonne war hinter der gegenüberliegenden Häuserzeile verschwunden. Ein ungewohnt kühler Wind strich über sie hinweg. Sie rannte zu ihrem Wagen, warf sich hinters Lenkrad. Drosch mehrfach mit der Faust dagegen, bevor sie den Wagen startete.

Eine Weile fuhr sie ziellos und zu schnell herum. Achtete nicht auf den Verkehr, lenkte den Peugeot wie mechanisch durch die Straßen. Ihr Kopf war derweil mit den Ereignissen der letzten Stunden beschäftigt, an dem Sónias Verrat als bitterer Höhepunkt in einer Reihe von Rück- oder gar Tiefschlägen stand. Sie dachte an Dr. Sousa, der sie abblitzen und wie eine Idiotin hatte aussehen lassen. Nicht eiskalt, diese Beschreibung traf es absolut nicht. Vielmehr war es seine Ignoranz gewesen, ein völlig irrationales Verhalten, das sie selbst jetzt immer noch nicht einzuschätzen vermochte. Hatte er sie so einfach durchschaut? Irgendwie geahnt, dass sie keinerlei Berechtigung mehr besaß, ihn zu verhören? Der Gedanke war ihr freilich gekommen, aber er war absurd. Sie war erst kurz davor ihres Dienstes enthoben worden, woher sollte Sousa das gewusst haben? Natürlich hatte sie, nachdem er den Jungen und dessen Mutter zu sich gerufen hatte, keinen Sinn mehr darin gesehen, sich noch länger in dem Backofen von Wartezimmer aufzuhalten. Die Botschaft von Dr. Sousa war eindeutig gewesen. Der Arzt hatte nicht vorgehabt, mit der Polizei zu sprechen. Aus Angst, weil er etwas hätte verraten können? Oder war es Unvernunft, eine Art Selbstüberschätzung, weil er sich für unangreifbar hielt, auch wenn sein eher unsicheres Auftreten ihn überhaupt nicht so wirken ließ? War sie auf einen begnadeten Schauspieler getroffen, der sie hinters Licht geführt hatte? Oder hatte er sich so unberechenbar benommen, weil es für ihn nichts mehr zu verlieren gab? Litt auch Dr. Sousa an einer unheilbaren Krankheit, die ihn bald das Leben kostete?

Sie erkannte, dass sie es nicht mehr erfahren würde. Sie war raus. Raus aus diesem Fall, womöglich aber auch gänzlich ihres Amtes enthoben. Es dürfte für Ralha nicht schwer sein, sie versetzen zu lassen. Und bis dahin wollte er sie gewiss auch nicht mehr zu Gesicht bekommen. Deshalb machte es für sie keinerlei Sinn, ins Präsidium zu fahren. Man würde sie nicht zu Henrik lassen. Ihr fehlte jegliche Befugnis, auch nur ein Gespräch mit ihm zu verlangen, bevor Damasos sich ihn vornahm. Und diesmal würde der Major das nicht mehr mit angezogener Handbremse tun. Sie würden ihn nicht anklagen. Das glaubte sie nicht. Dafür reichten die Indizien gegen ihn nicht aus. Dennoch konnte sich der Comandante damit Luft verschaffen, weil er gegenüber der Presse jetzt äußern konnte, einen Verdächtigen in Gewahrsam zu haben.

Sie merkte, dass sie zu erschüttert war, um irgendetwas Vernünftiges zu unternehmen. Daher beschloss sie, vorerst nach Hause zu fahren. Das war das Einzige, was sie momentan tun konnte. Heimfahren, sich beruhigen, nachdenken. Abgesehen davon, dass sie sich um Sara kümmern musste, die bereits auf sie wartete. Helena war klar, dass sie ihre Eltern anrufen und sie darum bitten musste, ihre Tochter die nächsten Tage zu sich zu nehmen. Was genau das Gegenteil von dem war, was sie sich in Bezug auf Sara vorgenommen hatte. Doch im Moment konnte sie keine gute Mutter sein. Nicht, solange sie ihre Energie darauf verwenden musste, Henrik aus diesem Chaos zu retten, in das er da hineingeraten war.

33
Henrik

Henrik saß in einem der Verhörräume im Präsidium der PSP. Vielleicht demselben, in dem er schon einmal vernommen worden war. Dahingehend war er sich nicht sicher, auch weil er davon ausging, dass alle dieser fensterlosen, grau gestrichenen Räume gleich aussahen. Es gab keinen Spiegel, durch den man aus einem Nebenraum hindurch der Vernehmung beiwohnen konnte. Dafür waren mehrere Objektive von an der Decke installierten Kameras auf ihn gerichtet. Die Mikrofone nicht zu vergessen. Er hatte Wasser bekommen und einen Pappbecher mit Kaffee, der, gemessen an den Umständen, gar nicht schlecht schmeckte. Überdies gaben sie ihm Zeit. Zeit zum Nachdenken, was freilich zur Taktik gehörte. Er war nicht verhaftet, nur zur Vernehmung einbestellt, wie ihm mitgeteilt worden war. Deshalb hatte man ihm auch sein Handy gelassen. Nur hatten sie ihm nicht gesagt, dass es in dem Verhörzimmer keinen Empfang gab. Auch das gehörte zur Inszenierung.

Endlich betrat Sérgio Damasos den Raum, in einem Moment, als Henrik gedankenversunken etwas weggedämmert war. Ein guter Moment, den er früher, während seiner Zeit bei der Kriminalpolizei, vermutlich ebenso abgepasst hätte, um eine Unterredung mit einem Verdächtigen zu beginnen. Er ärgerte sich darüber, dass er sichtlich hochschreckte, als die Tür energischer als nötig aufgerissen wurde. Um davon irgendwie abzulenken, trank er den Rest des Kaffees, der längst kalt war. Über den Rand des Pappbechers hinweg betrachtete er dabei Helenas Kollegen, der das nicht zu verleugnende Talent besaß, zu jeder Tages- und Nachtzeit bestechend gut auszusehen. In seinen Maßanzügen und mit dieser aristokratischen Arroganz in seinen Zügen, der sinnlichen, wenn auch etwas blutleeren Oberlippe, deren Schwung sich durch das schmale Bärtchen darüber noch verstärkte. Er dürfte an die ein Meter achtzig groß sein und hatte nussbraunes Haar, das er für Henriks Geschmack zu spießig gescheitelt für einen Mittdreißiger trug, vermutlich, um seinen konservativen Auftritt zu vervollständigen. Bei dem schmalen Gesicht waren auch die eng stehenden Augen nicht zu vermeiden, ebenso wenig wie die Kantigkeit des Unterkiefers. Wüsste Henrik nicht von Helenas Aversion gegen den adretten Major, er hätte allen Grund gehabt, eifersüchtig zu sein. »Brauche ich einen Anwalt?«, fragte er, nachdem der Ermittler ihm gegenüber Platz genommen hatte.

»Es ist nach wie vor nur eine Unterhaltung«, beteuerte Damasos.

»Eine Unterhaltung, die wir bereits geführt haben«, erinnerte ihn Henrik.

»Eine Unterhaltung, die sich vertiefen lässt«, erwiderte Damasos. »Weshalb ich Sie auch darauf hinweise, dass wir das Gespräch aufzeichnen. Wovon Sie natürlich ausgehen. Schließlich waren Sie ja vormals ebenfalls in diesem Metier tätig.«

Henrik nickte und mahnte sich zugleich, vorsichtig mit dem zu sein, was er ab jetzt äußerte. Nach dieser Einleitung stellte Damasos dieselben Fragen wie am Tag zuvor. Ein gängiges Vorgehen bei einer Vernehmung, um zu überprüfen, ob der zu Verhörende sich vielleicht in seinen bisherigen Aussagen widerspricht. Henrik beantwortete alles genauso, wie er es auch gestern getan hatte, worüber der Major nicht unglücklich zu sein schien. »Ich will es einfach nur verstehen«, sagte er schließlich.

»Da geht es mir genauso wie Ihnen«, stimmte Henrik zu, wechselte dann jedoch das Thema. »Wieso wurde Helena suspendiert?«

»Nein, nein, nicht suspendiert! Freigestellt!«, korrigierte ihn Damasos. »Außerdem muss ich Ihnen nicht erklären, warum.«

»Spitzfindigkeiten«, bemerkte Henrik.

»Haben Sie schon mit ihr gesprochen?«

»Sie meinen, seitdem Sie mich haben abführen lassen?« Henrik grinste und tippte auf sein Handy. »Kein Akku mehr.«

Damasos schenkte ihm ein dünnes Lächeln. »Ihre Lebensgefährtin ist eine ausgezeichnete Ermittlerin. Ich habe sie in der kurzen Zeit schätzen gelernt, das sage ich Ihnen ganz offen. Weshalb ich die Entscheidung, Sie von dem Fall zu entbinden, einerseits auch ehrlich bedauere. Aber leider ist die Inspetora auch etwas eigensinnig, womit ich Ihnen sehr wahrscheinlich nichts Neues erzähle«, sagte Damasos. Danach belauerten sie sich ein paar Sekunden. »Kommen wir aber zurück zu Ihnen«, entschied der Major in die Stille hinein.

»Gibt es neue Erkenntnisse?«, wollte Henrik wissen und sah Damasos an, dass ihm der daraufhin gebräuchliche Satz, er würde hier die Fragen stellen, auf der Zunge lag. Doch er besann sich anscheinend auch diesmal auf die Tatsache, einen ehemaligen Kriminalbeamten vor sich sitzen zu haben, der sehr wohl wusste, wie diese Art von Unterhaltungen ablief.

»Neue Erkenntnisse«, wiederholte Damasos, ließ sich dann allerdings Zeit, fortzufahren: »Noch mehr Bücher aus Ihrem Antiquariat wäre die treffendere Bezeichnung«, fügte er schließlich an. Er musste nicht deutlicher werden. Helena hatte ihm den Namen des letzten Opfers mitgeteilt. Er hatte nur eine Weile gebraucht, bis ihm wieder einfiel, dass er Alberto Milheiro zum engeren Kreis von regelmäßigen Buchkäufern zählen konnte. Und soweit er nun auch wieder wusste, hatte ihm Milheiro sogar einmal anvertraut, dass er schon zu Martins Zeiten ein treuer Kunde des Antiquariats gewesen war.

»Die Bücher, ihre gemeinsamen Fahrten mit den beiden ersten Opfern, der E-Mail-Kontakt zu Senhor Jacinto, das zusammengenommen stimmt mich bedenklich. Und wie Sie gleichwohl bei unserem letzten Gespräch bemerkten, glauben auch Sie nicht an Zufälle. Das meinte ich, als ich sagte, ich will es verstehen, Ihre Verbindung zu diesen Leuten, denen ihr Leben genommen wurde.«

»Es gibt keine Verbindung, abgesehen von den aufgeführten Indizien. Vor allem werden Sie kein Motiv finden. Mehr kann ich dazu nicht sagen. Niemand von diesen Leuten wurde von mir gezwungen, Bücher im Antiquariat zu kaufen oder dieselbe Bahn wie ich zu benutzen.«

»Was soll ich daraus folgern? Dass jemand anderes die Geschicke dieser bedauernswerten Senioren lenkte? Der große Unbekannte also, der die Fäden zieht und Sie dabei als ein weiteres Opfer dastehen lässt? Oder vielmehr, Ihnen den Schwarzen Peter zuschiebt?«

»Das haben Sie jetzt gesagt«, machte Henrik deutlich. Er wusste sehr wohl, dass er nicht die einzige Verbindung zwischen den Ermordeten darstellte. Da gab es wesentlich mehr. Die tödliche Krankheit, welche zumindest die beiden ersten Senioren verband und die ihr Leben ohnehin bald beendet hätte. Die Sache mit den Häusern, in denen sie wohnten und die zum Verkauf standen. Dinge, die Damasos nicht wissen sollte, weshalb Henrik sie nicht zur Sprache bringen konnte, ohne Helena damit noch mehr in Schwierigkeiten zu bringen. Es hätte ihn brennend interessiert, ob auch Alberto Milheiro ein ähnliches Schicksal teilte. Außerdem war da noch Dr. Pacheco, die seinem Empfinden nach ebenfalls eine Rolle bei dieser Verschwörung spielte. Er ging davon aus, dass

Damasos aufgrund von Helenas Bericht von der Ärztin wusste, nur konnte er schlecht fragen, ob er sie sich schon vorgeknöpft hatte. Vielleicht reichte es ihm auch, eingleisig zu fahren und sich voll und ganz auf Henrik zu fokussieren.

»Es gibt keine ausreichenden Indizien, wir müssen die ausstehenden Obduktionen abwarten«, redete der Major in seine Gedanken hinein. »So lange werde ich Sie hierbehalten, Senhor Falkner.«

»Sie haben den Falschen, und das wissen Sie auch«, warf Henrik ihm vor. »Mir fehlt ein Motiv, so einfach ist das«, stellte er erneut klar. »Was soll also das Theater?«

Damasos machte keinerlei Anstalten, etwas abzustreiten. »Im Rathaus wartet man schon seit Tagen auf ein Erpresserschreiben. Bislang ist es ausgeblieben, was uns weiter rätseln lässt, worauf diese Morde tatsächlich abzielen. Wobei Mord natürlich auch irgendwie infrage gestellt wird. Einige reden von Sterbehilfe. So gesehen ist es die Zurschaustellung der Toten, die Kopfzerbrechen bereitet. Sie haben also recht damit, es kristallisiert sich kein klares Motiv heraus. Alles, was wir wissen, ist, dass sich jemand vorgenommen hat, auf morbide Weise die Stadt zu terrorisieren. Und von höherer Stelle wird dafür schnell eine Erklärung verlangt und selbstredend nach jemandem gesucht, den man dafür zur Verantwortung ziehen kann. Aber da erzähle ich Ihnen nichts, was Sie sich nicht selbst denken können. Ich kann Sie nicht in Gewahrsam nehmen. Was wir gegen Sie in der Hand haben, reicht der zuständigen Staatsanwältin nicht aus, um Sie in eine Zelle zu stecken. Doch das Gesetz erlaubt mir, Sie noch eine Weile um Geduld zu bitten«, kleidete Damasos Henriks Festsetzung in eine verharmlosende Formulierung und erhob sich. An der Tür drehte er sich noch einmal um. »Ich habe der Staatsanwältin verständlich gemacht, dass es besser ist, Sie noch etwas hier zu behalten.

Weil Sie durchaus auch auf die Idee kommen könnten, zurück nach Deutschland zu fliegen«, erklärte Damasos, als wüsste er, dass Henrik neben allem anderen, was ihn gerade umtrieb, auch vor diesem Dilemma stand. »Ich lasse Ihnen noch einen Kaffee bringen«, sagte er und verließ den Verhörraum.

34
Helena

Sie konnte immer noch nicht fassen, dass sie ihn über Nacht dabehalten hatten. Helena kannte die Methode, einen Verdächtigen derart auf die Geduldsprobe zu stellen. Nicht wenige zermürbt so ein Vorgehen. Die Luft im Verhörraum wurde nach und nach schlechter. Der Stuhl immer unbequemer. Man vergaß keine Sekunde, dass man beobachtet, dass jedes Geräusch von einem aufgezeichnet wurde. Telefonieren ging auch nicht, da ein Störsender jede Kommunikation nach außen blockierte. Sie konnte sich nur damit trösten, dass er wusste, wie man trotzdem durchhielt. Und sie vertraute auf seinen kriminalistisch geschulten Verstand und darauf, dass er die nötige Klarheit besaß, um Sérgio Damasos' Befragung standzuhalten. Dennoch hoffte sie, dass man ihn heute baldmöglichst wieder gehen ließ. Er benötigte seine Tagesdosis Doxepin, um seine posttraumatische Belastungsstörung unter Kontrolle zu halten. Allem voran hätte sie sich gerne entschuldigt dafür, dass Sónia sie verraten hatte. Doch auch das musste sie aufschieben. Der Gedanke war beschämend, dennoch wäre es für ihn das Beste, wenn eine erneute Leiche in einer Straßenbahn gemeldet werden würde. Das gäbe ihm das perfekte Alibi, festgesetzt im Gebäude der PSP, erfasst von einer permanenten Videoüberwachung.

Sie konnte davon ausgehen, dass im Präsidium ohnehin die Hölle los war, nach der Dreistigkeit, welche sich der *Correio da Manhã* heute wieder erlaubt hatte. Der Aufmacher, an Geschmacklosigkeit nicht zu übertreffen, war ein Foto der toten

Doris Schiller im Funicular da Graça. Der Artikel dazu, wieder verfasst von dem Journalisten T. Lima, prangerte die Unfähigkeit der Ermittlungsbehörden an. Er las sich zudem wie eine Warnung an alle Touristen, man möge in nächster Zeit besser einen großen Bogen um Lissabon machen. Vieles, was dort stand, hielt Helena für sinnfrei. Dennoch musste sie sich aufs Neue fragen, woher die Zeitung die Informationen bezog.

Nach dem Frühstück bot sie Sara an, sie zur Schule zu fahren, doch ihre Tochter lehnte ab. Sie ging gerne zu Fuß, immer zusammen mit drei anderen Kindern aus der Nachbarschaft, die auch in ihrer Klasse waren. Kaum war Sara aus dem Haus, kam es ihr schrecklich still in der Wohnung vor. Und wenn sie daran dachte, dass ihre Eltern zugesagt hatten, Sara von der Schule abzuholen und sie mit sich hinaus nach Cascais zu nehmen, wo sie lebten, seitdem ihr Vater im Ruhestand war, fühlte sich diese Stille noch viel bedrückender an. Andererseits konnte sie sich so nun vollkommen darauf konzentrieren, Henrik zu helfen. Auch wenn sie wegen Befangenheit von dem Fall entbunden war, hatte sie nicht vor, einfach rumzusitzen und den Dingen ihren Lauf zu lassen. Sie durfte nur nicht vergessen, morgen früh in Saras Schule anzurufen, um sie für den Rest der Woche krankzumelden. Hoffentlich würde ihre Tochter sich nicht damit verplappern, dass sie ein paar Tage am Strand von Cascais statt im Bett zugebracht hatte, wenn sie nach dem Wochenende wieder zum Unterricht ging. Sofern dieser Irrsinn hier bis dahin ausgestanden war.

Kurz nach acht ging sie aus dem Haus. In der Ladentür hing das »Geschlossen«-Schild. Sie wusste nicht, ob Gisela das Antiquariat später noch öffnete, hütete sich aber auch davor, sie anzurufen und danach zu fragen. Gisela und sie gingen sich in der Regel aus dem Weg. Was allerdings mehr von ihr ausging. Helena vermied ein Aufeinandertreffen, weil sie stets Eifersucht verspürte, wenn sie Henriks junger, viel zu hübscher Aushilfe begegnete. Auch wenn er ihr diesbezüglich nie einen Grund gegeben hatte, die eine derartige Befürchtung bestätigte. Er gab ihr keinen Anlass, seine Liebe zu ihr in Zweifel zu ziehen. Vielmehr war sie es, die sich diesbezüglich an die Nase fassen musste. Die hin und wieder mit ihrer Beziehung zu Henrik haderte, unter anderem wegen des Mannes, zu dem sie sich nun auf den Weg machte. Aber war es nur Tiago? Oder vielleicht auch die Frau, die mit Tiago zusammenarbeitete? Was, so fragte sie sich, als sie in ihren von der Morgensonne bereits aufgeheizten Wagen stieg, was, wenn diese Frau sie nicht bereits zum zweiten Mal auf nicht zu akzeptierende Weise enttäuscht hätte? Würde es ihr dann einfacher fallen, eine Entscheidung zu treffen? Sich auf etwas einzulassen, das sie bis zum Zeitpunkt ihrer Bekanntschaft mit Sónia niemals auch nur in Erwägung gezogen hatte?

Tief in diese befremdlichen Gedanken versunken, erreichte sie nach einer knappen halben Stunde das Universitätsklinikum auf der Anhöhe nordwestlich des Martim Moniz, wo sie gestern noch als aktive Polizistin einen Toten in einer Straßenbahn begutachtet hatte. De facto hatte der Leichnam nur einen kurzen Transport hinter sich, bis hinein in eine der Kühlkammern im Untergeschoss des weitläufigen Klinikkomplexes. Die Pathologie verfügte über eine separate Zufahrt, und da der Mann an dieser Pforte sie kannte, winkte er sie freundlich grüßend einfach durch. So konnte sie auch ohne Berechtigung an der üblichen Stelle parken. Wo ihr neben Tiagos auch Sónias Wagen ins Auge fiel. Aber damit hatte sie gerechnet. Also blieb sie im Auto sitzen und wählte die Nummer des Pathologen, in der Hoffnung, dass er nicht gerade mitten in einer Sektion steckte. Nach dem vierten Klingeln nahm er ihren Anruf entgegen.

»Brauchst du frische Luft?«

»Jetzt?«

»Nur für fünf Minuten. Ich warte vorm Gebäude.«

»Helena!«

»Bitte!«

Sie verstand sein Murren als Zusage und war gleichzeitig froh, nicht gefragt worden zu sein, wieso sie nicht zu ihm runter in die Pathologie kommen wollte, so wie sie das sonst auch tat. Sie stieg aus ihrem Wagen und setzte sich auf die Steinmauer, die ein paar Bäume und Sträucher in der Zufahrt zum Haupteingang einfasste. Tiago ließ sich Zeit und trat nach rund zehn Minuten hinaus in den von der Morgensonne überstrahlten Innenhof. Er trug seine hellblaue Medizinerkleidung. Sein langes, meliertes Haar hatte er wie üblich bei der Arbeit straff nach hinten zu einem Zopf zusammengebunden. Er sah betrübt aus. Legte nicht seine übliche, aufrechte Haltung an den Tag, die sein breites Sportlerkreuz noch mehr betonte, sondern kam ihr leicht gebeugt entgegen, als trüge er eine Last mit sich herum, die nicht offensichtlich war. Helena stand auf. Er umarmte sie, was er unten im Keller zwischen den mattglänzenden Edelstahltischen niemals getan hätte.

»Hab schon gehört«, sagte er. Sie nickte, setzte sich wieder. »Ich muss gleich wieder runter«, wandte er ein, ließ sich aber dennoch neben ihr nieder.

»Ist alles in Ordnung mit dir?«, fragte sie besorgt.

Zuerst nickte er stumm, dann suchte er ihren Blick. »Nein, eigentlich nicht, aber lass uns zuerst über dein Anliegen sprechen.«

Ihr kam wieder in den Sinn, dass sie ihm erst kürzlich eine neue Freundin angedichtet hatte. Und vielleicht lief es nicht so für ihn, wie er sich das vorstellte. Es fiel ihr schwer, nicht nachzufassen, doch was auch immer ihn bedrückte, er hatte recht. Das musste jetzt hinter ihren Problemen anstehen. »Hast du dir die Deutsche und Senhor Milheiro schon angesehen?«

Tiago verzog schmerzhaft das Gesicht.

»Du darfst mir keine Auskunft geben, ich weiß.«

»Trotzdem bist du gekommen.«

»Ich kann es nicht dabei belassen.«

»Wegen Henrik.«

Damit überraschte er sie. »Woher?«

»Sónia.«

»Ja, klar«, raunte Helena. Also hatte sie es ihm brühwarm erzählt.

»Das macht es noch heikler für mich. Und du solltest Major Damasos vertrauen. Wenn Henrik nichts mit diesen Todesfällen zu tun hat, wird ihn auch niemand anklagen.«

»Natürlich hat er das nicht«, presste sie hervor, woraufhin Tiago abwehrend seine Hände hob. »Fühl dich bitte nicht gleich wieder angegriffen. Ich behaupte mal, ich kenne dich lange genug, weshalb mir sehr wohl bewusst ist, dass du es nicht anderen überlassen kannst. Und ich möchte dir ja helfen … als dein Freund. Deshalb werde ich in meinem Bericht auch deutlich darauf hinweisen, dass derjenige, der für die Todesfälle verantwortlich ist, über medizinische Fachkenntnisse verfügen muss. Das dürfte Henrik ausreichend entlasten.«

So ein Entgegenkommen war in den vergangenen Wochen von Tiago nicht zu erwarten gewesen. Irgendetwas musste vorgefallen sein, weshalb er wieder nachsichtiger geworden war.

»Ob das den Comandante in der augenblicklichen Situation interessiert, ist eine andere Frage. Genau deshalb kann ich mich nicht nur darauf verlassen, was meine Kollegen da herauslesen.«

»Wie gesagt, der Bericht wird deutlich genug ausfallen. Und geht raus, sobald alle toxikologischen Befunde vorliegen.« Tiago sah auf die Uhr an seinem Handgelenk. »Das kann auch nicht mehr lange dauern«, fügte er aufmunternd hinzu.

Was immer er ihr auch zusagte, es reichte ihr nicht aus. Gleichzeitig widerstrebte es ihr, sein zurückgekehrtes Vertrauen in sie gleich wieder so gefährlich auf die Probe zu stellen. »Trotzdem, es sind nur zwei, drei Dinge, die ich wissen muss.«

»Helena …«

»Nein! Du weißt, ich habe recht. Ralha geht den einfachsten Weg. Das tut er immer und besonders, wenn er sich in die Ecke gedrängt fühlt. Und aktuell steht er unter massivem Druck, weil sich dank der forcierten Berichterstattung in den Medien die Todesfälle in den Straßenbahnen negativ auf den Tourismus auswirken. Ralha braucht jemanden, den er bei der nächsten Pressekonferenz als Verdächtigen präsentieren kann.«

»Er wird nicht so fahrlässig sein, einen Namen zu nennen«, widersprach Tiago.

»Solange er berichten kann, dass die Polizei jemanden in Gewahrsam hat, wird ihm das wahrscheinlich erst einmal genügen.«

Tiago dachte ein paar Sekunden über ihre Worte nach. »Wie gesagt, es stehen noch die Laborergebnisse aus, aber die Anzeichen sprechen dafür, dass auch beim Ableben von Milheiro nachgeholfen wurde.«

»Wobei er ohnehin gestorben wäre«, führte Helena ihre Mutmaßung aus, die Tiago mit einem Nicken bestätigte. »Herzmuskelinsuffizienz. Ihm wäre nicht mehr allzu viel Zeit geblieben. Das passt zu den beiden ersten Toten.«

»Und was ist mit Doris Schiller?«

Tiago sah sie prüfend an. »Sie fällt aus diesem Muster heraus. Ich konnte keine ernsthafte Erkrankung bei der Frau feststellen.«

»Hatte sie eine Wunde am Hals? Einen Einstich, vielleicht auch nur einen leichten Kratzer?«

»Davon steht zumindest nichts im Bericht. Sónia hat sie obduziert. Ich kann sie noch mal explizit darauf ansprechen, wobei ich nicht davon ausgehe, dass sie etwas übersehen hat.«

»Doris Schiller war vorgestern bei einem Augenarzt. Gab es hier irgendeine Auffälligkeit?«

Der Rechtsmediziner wiegte den Kopf. »Die Augen wurden nicht speziell untersucht. Ich kann mir das ansehen, noch steht kein Termin für eine Überführung fest.«

Helena fragte sich, wer aus ihrer Abteilung damit beauftragt war, Kontakt mit den Angehörigen nach Deutschland aufzunehmen. Eine Frage, die unverzüglich von einer anderen verdrängt wurde. »Lässt sich irgendein tödliches Präparat auch mittels Augentropfen verabreichen?«

Tiago runzelte die Stirn. »Weißt du mehr als deine Kollegen?«

»Noch ist es mehr ein Herumgestochere, aber Senhora Schiller hatte, wie gesagt, einen Tag vor ihrem Tod einen Termin bei einem Augenarzt, von dem sie Tropfen erhalten hat, die laut der Spurensicherung allerdings nirgendwo mehr auffindbar waren.«

»Die Augen also«, murmelte Tiago und versicherte ihr erneut, sich die noch mal vorzunehmen. Er stand auf, steckte seine Hände in die Taschen seines Kittels, blieb jedoch an Ort und Stelle. Jetzt kommt's, dachte Helena, und prompt sagte er: »Ich hab einen Fehler gemacht.«

Helena erhob sich ebenfalls und stellte sich vor ihn. »Welchen Fehler? Was meinst du?«

Er sah über sie hinweg, fixierte etwas an der Wand über dem Eingang zur Pathologie. »Ist kompliziert, aber ich bin dafür verantwortlich …«

»Verantwortlich? Tiago, verdammt, wovon sprichst du?«

»Diese Todesfälle … es ist meine Schuld, dass davon vertrauliche Sachen bei der Presse gelandet sind.«

35
Henrik

Vermutlich war es bereits wieder Tag. Auch ohne hinreichenden Verdacht hatten sie ihn über Nacht dabehalten. Irgendwie war er vorher schon davon ausgegangen. Damasos wollte ihn ein wenig leiden lassen.

Auf dem mit jeder Stunde unbequemer werdenden Stuhl, im Vorhörraum mit der zähen Luft, die immer schwerer wurde, bis kaum mehr Sauerstoff übrig zu sein schien. Irgendwann, als sein Akku tatsächlich leer war und sein Handy nicht mal mehr die Uhrzeit anzeigte, kam eine Frau aus der Forensik herein, die geschickt worden war, um eine Speichelprobe von ihm zu nehmen. Freiwillig, wie sie betonte. Er sah keinen Sinn darin, sich zu weigern, obwohl er wusste, dass er die Leichen von Duarte und Jacinto berührt hatte. So stand das auch in seiner Aussage, weshalb der DNA-Abgleich, den sie damit machen wollten, aus seiner Sicht hinfällig war. Aber auch das gehörte zu der Inszenierung, die Damasos abzog. Mit getauschten Rollen hätte er es während seiner Zeit bei der Kripo genauso gemacht.

Zweimal hatte er darum gebeten, auf die Toilette gehen zu dürfen, woraufhin ein Uniformierter ihn dorthin begleitet hatte. Der Flur bot ihm keine Gelegenheit, die Tageszeit zu bestimmen, denn es gab keine Fenster, nur bläuliches, kaltes Licht aus Neonröhren. Als er von seinem letzten Toilettengang zurück zu seinem Platz geführt worden war, stand ein frischer Kaffee auf dem Tisch, und auch die angetrunkene Mineralwasserflasche war durch eine neue ersetzt worden. Er hatte überlegt, nach etwas zum Essen zu fragen, verspürte durchaus Appetit, unterließ es aber. Er wollte nicht einschlafen, und das Hungergefühl hielt ihn davon ab.

Es mochte am ansteigenden Kohlenmonoxidgehalt in dem schlecht belüfteten Raum liegen, denn irgendwann verfiel er trotzdem in einen Dämmerzustand. Nach vorne gebeugt, die Unterarme auf der nach Desinfektionsmittel riechenden Tischplatte abgelegt, sackte ihm mehrfach der Kopf nach unten, was ihn immer wieder weckte. Womöglich gab es dazwischen eine Phase, in der er der Müdigkeit erlag und eingeschlafen war. Nur kurz, glaubte er zumindest, verlor er sich in einem Nebel, in dem sich Bewusstsein und Traum verwirbelten. Weshalb er später nicht mehr sicher zu sagen vermochte, ob es allein an der Schlaftrunkenheit gelegen hatte, dass plötzlich Zweifel an seiner Unschuld aufkamen. Er wollte es nicht, aber er musste daran denken, dass er zumindest bei einer seiner Straßenbahnfahrten nicht bei Sinnen gewesen war und er daher nicht mit reinem Gewissen sagen konnte, ob er in seinem umnachteten Zustand nicht doch etwas getan hatte, nur um es später mittels einer Gedächtnislücke zu verbergen. Er wusste nicht, was mit ihm passierte, wenn er aus der Zeit fiel. Oder was diejenige Person, zu der er dann wurde, so veranstaltete, wenn sie sich nicht unter seiner Kontrolle befand. Doch bevor er ernsthaft darüber nachdenken konnte, ob er, in dieser Entrücktheit gefangen, in der Lage war, alte Menschen zu ermorden, holte ihn die Vernunft zurück aus der Nebelsuppe. Er trank den Kaffee, der erneut kalt geworden war, in der Absicht, die beängstigenden Traumgespenster zu verscheuchen. Doch mit der Gewissheit, wieder einen klaren Kopf zu haben, musste er sich schmerzlich eingestehen, dass ein Rest von Verunsicherung nicht weichen wollte. Sich selbst nicht mehr zu trauen, versetzte ihn in regelrechten Aufruhr. Henrik hoffte, dass es ihm gelang, seine Gefühlsregung vor den Kameras, die ihn beobachteten, zu verbergen. Außerdem wusste er, dass er um seinetwillen endlich eine Antwort darauf finden musste, was oder vielleicht auch wer ihn vor knapp einer Woche in diesen Blackout getrieben hatte.

Sérgio Damasos hatte Hemd, Krawatte und Anzug gewechselt, als er ihn erneut beehrte. Er kam so unverhofft wie ausgeruht in den Verhörraum geschneit, dass Henrik Neid und Zorn gleichzeitig unterdrücken musste. Und er stellte fest, dass er sehr viel dafür gegeben hätte, hätte er ebenfalls die Möglichkeit bekommen, zwischenzeitlich nach Hause zu gehen, zu duschen und sich umzuziehen.

»Kommen wir gleich zur Sache«, begann Damasos ohne weitere Einleitung. Er sah auch keinen Grund, sich zu setzen. Blieb vor ihm stehen, mit zugeknöpftem Jackett, eine Aktenmappe unter den linken Arm geklemmt. »Der Tod von Doris Schiller und Alberto Milheiro ist ebenfalls durch Fremdeinwirkung erfolgt. Alles andere hätte mich und gewiss auch Sie überrascht. Die Sektionsbefunde liegen uns nun vor, ich erspare Ihnen die Details, sage nur so viel, dass Sie damit entlastet werden. Die Staatsanwältin sieht daher keine rechtliche Grundlage mehr, dass Sie uns noch länger beehren. Sie können gehen, Senhor Falkner. Wozu ich Ihnen jedoch dringend rate: Halten Sie sich dennoch weiterhin zu unserer Verfügung!«

Henrik merkte, wie steif seine Knie waren, als er aufstand. Er ging an Damasos vorbei zu der offenen Tür. Auf dem Flur wartete ein Uniformierter, der dazu abgestellt war, ihn nach draußen zu geleiten. Im Türrahmen drehte er sich noch einmal zu dem Ermittler um. »Die Obduktionsberichte, die lagen Ihnen doch schon gestern Abend vor«, stellte er fest. Es war nur eine Mutmaßung, der Damasos jedoch nicht widersprach. »Lassen Sie mich jetzt wieder beschatten?«

Auch darauf erwiderte der Major nichts. »Richten Sie der Inspetora meine Grüße aus!«, sagte er stattdessen.

Im Osten stand die Sonne bereits halbhoch über dem Sund. Dieser Anblick, der sich ihm drei Minuten später beim Verlassen des Polizeipräsidiums bot, besänftigte seine Wut. Die Luft war klar, es fühlte sich an, als hätte es der anstehende Herbst endlich geschafft, über Nacht für ein wenig Abkühlung zu sorgen. Tatsächlich entdeckte er jenseits des Flusses ein paar lachsfarbene Quellwolken. Die Uhr am Direktionsgebäude der portugiesischen Marine, die auf der anderen Seite der Avenida Brasília ihren Sitz hatte, zeigte an, dass es kurz nach acht Uhr am Morgen war. Er betrachtete sein totes Handy. Helena anzurufen, war demnach keine Option. Vermutlich hätte er es ohnehin nicht getan. Auch wenn er nicht davon ausging, dass sie noch schlief. Sara musste zur Schule, sie war vermutlich bereits aufgestanden. Womöglich hatte seine erzwungene Abwesenheit dafür gesorgt, dass sie ohnehin kein Auge hatte zutun können. Bis in die Rua do Almada waren es gut zwei Kilometer zu Fuß, ein Spaziergang, der ihm nicht schaden würde, beschloss er. Henrik ersparte es sich, entlang der vom Pendlerverkehr schon überlasteten Uferstraße in die aufsteigende Sonne zu marschieren, sondern bog bei erster Gelegenheit hinauf ins Lapa-Viertel ab. Dort, im Gassengewirr zwischen den Häusern, ging es noch deutlich gemächlicher zu. Fast friedlich, fand er, was ihn nach nur wenigen Schritten wieder mit der Stadt versöhnte. Die ja ohnehin nichts für die Misere konnte, die ihm die letzten Tage widerfahren war. Er liebte Lissabon, daran konnten niemand so schnell was ändern. Nicht Sérgio Damasos, nicht der Verdacht gegen ihn, der immer noch nicht ausgeräumt war, und auch kein Wahnsinniger, der Senioren zum Sterben in Straßenbahnen setzte. Jetzt, da sie ihn wieder in seine Freiheit entlassen hatten, hatte er es selbst wieder in der

Hand, diesen Verbrechen ein Ende zu bereiten. Die Dinge wieder geradezurücken, die sein Leben in eine solch prekäre Schieflage gezwungen hatten.

Etwa auf halber Strecke holte ihn die Erkenntnis ein, dass er während der Stunden in Polizeigewahrsam gar nicht mehr an seinen Vater gedacht hatte. Das dämpfte die neu gewonnene Euphorie. Wie mochte es Albrecht gehen? Was dachte seine Mutter, wieso er nicht mehr erreichbar war? Hatte Simone deswegen Kontakt zu Helena aufgenommen? Er hielt das für möglich, auch wenn seine Mutter sich bisher allerhöchstens nach Helena erkundigt hatte, weil es einer gewissen Höflichkeit gebührte, das hin und wieder zu tun. Er wusste, dass sie diese Beziehung nicht guthieß, so wenig wie jede von Henriks Beziehungen davor. Egal, wie es um sein Verhältnis zu Simone stand, die Gedanken an seine Eltern, vor allem die Frage um den Gesundheitszustand seines Vaters, beschleunigten seine Schritte. Es war höchste Zeit, sich auch bei ihnen zu melden.

Obwohl er es plötzlich eilig hatte, nach Hause zu kommen, schaffte er es dennoch, einen Umweg einzubauen. Er konnte nicht erklären, was ihn dazu bewog. Denn wäre er eine Straße früher abgebogen, hätte er sein Ziel schneller erreicht. Allerdings wusste er genauso gut, dass es bisweilen ratsam war, einem Impuls zu folgen. Erst recht, wenn dieser so offensichtlich und stark war. Stark genug sogar, um den Schleier zu durchdringen, der ihn immer noch daran hinderte, seine Erinnerung an den Tag zu vervollständigen, an dem er in der Linie 28 auf so tragische Weise wieder zu sich kam.

Nachdem seine gestrige Exkursion durch die von ihm in regelmäßigen Abständen frequentierten Cafés in seinem Viertel jäh von Helenas Kollegen unterbrochen worden war, fand er sich nun vor seiner bevorzugten Pastelaria in der Rua do Loreto wieder. Wären Sérgio Damasos und später Sónia da Silva nicht dazwischengekommen, hätte er sich gestern sicher auch hier danach erkundigt, ob man sich an einen Besuch von ihm vor nunmehr fünf Tagen erinnerte. Was er jetzt nachholen konnte, ehe er zweihundert Meter weiter in die Rua do Almada einbog.

José hinter der Theke lächelte ihm entgegen. »So früh heute, Senhor Falkner?«, fragte er amüsiert, als Henrik die Pastelaria betrat. Wie zu erwarten, drängte sich um diese Zeit ein halbes Dutzend Leute am Tresen, um ihre Bestellungen abzugeben, die georderten Kaffees, Getränke und süßen Teilchen entgegenzunehmen – ob zum Mitnehmen oder um sie vor Ort an einem der Tische zu verzehren – oder um ihre Rechnung zu begleichen. José war ein rundlicher Mittvierziger, immer gut gelaunt und zuvorkommend, der die mächtige, chromglänzende Kaffeemaschine stets mit Inbrunst bediente. »Ich hab Sie schon vermisst, dachte schon, Sie wären beleidigt«, führte er an, während er für einen Kunden einen frisch gepressten Orangensaft zubereitete.

»Beleidigt?«, hakte Henrik verwirrt nach. »Wieso das denn?«

José stellte den Saft auf das Tablett, auf dem schon ein Milchkaffee und ein Schinken-Käse-Toast platziert waren, und reichte es dem Mann über die Glastheke. »Sie haben ja recht, ich konnte ja auch gar nichts dafür. Und der Frau war es sichtlich peinlich.«

»Frau? Welcher Frau?«, fragte Henrik, dem allerdings auch Josés Unverständnis nicht entging.

»Na die, die Ihnen vor ein paar Tagen den Kaffee über die Hose gekippt hat.«

36
Helena

Darauf zu warten, endlich etwas von Henrik zu hören, zerrte weiterhin an ihren Nerven. Zum einen fühlte sie sich wieder einmal wie elektrisiert, gleichzeitig aber wie gerädert, weil ihr Kopf während der Nacht keine Ruhe gefunden hatte. Ihre Anruferliste zeigte schon acht Versuche, Henrik auf dem Handy zu erreichen. Auch jetzt, beim neunten Mal, sprang wieder nur sofort die Mailbox an. Er war also immer noch abgeschirmt. Sie scheute sich nach wie vor, bei Alexandra nachzufragen. Auch nachdem Tiago sein Geständnis losgeworden und wieder hinab in sein gekacheltes Reich gestiegen war, blieb sie noch weiter auf der Steinmauer sitzen und dachte über ihre Unterhaltung nach. Wie Helena bereits vermutet hatte, hing dieser Teil des Dramas mit einer Frau zusammen, die laut seiner Aussage erst kürzlich und überraschend in sein Leben gekommen war. So wie sie Tiago kannte, fiel es ihm nicht schwer, neue Bekanntschaften zu knüpfen. Und auch wenn es sie schmerzte, gab es trotzdem nichts, was sie ihm vorhalten konnte. Er war frei und ungebunden, wieso auch hätte er an der Hoffnung festhalten sollen, irgendwann doch mit ihr eine Verbindung einzugehen? Denn sie war eben nicht frei und ungebunden.

Tiagos neue Freundin, die womöglich nach den Vorkommnissen der letzten Tage nicht mehr seine Freundin war, arbeitete als Journalistin für den *Correio da Manhã*. Spätestens als der Name dieser Zeitung gefallen war, wusste Helena, wohin Tiagos Beichte führte. Und sie erhielt zumindest die Erklärung für eine ihrer vielen Fragen zu den Todesfällen, die sich wie eine unsichtbare, aber dennoch beängstigende Sturmfront über das sonnenbeschienene Lissabon geschoben hatten. Die im *Correio da Manhã* erschienenen Berichte über die toten Senioren, jeweils verfasst von T. Lima, stammten von dieser Frau. Tiagos Liaison, wie er es nannte, eine zwanglose Liebschaft, wobei das T. für Tania stand, wie er Helena mit bebender Stimme berichtet hatte.

Er wollte dieser Frau keine Vorwürfe machen, das betonte er mehrfach, und es war ihm auch anzusehen. Der Fehler, der zu diesen reißerischen Aufmachern und spekulativen Zeitungsartikeln geführt hatte, lag allein bei ihm. Helena konnte seiner Ritterlichkeit unter diesen Umständen nichts abgewinnen. Doch sie hatte ihre Meinung für sich behalten und ihn weiterreden lassen. Tiago hatte erzählt, dass er sich bei einem der die Mordserie betreffenden Telefonate mit Helena Notizen gemacht hatte. Hingekritzelte Spekulationen, die sie anstellten, als es darum ging, die Sektionen der beiden ersten Opfer vorzubereiten. Weshalb er sich unter anderem als Stichwort auch *Spritze* notiert hatte, nachdem Helena nach Einstichen gefragt hatte. Der Zettel mit diesen Überlegungen war dann mit ein paar anderen Berichten, die er zu Hause noch einmal durchsehen wollte, in seiner Aktentasche gelandet. An einem Abend, an dem Tania ihm später noch einen Besuch abgestattet hatte. Helena war froh, dass er hier nicht weiter ins Detail ging. Es war nicht schwer, sich zusammenzureimen, was an jenem Abend passiert war. Von den wahren Absichten Tania Limas, sich mit dem Chefpathologen der Rechtsmedizin einzulassen, mal ganz abgesehen. Helena verbot es sich, Tiago nach seinem Geständnis mit Vorwürfen zu kommen. Er sah bereits geläutert genug aus, um noch tiefer in dieser Wunde zu bohren. Er hatte sich auch nicht dazu geäußert, ob er die Journalistin nach der Veröffentlichung der Artikel zur Rede gestellt hatte. Auch nicht, ob sie sich danach noch einmal getroffen hatten. Das ging Helena alles nichts an, und sie wollte es auch gar nicht wissen. Diese Frau hatte bereits genug angerichtet und die Stadt mit ihren halbgaren Geschichten in Angst und Schrecken versetzt.

Helena wollte im Moment auch nicht darüber nachdenken, ob Tiago deswegen Konsequenzen drohten. Es war nicht an ihr, das zu entscheiden. Und wenn es bei dieser einmaligen Beichte ihr gegenüber blieb, hielt sie es für fraglich, ob diese Wahrheit jemals ans Licht kam. Sie hätte Tiago für sein fahrlässiges Verhalten gerne verurteilt, doch nicht einmal das gelang ihr. Und wie es zukünftig zwischen ihnen stehen würde, jetzt, da sie nicht mehr im Dienst und womöglich bald gar nicht mehr bei der Polizei war, stand ohnehin in den Sternen.

Helena verzichtete darauf, einen Blick ins Internet zu werfen. Sie konnte sich auch so ausrechnen, wie sich die Berichterstattung zu den Morden seit gestern hochgeschraubt hatte. Kaum vorstellbar, dass auch nur eine der Meldungen, die im Netz grassierte, ihr irgendwie weiterhelfen würde. Es war besser, sich davon jetzt nicht ablenken zu lassen, sondern ihr Ding durchzuziehen. Noch hatte sie das Gefühl, einen Vorsprung zu haben. Nicht nur vor den Medien, auch vor Damasos. Sie schickte Henrik eine weitere Nachricht aufs Handy, informierte ihn, was sie vorhatte. *Sicher ist sicher.*

37
Henrik

Fahrplan Linie 28 E, Haltestelle N° 1, Praça Luís de Camões nach Martim Moniz, Abfahrt 8:28 Uhr

José lieh ihm ein Ladekabel. Henrik brauchte vier Anläufe, bis er den Anschluss endlich in die Buchse seines Handys gefriemelt hatte. Da es bei den Tischen keine Steckdose gab, musste er am Tresen stehen bleiben. Er bestellte einen Espresso und wartete, bis das Display endlich wieder erwachte. Währenddessen sah er José zu, wie er ohne jede Hektik die nächsten Kunden bediente. Er musste sich mit seinen Fragen zu der Frau gedulden, die ihm Kaffee über die Hose geleert hatte. Obwohl er sich ziemlich sicher war, um wen es sich gehandelt hatte. Doch er brauchte hundertprozentige Gewissheit, ehe er losstürmen konnte. Ebenso wie eine einigermaßen ausreichende Akkuleistung, damit er endlich auch Helena Bescheid geben konnte. Obwohl er davon ausging, dass sie sich keine dreihundert Meter Luftlinie von ihm entfernt aufhielt, weil es immer noch früh am Morgen war. Er könnte also genauso gut jetzt sofort in der Rua do Almada vorbeiflitzen und sich zurückmelden. Doch das schien ihm momentan keine Option zu sein. Zuerst wollte er die Details hören, weshalb er stehen blieb, wo er war, bis José endlich Zeit für ihn fand, um ein paar sehr dringliche Antworten zu liefern.

An den Tischen saßen einige Zeitungsleser. Er musste sich nicht anstrengen, selbst auf die Entfernung hin waren die Schlagzeilen nicht zu übersehen. Während die seriösen Blätter weiterhin um

Nüchternheit und sachliche Berichterstattung bemüht waren, betitelte der *Correio da Manhã* seinen heutigen Aufhänger mit: *Leichenwagen auf Schienen – wann hat das ein Ende?*

Wie auch immer man es ausdrückte, die Frage war berechtigt. Als Henrik sich wieder zur Theke umdrehte, stand José vor ihm. Die letzten noch wartenden Kunden waren bedient worden, und nun schien der Portugiese bereit zu sein, ihm ein paar Details zu liefern. Erstmals, seit er José kannte, umspielte kein Lächeln seine vollen Lippen, während er über den Tresen hinweg mit gesenkter Stimme zu ihm sprach, nur laut genug, um über das Zischen der Kaffeemaschine und das Surren der Saftpresse hinweg verstanden zu werden. Wie viele im Viertel wusste natürlich auch José, dass Henrik neben seiner Tätigkeit als Antiquar private Ermittlungen anstellte. Und es zeigte sich, dass er sich recht gut an den Vorfall erinnerte, der damit begann, dass Henrik einen frisch gebrühten Kaffee Crema über den Oberschenkel gekippt bekam. Letztlich war es die Beschreibung der Frau, die ihm der Portugiesen lieferte und die alle Unklarheiten beiseiteräumte.

Der Handyakku zeigte zehn Prozent an. Er entschied, dass das reichte, bezahlte seinen Espresso und verließ die Pastelaria. Am Praça Luís de Camões angekommen, hatte sich sein Handy wieder ins Mobilfunknetz eingewählt, sodass er Helenas Anrufversuche und Textnachrichten angezeigt bekam. Innerhalb weniger Sekunden ploppten sie auf. Mehrfach tauchte auch die seiner Mutter auf dem Display auf. Ansonsten keine weitere Nummer aus Deutschland. Auch nicht die vom Krankenhaus, was ihn zumindest dahingehend beruhigte. Keine weitere Katastrophenmeldung über seinen Vater.

Er zögerte. Rief er Helena jetzt an, würde sie wollen, dass er umkehrte. Oder sich zumindest vorher mit ihr traf, um die Lage zu besprechen. Darauf wollte er nicht warten. Und alle anderen

Rückrufe hatten ebenfalls Zeit. Zuerst wollte er die Bahn erwischen, die schon an der Haltestelle bereitstand. Noch waren es vorrangig Leute, die zur Arbeit fuhren. Beim Einsteigen drückte er seine Monatskarte gegen das Lesegerät. Dabei fiel ihm ein, dass er diesen Vorgang auch ohne intakten Verstand vollzogen haben musste. Aus einer antrainierten Mechanik heraus, denn sonst wäre er dem Straßenbahnfahrer sofort aufgefallen, an jenem Tag, als er gegen die Leiche von Bernardo Jacinto gestolpert war. Vielleicht hatte das Einchecken aber auch jemand für ihn übernommen. Er fragte sich, ob Helena noch die Gelegenheit gehabt hatte, die Videoaufzeichnungen aus den Bahnen anzusehen, bevor man sie freigestellt hatte.

Henrik blieb im Mittelgang stehen, obwohl noch Sitze frei waren, weil ihm wieder in den Sinn kam, dass er nicht darauf geachtet hatte, ob die Polizei ihn weiterhin observierte. Doch ihm fiel niemand in der Bahn auf, der wie ein Zivilbulle aussah. Er ging auf die hintere Plattform, um zu überprüfen, ob der Bahn ein Wagen folgte. Erst als sie unten im Baixa-Viertel ankamen, war er sicher, dass dies nicht der Fall war. Nichts deutete darauf hin, dass die Kripo seine Überwachung fortführte.

Und was war mit der anderen Seite? Denjenigen, von denen er annahm, dass sie ihn in den vergangenen Tagen ausspioniert hatten. Alte Leute aus der Stadt. So wie der betagte Herr, der ihm vor einer Ewigkeit oben am Anfang der Rua do Almada aufgefallen war. Der ihm dabei zugesehen hatte, wie er vor seinem Laden gesessen und über etwas nachgedacht hatte, von dem er nicht mehr wusste, was es gewesen war. Ebenso wenig, wie er mit Sicherheit sagen konnte, wie alt die Gestalt im Schatten tatsächlich war. Bei schlechtem Licht und auf eine Entfernung von gut fünfzig Metern. Nur weil sie ein wenig krumm dagestanden hatte. Henrik dachte, dass er es dennoch wusste. Dass es vielleicht sogar der alte Portugiese vom Largo do Carmo war, der es ein paar Tage später in ein Taxi geschafft hatte, bevor er ihn zur Rede stellen konnte. *Alte Leute. Teufel noch mal, darum geht es die ganze Zeit.* Sie hatten ihn im Visier, und vielleicht waren sie auch nach seiner Entlassung aus dem Polizeigewahrsam wieder hinter ihm her. Doch das spielte jetzt keine Rolle mehr. Wie auch immer ihre Kommunikation untereinander erfolgte. Womöglich erhielt diejenige Person, welche hinter all dem die Strippen zog, gerade eine Nachricht, dass er aufs Neue unterwegs war. Auch damit konnte er leben. Sie sollte ruhig wissen, dass er heranrollte wie die Gewitterfront, die sich womöglich gerade aus dem Landesinneren Richtung Küste bewegte.

38
Helena

Sie saß bereits wieder im Auto, als sie sich auch endlich dazu durchringen konnte, Alexandra anzurufen. Sobald sie Helenas Stimme erkannte, reagierte sie vernehmbar reserviert. »Ich will nur wissen, was mit Henrik ist«, kam Helena allen möglichen Bedenken ihrer Kollegin zuvor.

»Warte!«, verlangte Alexandra, und dann hörte Helena das Klappern der Tastatur.

»Laut der Info, die ich auf dem Rechner habe, ist Henrik nicht mehr im Gebäude. Ich bin gerade erst gekommen, weiß also nicht, wann er gegangen ist. Aber ich kann Sérgio fragen«, bot sie an.

Helena verzichtete. Legte auf. Dachte an Henrik. Fragte sich, ob sie ihm entgegenfahren sollte und wieso er nicht anrief, um sich von ihr abholen zu lassen. Doch statt nach Westen lenkte sie ihren alten Peugeot in die entgegengesetzte Richtung. Sobald sich ihm die Möglichkeit bot und sein Handy wieder funktionierte, würde er ihre Nachrichten lesen und sich bei ihr melden. Vielleicht brauchte er bis dahin auch noch etwas Zeit für sich, um seine Gedanken zu sortieren und die Nacht im Polizeirevier zu verdauen. Von diesen Überlegungen begleitet, erreichte sie schließlich die Rua António Maria Baptista, wo sie ihren Wagen abstellte und die restlichen hundert Meter zu Fuß ging. Sie postierte sich so, dass sie einen guten Blick auf den Eingang des Hauses hatte, in dem sie gestern schon einmal gewesen war, ohne dass man sie sofort entdecken konnte. Es war kurz vor halb zehn, und sie stellte sich darauf ein, noch eine Weile warten zu müssen.

Vermutlich wäre es besser gewesen, ihn bei seiner Wohnadresse aufzusuchen, doch sie hatte keine Gelegenheit mehr erhalten, sich diese aus dem System herauszusuchen. Was sie nicht daran hinderte, sich Dr. Sousa noch einmal vorzunehmen, und diesmal sollte er sie nicht auf dem falschen Fuß erwischen. Nach einer Viertelstunde stellte sich heraus, dass die Absicht aufging, den Augenarzt vor seiner Praxis abzupassen, noch ehe die ersten Patienten eintrudelten. Er kam vom Norden her die Straße herunter, in der auch die Gleise der Eléctrico verliefen. Er wirkte in sich versunken, darauf fixiert, seine Schuhspitzen zu betrachten, weshalb er erst bemerkte, dass sie sich ihm in den Weg stellte und damit zum Anhalten zwang, als nur noch zwei Meter Abstand zwischen ihnen lagen. Dr. Sousa blickte auf und schien nicht überrascht. »Die Dame von der Polizei schon wieder«, sagte er, als wäre noch eine dritte Person anwesend, die er über Helenas Anwesenheit informierte. »Und wieder keinen Termin.«

»Quetschen Sie mich einfach schnell vor Ihren ersten Patienten!«, verlangte Helena.

»Sie wollen also nicht warten?«

»Worauf?«

»Ich habe eine Vorladung für heute Nachmittag, Sie sehen mich daher irritiert«, erklärte der Arzt, der denselben knittrigen Anzug wie gestern trug. Helena konnte aus seinen Worten nur schließen, dass Damasos ihn zur Vernehmung einbestellt hatte. Aber davon war sie ausgegangen. Dr. Sousa war eine Spur, die auch ihren Kollegen interessierte. Allein aus dem Grund, dass er mit zwei der toten Senioren in den letzten Tagen Kontakt hatte. »Womöglich erspart es Ihnen die Fahrt ins Präsidium, wenn wir uns jetzt unterhalten«, sagte Helena. Es fiel ihr nicht schwer, ihn auf diese Weise anzulügen.

Dr. Sousa zuckte mit den Schultern, fummelte einen Schlüsselbund aus seiner Hosentasche und öffnete ihnen die Eingangstür. Mit hängenden Schultern ging er voraus durch den Flur und hinauf in die erste Etage. Oben angekommen, ließ er Helena in die Praxis. Die Luft im Wartezimmer war über Nacht nicht besser geworden, Sousa sah allerdings auch keinen Bedarf, das Fenster aufzumachen, um zumindest ein wenig frischen Sauerstoff hereinzulassen. »Sie kennen den Weg«, sagte er und wies auf die Tür, hinter der er seine Untersuchungen durchführte.

Der Raum war abgedunkelt, als Helena eintrat. Sie kannte das von der Augenkontrolle, der sie sich routinemäßig im Rahmen der dienstlichen Gesundheitsüberprüfung jedes Jahr unterziehen musste. Das Licht, das aus dem Wartezimmer hereinfiel, reichte aus, um die Apparatur mit dem Behandlungsstuhl dahinter auszumachen. Gegenüber an der Wand befand sich die obligatorische Buchstabentafel mit den nach unten hin immer kleiner werdenden Lettern. Rechts daneben ein Schreibtisch mit einem Computerbildschirm. Darüber Regale mit Büchern und Medikamentenverpackungen.

»Wann haben Sie zuletzt Ihre Sehstärke prüfen lassen?«, fragte Sousa.

»Deswegen bin ich nicht hier«, stellte Helena klar.

»Setzen Sie sich trotzdem auf den Stuhl, einen anderen kann ich Ihnen nicht anbieten«, erklärte der Augenarzt und schielte dabei auf den rollbaren Hocker, der unter den Schreibtisch geschoben war. Sie tat wie ihr aufgetragen, nur um festzustellen, dass sie, kaum dass sie saß, von einem kleinen, aber hellen Lichtstrahl neben der Buchstabentafel geblendet wurde, der ihr von dort entgegenleuchtete. Die harte Lehne zwang sie in eine übertrieben aufrechte Sitzposition, wodurch das scharfe Licht direkt auf ihre Augen fokussiert war. Ihr wurde bewusst, dass

Dr. Sousa es in dem Moment angeschaltet haben musste, als sie sich auf den Behandlungsstuhl setzte. Außerdem fiel ihr auf, dass die Tür zum Wartezimmer jetzt geschlossen war. Geblendet hob Helena die Hand. »Können Sie das abschalten!«, verlangte sie mit zu Schlitzen verengten Augen. Der Arzt blieb ein vager Schatten hinter dem grellen Schein. »Tut mir leid«, hörte sie ihn sagen. »Dreißig Jahre in diesem Beruf lassen einen die Knöpfe und Regler bedienen, ohne nachzudenken.« Wieder huschte er von einer Seite zur anderen, und vermutlich war das der Moment, in dem sie die Erkenntnis ereilte, dass sie die Kontrolle über diese Situation verloren hatte. Sie wollte aufstehen, um dem scharfen Lichtstrahl zu entkommen, doch Dr. Sousa hielt sie zurück. Ohne sagen zu können, wie er so plötzlich direkt vor ihr auftauchen konnte, spürte sie seine Hand, die energisch gegen ihre Brust drückte. Gleichzeitig den Stich seitlich in ihren Hals. Ein kurzes Brennen, das ausreichte, um den Abwehrversuch gegen Sousas Angriff nur halbherzig auszuführen. Sie konnte nicht sagen, wo genau sie den Arzt getroffen hatte, registrierte nur, dass er von ihr wegstolperte, sich jedoch auf den Beinen halten konnte. Statt aus dem Behandlungsstuhl zu springen, fasste Helena sich an den Hals, bekam die Spritze zu fassen und riss sie sich aus dem Fleisch. »Was war das, verdammt?!«, kreischte sie in die Schwärze hinter dem blendenden Licht.

»Es geht ganz schnell, Inspetora«, antwortete Sousa aus dieser Dunkelheit heraus.

39
Henrik

Fahrplan Linie 28 E, Haltestelle N° 9 Miradouro Sta. Luzia nach Martim Moniz, Ankunft 8:49 Uhr

Die Wolkenfront war näher gerückt, und sie schob kühle Luft vor sich her. Handelte es sich hier um den ersehnten Wetterumschwung? Die Reinigung, die über die Stadt kam? Vielleicht nicht unbedingt gleich eine Sintflut, dachte Henrik, aber so ein mittelstarker Dauerregen, den könnte er persönlich gut aushalten. Und am besten erst heute Abend, wenn er endlich wieder zu Hause war. Im Idealfall mit den Antworten, die ihm noch fehlten. Die das Bild vervollständigten, das er zu großen Teilen schon zusammengesetzt hatte, auf dem man aber immer noch nicht erkennen konnte, was darauf eigentlich wirklich zu sehen war.

Er erreichte den Largo de São Rafael. Noch ging es gemächlich zu in den Gassen, die hier zusammenliefen. Am Torre de São Pedro, einem noch erhaltenen Teil der einstigen Stadtmauer von Lissabon, parkte ein Lieferwagen. Jemand kam mit einem Umzugskarton um die Ecke des Hauses, zu dem er unterwegs war. Er musste zweimal hinsehen, bevor er glauben konnte, wen er da vor sich hatte.

»Senhor Raoul?«

»Senhor Falkner, das ist ja eine Überraschung!«, antwortete sein Apotheker aus der Farmácia in der Rua do Norte, und seinem Gesichtsausdruck nach zu urteilen, wirkte er keineswegs so überrascht, wie er vorgab. Er lächelte auf die stets freundliche Weise, wie es Henrik von dem Mann gewohnt war, wenn er bei ihm seine Medikamente holte.

»Was tun Sie hier?«, fragte Henrik, obwohl es eigentlich offensichtlich war. Der hagere Mann schleppte Kartons, und es war nicht allzu schwer ersichtlich, bei wessen Umzug er hier mit von der Partie war. Der Apotheker schob die Kiste in den Lieferwagen, richtete sich wieder auf und wischte sich mit dem Hemdsärmel über seine Glatze. »Wollen Sie mit anpacken?«, fragte er Henrik unverblümt. »Ein paar starke Arme wie die Ihren, und wir wären im Nullkommanichts fertig.«

Er weiß es, dachte Henrik. *Er weiß, dass ich zu Dr. Pacheco will. Was zum Teufel noch mal geht hier vor?*

Raoul ging wie selbstverständlich davon aus, dass er ihm ins Haus folgte. »Ich habe jemanden mitgebracht«, verkündete der Apotheker, als sie die Praxisräume der Internistin betraten. Elisabet Pacheco tauchte hinter ihrem Empfangstresen auf, blickte an Raoul vorbei und sah sogleich deutlich weniger erfreut über sein erneutes Auftauchen aus als ihr Umzugshelfer.

»Das ist doch …«, entfuhr es ihr, und sie schüttelte ihre weiße Mähne.

»Senhor Falkner war wohl gerade in der Gegend«, verkündete Raoul und lachte aus seinem Pferdegesicht. »Er nimmt die schweren Kisten.« Der Apotheker verwies auf ein halbes Dutzend gegen die Wand gestapelter Kartons, und Henrik nickte überrumpelt.

»Wunderbar!«, kommentierte Raoul. Dr. Pacheco seufzte hörbar laut. Henrik hätte sich weigern können, aber womöglich ergab sich dadurch eine weniger offensichtliche Verhörsituation? Daher zögerte er nicht weiter, packte die erste Umzugskiste und hievte sie durch den Flur hinaus in die Gasse und rüber zum Lieferwagen, wo er sie transportsicher verstaute. Diesen Vorgang vollführte er weitere sechsmal, und immer wenn er wieder zurück in der Praxis war, bekam er ein anerkennendes Nicken des Apothekers, der es sich zwischenzeitlich auf einem der noch verbliebenen Stühle im Wartebereich bequem gemacht hatte. Henrik ersparte sich einen Kommentar und griff sich den letzten der schweren Kartons. Als er diesen schließlich in den Umzugswagen gewuchtet hatte, setzte er sich auf die Ladekante, um durchzuatmen. Dabei fiel ihm eine kleinere Schachtel ohne Deckel auf, aus der ein paar Holzrahmen ragten. Er zog sie zu sich heran, spickte hinein und fand darin ein paar gerahmte Diplome und Auszeichnungen. Es gab allerdings auch drei in silberfarbenen Metallrahmen steckende Fotografien darunter. Zwei davon zeigten Dr. Pacheco, noch in deutlich jüngeren Jahren, als ihre wilde Frisur noch dunkelblond gewesen war, beim Händeschütteln mit ihm unbekannten Männern, die wie Politiker aussahen. Und dann war da noch ein Gruppenfoto. Vier Personen. Die Ärztin, nun schon weißhaarig, und drei Männer, von denen einer der Apotheker Raoul war. Den zweiten Herrn kannte er nicht, dafür aber den dritten im Bunde, bei dem es sich ohne jeden Zweifel um Martin Falkner handelte.

Mit dem Foto in der Hand stürmte er zurück in die Behandlungsräume. Dr. Pacheco blickte ihm stirnrunzelnd entgegen. Raoul hockte auf seinem Stuhl, die dürren Beine übereinandergeschlagen, und lächelte milde.

»Sie kannten meinen Onkel?«, presste Henrik hervor.

»Habe ich das nie erwähnt?«, fragte der Apotheker.

»Nicht dass ich mich erinnere«, knurrte Henrik und wandte sich der Ärztin zu, die immer noch hinter dem mit Schachteln vollgestellten Empfangstresen stand. »Was wollen Sie hören?«, erwiderte sie mürrisch.

»Wir waren sogar auf seiner Beerdigung«, sinnierte Raoul. »Er war ein wirklich patenter Mensch, Ihr Onkel.«

Henrik durchfuhr ein Gedanke. »Sie wussten, womit er sich beschäftigte, abgesehen von antiquarischen Büchern, meine ich.«

»Das war kein Geheimnis«, sagte Dr. Pacheco. »Er hatte einen sehr ausgeprägten Gerechtigkeitssinn.«

»Daher weht der Wind«, folgerte Henrik. »Ich verstehe jetzt, weshalb Sie in der vergangenen Woche immer ein Auge auf mich hatten. Nein, Sie sind sogar noch weitergegangen. Sie haben diese Intrige eingefädelt, um mich aus dem Rennen zu nehmen, habe ich recht?«

»Ich habe ehrlicherweise nicht viel darauf gesetzt, dass es funktioniert«, gestand die Medizinerin.

»Hat es aber irgendwie«, fügte Raoul an. »Sie müssen verstehen, Senhor Falkner, wir waren nicht sicher, ob Martin nicht irgendwo in seinem Antiquariat auch was über uns oder vielmehr unsere Visionen – wie soll ich es sagen – aufbewahrte.«

»Visionen?«

»Zu dieser Zeit war es das, nur ein Hirngespinst. Gedankenspiele, die wir an gemeinsamen Abenden ersonnen und diskutierten.«

»Martin war eingeweiht?«

»Gewissermaßen. Er war einer von uns. Lebte schon zu lange in der Stadt, als dass es nicht auch um *sein* Lissabon ging. Und wusste, dass etwas getan werden musste, damit es auch *unser* Lissabon blieb. Wir dachten darüber nach, wie wir den Leuten vor Augen führen können, dass auch wir Alten noch da sind. Unsere Berechtigung haben.«

»Unser Recht auf Leben«, ergänzte Raoul.

»Kam es deshalb mit ihm zu einem Bruch? War Martin nicht bereit, alte, kranke Menschen auf diese Weise zu erlösen, nur um ein Exempel gegen die steigenden Besucherzahlen zu statuieren?

Wollte er deren Tod nicht für einen solchen perfiden Plan missbrauchen, nur um den Tourismus von Lissabon fernzuhalten?«

»Bitte, es geht doch nicht allein um den Tourismus«, widersprach Dr. Pacheco.

»Sie nehmen uns unsere Häuser weg, werfen uns aus den Wohnungen, in denen wir unser Leben zugebracht, unsere Kinder großgezogen haben. In deren Wände über die Jahrzehnte unsere Erinnerungen hineingesickert waren, zusammen mit dem Schweiß und dem Blut, das es uns gekostet hat, diese bescheidenen Existenzen zu führen ...« Die Ärztin war jetzt in Rage, weshalb der Apotheker wieder übernahm. »Wie gesagt, es waren damals nur Überlegungen. Und wir kannten ja Martins Obsession. Nicht nur, dass er Verbrechen nachging, die nicht aufgeklärt worden waren. Jeder von uns wusste, wie sehr er kriminelle Vergehen jeglicher Art verurteilte. Er hätte sich nie daran beteiligt, wenn er noch leben würde – Gott hab ihn selig!«, sagte Raoul.

»Um es abzukürzen: Da wir nicht wussten, ob Martin Ihnen nicht vielleicht doch etwas zu uns hinterlassen hatte, wollten wir Sie unter Kontrolle haben. Erst recht, nachdem wir in Erfahrung brachten, dass Sie früher Polizist waren«, sagte Dr. Pacheco, nun wieder mit ruhiger Stimme.

»Sie sind wirklich der Einzige, vor der die liebe Elisabet Respekt hat«, redete Raoul dazwischen. »Darauf können Sie sich was einbilden.« Dr. Pacheco funkelte dem Apotheker missbilligend entgegen, doch der sprach unbeeindruckt weiter: »Da viele von uns Bücher bei Martin und später auch bei Ihnen gekauft hatten, war die Idee schnell geboren, Sie auf subtile Art einzubinden. Sie wurden unser Ablenkungsmanöver, wenn Sie so wollen. Und ich muss Elisabet zustimmen, auch ich hätte nicht erwartet, dass diese Scharade tatsächlich funktioniert. Außerdem habe ich

Elisabet davor gewarnt, dass Sie uns schneller auf die Schliche kommen, wenn sie den Verdacht auf Sie lenkt. Weil sie Sie damit anstachelt und Sie als ehemaliger Polizist dann erst recht die Fährte aufnehmen würden«, redete Raoul weiter.

»Rückblickend muss ich ihm leider recht geben, auch wenn ich es für eine Weile als Vorteil ansah. Erst recht, nachdem wir herausfanden, dass Ihre Lebensgefährtin die Ermittlungen übernahm. Vor allem, als Sie beide zusammen bei mir aufgetaucht sind, wobei ich nicht damit rechnete, dass das so bald erfolgt. Aber gut, ich sah es als Chance, herauszuhorchen, was Sie bereits wussten oder mutmaßten, muss ich sagen. Wir sind übrigens nie davon ausgegangen, dass man Sie für irgendwas belangen würde«, fügte Dr. Pacheco an.

»Wie weitsichtig von Ihnen«, knurrte Henrik, dessen Verstand schwer damit beschäftigt war, die Zusammenhänge richtig zu verarbeiten. »Was haben Sie mir in den Kaffee gemischt, den Sie mir spendierten, nachdem Sie mir meinen *aus Versehen* über die Hose kippten?«

»Ich sagte dir, dass seine Erinnerung zurückkommt«, wandte Raoul ein.

»Das war also wirklich alles so geplant? Sie passen mich ab und ziehen Ihr Schauspiel mit dem Kaffee durch, um mich noch tiefer in Ihre Verschwörung hineinzuziehen?«

»Ich wusste von Ihrer PTBS. Unter Ärztekollegen ist es nicht schwer, an solche Informationen zu kommen. Ich weiß, das ist unethisch, so etwas auszunutzen …«

»Ebenso wie aktive Sterbehilfe«, fiel Henrik ihr ins Wort. Er merkte, dass er seine Wut zügeln musste.

Dr. Pacheco rollte mit den Augen. »Zu diesem Zeitpunkt war ich bereits zu weit gegangen, um mich von Bedenken über mein ethisches Verhalten noch aufhalten zu lassen. Außerdem wusste ich, was ich Ihnen zumuten konnte. Körperlich wie psychisch, wenn Sie so wollen. Und ich konnte es mit dem eigens für Sie gemischten Benzodiazepine-Cocktail auch nicht übertreiben. Sie mussten ja noch einigermaßen lenkbar sein, um Sie in die Eléctrico zu verfrachten.«

Diese Information sollte Henrik eigentlich beruhigen, denn das war die Bestätigung, dass nicht seine PTBS für den Blackout verantwortlich war, sondern die durchgedrehte Internistin. Sie und dieser hirnrissige Plan. Weshalb es ihm natürlich schwerfiel, weiterhin die Fassung zu wahren. »Wieso überhaupt der Aufwand, mich, nachdem Sie mich außer Gefecht gesetzt haben, noch bis zum Martim Moniz zu verfrachten, wenn bei der Pastelaria um die Ecke gleich die nächste Haltestelle ist?«

Dr. Pacheco schüttele den Kopf. »Nein, das ging wegen Bernardo nicht. Dem konnten wir in seinem Zustand nicht mehr zumuten, noch einmal quer durch die Stadt zu fahren. Da war es einfacher, Sie in seine Nähe zu bringen.«

»Sie und Ihre Helfer«, folgerte Henrik und deutete erneut auf das Foto. »Wer ist der Vierte hier drauf?«, verlangte er zu wissen.

»Paulo«, sagte Raoul.

»Dr. Sousa«, ergänzte die Internistin.

»Sousa, der Augenarzt?«, platzte es aus Henrik heraus. Schlagartig war er alarmiert. Auf dem Weg hierher hatte er sämtliche von Helenas Nachrichten gelesen. Und es war vor allem ihre letzte, die seine Nerven nun zum Vibrieren brachte.

»Er hat Mist gebaut«, zischte Dr. Pacheco. »Mit dieser Deutschen hat er den ganzen Plan umgeschmissen. Ich hätte es wissen müssen, dass wir ihm nicht mehr vertrauen können …« Sie redete weiter, als wäre Henrik gar nicht mehr anwesend oder aber als akzeptierten die Ärztin und ihr Kompagnon, dass Henrik bereits mehr wusste, als er je erfahren sollte.

»Das hätte er nicht tun sollen«, bestätigte der Apotheker. »Der Tod seiner Frau hat ihn unberechenbar gemacht, aber wir wollten das nicht wahrhaben …«

»Wie lautet seine Adresse?«, ging Henrik dazwischen.

Beide sahen ihn an.

»Ich muss auf der Stelle zu Dr. Sousa!«, verlangte Henrik. »Wegen Helena«, ergänzte er, weil das Unverständnis nicht aus den Gesichtern der beiden weichen wollte. »Die Inspetora?«, hakte die Ärztin nach.

»Sie ist gerade bei ihm«, verkündete Henrik unheilschwanger.

»Er wird doch nicht noch eine Dummheit begehen«, murmelte Dr. Pacheco.

»Wir können meinen Wagen nehmen«, schlug Raoul vor. Henrik war sich nicht sicher, ob er den beiden trauen konnte. Aber da ihm in Anbetracht der mangelnden Zeit keine bessere Lösung einfiel, stimmte er zu.

40
Helena

Es schnürte ihr die Kehle zu, zu spüren, wie schnell sämtliche Kraft aus ihr wich. Ihre Arme fielen schlaff in ihren Schoß. Sie spürte ihren Körper, die schmerzenden Gelenke und Muskeln, doch sie ließen sich nicht mehr aktivieren. Nur noch die Lehne des Stuhls hielt sie aufrecht. Selbst wenn sie es schaffen könnte, den Oberkörper ein Stück nach vorne zu beugen, würde sie vermutlich einfach mit dem Gesicht voran auf den Boden fallen. Ungebremst. Sie wusste auch nicht, ob ihre Angst oder der Inhalt der Spritze daran schuld waren, dass sie nur noch schwer atmen konnte. Was, zur Hölle noch mal, hatte ihr Dr. Sousa in den Hals injiziert? Sie presste einen Laut hervor, doch ihre Zunge war zu träge, um daraus ein Wort zu formen.

Der Augenarzt verstand trotzdem, was sie zu wissen verlangte. »Ketamin. Versuchen Sie, ruhig zu atmen, es bringt Sie nicht um.«

Das nicht, dachte Helena panisch, aber womöglich das, was als Nächstes kommt.

Sousa setzte sich auf seinen Untersuchungshocker und rollte zu ihr heran, als beabsichtige er, ihre Sehkraft zu testen. »Das ist vermutlich der Moment, an dem der verrückte Doktor seinen Wahnsinn erklärt«, begann Sousa. Er sagte das ohne Zynismus. Ohne Überlegenheit oder Stolz in der Stimme darüber, dass er fähig war, sie in diese Lage zu versetzen. »Meine Frau war eine große Cineastin. Sie hat mich jede Woche mindestens einmal ins Kino geschleppt, und es war immer eine Freude. Auch wenn der Film mich nicht mitreißen konnte, so war es immer eine Herzenssache, neben ihr zu sitzen und sie von der Seite zu betrachten, wie sie gebannt auf die Leinwand blickte. Sie konnte mit dem Geschehen mitfiebern wie niemand sonst. Wir haben Filme gesehen, bei denen sie keine Sekunde meine Hand losgelassen hatte. Das Traurige an unserer Verbindung war, dass ich nie wirklich wusste, wie sehr ich sie geliebt habe. Das verstand ich erst, nachdem sie mir genommen worden war.« Er machte eine Pause. Alles, was sie von ihm sehen konnte, war die Silhouette seines vom grellen Licht überstrahlten Schädels, einen halben Meter vor ihr.

»Meine Frau ist gestorben wegen dieser Touristen«, führte er seinen Monolog fort. »Sehen Sie mich nicht so an, ich sage Ihnen die Wahrheit. Beinahe zwei Jahre liegt das jetzt zurück, und glauben Sie mir, es stimmt nicht, was die Leute dir erzählen, von wegen, dass die Zeit alle Wunden heilt. Mein Schmerz darüber, sie verloren zu haben, ist seither keine Sekunde erträglicher geworden. Und ja, es gibt mir Genugtuung, diese Art von Rache zu verüben. Auch wenn es niemals jemanden von denen persönlich treffen wird, die Schuld am Tod meiner geliebten Inês haben. Keiner von ihnen wurde je angeklagt, obwohl es offensichtlich war. Es gibt sogar eine Handyaufnahme davon, und im Hintergrund ist ihr abfälliges Lachen zu hören, als es passierte. Nicht dass man ihr nur nicht geholfen hat, sie haben sich auch noch darüber lustig gemacht. Betrunken waren sie allesamt. Zu betrunken, um überhaupt zu realisieren, was sie ihr angetan haben.« Sousa rollte wieder ein Stück von ihr weg. Sie konnte ihn nun besser erkennen, wie er da gekrümmt auf seinem Hocker kauerte. Er war hörbar wütend. Wütend und verzweifelt.

Helena konnte nichts tun, außer ihn fragend anzusehen und darauf zu hoffen, dass er bereit war, die Umstände, die zum Tod seiner Frau geführt hatten, noch weiter auszuführen. Abgesehen davon, dass sie trotz ihrer prekären Situation das Ende dieser Geschichte hören wollte, hoffte sie vor allem und inständig darauf, dass diese lange genug dauerte und ihr damit die Zeit verschaffte, die sie brauchte, um die Kontrolle über ihren Körper zurückzugewinnen. Was der rational denkende Teil ihres Gehirns für utopisch hielt. Sie war dem Augenarzt auf Gedeih und Verderb ausgeliefert, und tief in ihrem Inneren wusste sie, dass sie heute sterben würde.

Sie hatte es nie geschafft, so gläubig wie ihre Eltern oder ihre Schwester zu sein. Der Verlust ihres Bruders, als sie noch ein Kind war, hatte noch viel weniger dazu beigetragen, an einen wohlwollenden Gott im Himmel zu glauben. Und selbst jetzt, mit dem Tod so nah vor Augen, hatte sie keine Vorstellung, was sie erwartete, wenn es vorbei war. Was würde aus Sara werden? Sie konnte sie nicht im Stich lassen. Durfte nicht einfach aufgeben.

»Ich sehe es in Ihren Augen, hinter der Angst verbirgt sich die Neugier. Früher habe ich nichts davon gehalten, die Augen waren für mich ein Organ, das man vielleicht reparieren konnte, vielleicht auch nicht. Aber der Tod meiner Inês machte mich sentimental. Oder empfänglich, wenn Sie so wollen. Ich habe bei meinen Patienten angefangen, es zu sehen, das Fenster zur Seele. An die drei Dekaden hatte ich in Tausende von Augen geschaut, doch erst in den letzten zwei Jahren lernte ich die Blicke der Leute wirklich zu deuten. Ich sehe also, dass Sie es wissen wollen. Was Ihr gutes Recht ist. Jeder sollte die Gelegenheit erhalten, zu erfahren, wieso er sterben muss. Meiner Frau war dieses Recht verwehrt geblieben. Ein bedauerliches Unglück, so haben es die Behörden genannt. Es hörte sich bisweilen an, als gäben sie ihr selbst die Schuld. Doch Inês war nie unachtsam. Sie konnte nichts dafür, diese Horde besoffener Rüpel hat sie beim Einsteigen in die Bahn so vehement bedrängt und angerempelt, dass sie wieder nach draußen gefallen ist. So war es und nicht anders. Und danach haben sie sich alle gegenseitig in Schutz genommen und eine Geschichte zu Protokoll gegeben, die ihnen den Hals rettete. Eine Lüge. Viele Lügen. Jedenfalls war Inês, als es passierte, keine Zeit mehr gestattet worden, darüber nachzudenken, was ihr widerfahren ist, als sie zwischen diese selbstsüchtigen Idioten geriet und dabei so rüde gestoßen wurde, dass sie rücklings mit dem Hinterkopf genau auf die Bordsteinkante fiel. Ihr blieb keine Zeit mehr, auch nur über irgendetwas nachzudenken. Sie starb dort zwischen den Gleisen auf dem Kopfsteinpflaster, und diese Dreckschweine machten Fotos mit ihren Handys … Tagtäglich überrennen sie unsere Stadt, verstopfen die Gassen, füllen die Plätze, nehmen denen, die schon immer hier leben, den Raum weg …« Seine Stimme brach. Helena begann seinen Hass zu verstehen, auch wenn sie die Art, wie er ihn auslebte, für Wahnsinn hielt. Einen Wahnsinn, wegen dem sie nicht sterben wollte.

41
Henrik

»Die liebe Elisabet hat ein beeindruckendes Netzwerk an Informanten«, erklärte Raoul, während er seinen alten 180er Mercedes durch die engen Gassen des Alfama lenkte. Er sollte sich besser aufs Fahren konzentrieren, dachte Henrik. Andererseits konnte es nicht schaden, sämtliche Zusammenhänge zu kennen. Wenn er dabei nur ein bisschen mehr Gas geben würde! Seine Bedenken, nicht rechtzeitig ins Mouraria-Viertel zu gelangen, machten es schwer, seine Gedanken zusammenzuhalten. Die Angst um Helena, die mit jeder Sekunde anwuchs, drohte ihn zu zerreißen, wenn es nicht bald schneller voranging. Noch konnte er sich beherrschen, den Apotheker nicht zu hetzen. Der Mann war über siebzig, und seine Fahrkünste erschienen Henrik ohnehin nicht mehr als die sichersten.

Sie hatten ihn nach hinten auf die Rückbank verfrachtet. Dr. Pacheco saß auf dem Beifahrersitz, die eine Hand um den Griff über der Tür geklammert, die andere um den Sicherheitsgurt gelegt. Vielleicht war sie unter diesen Umständen bereit, ihr in der Praxis begonnenes Geständnis jetzt bis zum Ende auszuführen.

»Netzwerk«, wiederholte die Ärztin abfällig. »Das ist auch nur wieder so ein moderner, nichtssagender Ausdruck. Ich halte Senhor Falkner für schlau genug, dass er sich denken kann, wie wir es angestellt haben.«

»Reden Sie von den Spitzeln, die Sie auf mich angesetzt haben?«, fragte Henrik. »Sind das alles Patienten von Ihnen?«

»Nicht ausschließlich, aber gewiss einige. Wir sind viele, müssen Sie wissen. Eine Armee, wenn Sie so wollen. Eine Armee, auf Krückstöcke und Rollatoren gestützt. Unsichtbar, weil nicht mehr wahrgenommen. Unliebsam, weil nicht mehr gebraucht. Vergessen. Nicht mehr gehört, weshalb viele von uns es vorziehen, nichts mehr zu sagen. Eine Armee des Schweigens …«

»… die jetzt zurückschlägt«, unterbrach Henrik die Medizinerin. »Auf eine Weise, mit der niemand rechnen konnte.«

»Wenn Sie es so ausdrücken wollen. Ja, wir verschaffen uns wieder Gehör«, stellte Dr. Pacheco klar.

»Und wie muss ich mir das vorstellen? Diese alten, todkranken Menschen, die Sie behandeln, die kommen zu Ihnen, wenn es so weit ist oder sie es nicht mehr aushalten vor lauter Schmerzen, und werden dann zu einem Teil Ihres Plans?«

»So könnte man es vereinfacht ausdrücken, ja. Ana, Alberto und Bernardo wollten von ihrem Leid erlöst werden. Darüber habe ich mit ihnen allen mehrfach und ausführlich gesprochen. Wir haben auch darüber geredet, wie wir ihren nahen Tod für unsere Zwecke nutzen können. Und es fanden sich dann auch immer Begleiter oder Begleiterinnen, die den Sterbenden zur Seite standen, ihnen dabei halfen, ihre letzte Fahrt anzutreten.«

»Ein gutes Netzwerk, wie gesagt«, fügte der Apotheker an.

»Die, die unseren Plan unterstützen, sterben alle. Viele schon sehr bald. Ein wenig früher zu gehen, macht da nicht mehr viel aus, da die meisten ohnehin nicht nur von ihren todbringenden Krankheiten, sondern auch von der Einsamkeit geplagt werden. Und sie … wir, wir tun es für diejenigen, die noch eine Weile zu leben haben. Damit sie dies in Würde tun können.«

»Glauben Sie wirklich, dass es so aufgenommen wird? Dass die Leute es verstehen werden?«, fragte Henrik.

»Die Medien berichten bereits von Hotelstornierungen und von Kreuzfahrtanbietern, die Lissabon als Stopp aus dem Programm nehmen …«

»Das ist doch alles nur ein Strohfeuer. Sie können doch nicht ewig so weitermachen, und sobald es aufhört, wird nach ein paar Tagen alles vergessen sein. Die Urlauber werden zurückkommen, und die Investoren, die in der Stadt Immobilien aufkaufen, schreckt Ihre Aktion ohnehin nicht. Nichts von dem, was Sie hier abziehen, wird nachhaltig für ein Umdenken bei den Verantwortlichen sorgen. Das ist doch Fantasterei!«, herrschte Henrik sie an. Und er setzte noch einen drauf. »Haben Sie mal darüber nachgedacht, dass Ihre Verschwörung genau das Gegenteil bewirken könnte? Dass Sie die Leute nicht abschrecken, sondern noch mehr damit anlocken? Zudem eine völlig andere Klientel, solche, die auf so was abfahren, die den Thrill suchen und ihre Sensationsgeilheit befriedigen wollen. Die überall ihre Handykameras draufhalten und True-Crime-Podcasts in die Welt hinaussenden oder weiß der Teufel was bewerkstelligen, um ihre Geltungssucht auszuleben. Glauben Sie mir, die wollen Sie erst recht nicht in der Stadt haben. Aber genau so wird es kommen, wenn Sie weitermachen.« Der Himmel über ihnen verdunkelte sich. Es war nun offensichtlich, dass sich eine Schlechtwetterfront näherte. Wie hatte das jetzt so schnell gehen können? Aber natürlich war jetzt nicht der Moment, um darüber nachzudenken, dass demnächst ein Sturm über Lissabon hinwegziehen würde.

Dr. Pacheco wandte sich zu ihm um und wedelte mit ihrem Zeigefinger. »Nein, nein, das akzeptiere ich nicht!«, widersprach sie, wobei sie sich für ihn erstmals wie ein trotziges Kind anhörte. Vielleicht war sie dabei, senil zu werden, dachte Henrik. Und dass darin die wahre Ursache für den Irrsinn lag, den sie hier veranstaltete. »Unser Plan zeigt Wirkung, und wir können noch lange so weitermachen …«, beharrte sie, und Henrik diagnostizierte ihr zumindest Altersstarrsinn.

»Hätten gekonnt«, wandte Raoul ein. »Wenn Paulo nicht quergeschossen hätte mit seiner Aktion. Er hat es nicht mehr für die Sache getan.«

»Ich fürchte, es war auch Paulo, der voreilig die Medien instrumentalisiert hat. Wir wollten das alles deutlich subtiler angehen …«, ergänzte Dr. Pacheco.

»Gut möglich, dass er der Journaille einen Tipp gegeben hat, mit welcher Bahn die nächste Leiche herumfährt, aber ich kann mir nicht vorstellen, dass er beim *Correio da Manhã* angerufen hat, um denen den Mist einzuflüstern, den die in den letzten Tagen abgedruckt haben«, intervenierte der Apotheker, dann trat er scharf auf die Bremse. »Übrigens, wir sind da!«, verkündete er. Raoul hielt einfach in zweiter Reihe und zeigte durch die verschmierte Windschutzscheibe seines alten Mercedes auf das Gebäude zu ihrer Rechten.

»Such einen Parkplatz und komm nach!«, befahl die Ärztin und stieg aus dem Wagen.

42
Helena

In ihrem Kopf überschlugen sich die Bilder. Alle Szenarien drehten sich darum, wie der verrückte Augenarzt es anstellen würde, ihr das Leben zu nehmen.

»Ich wusste, dass Sie wiederkommen. Zumal ich nicht sonderlich akribisch vorausgeplant hatte. Nicht so wie Elisabet, die sich viele Gedanken gemacht hatte, wie sie ihren Plan möglichst lange verfolgen konnte, ohne erwischt zu werden. Aber ich … ha … einfach drauflos.« Er schüttelte den Kopf. »Vermutlich wollte ich, dass man mich erwischt. Das sagt man doch solchen wie mir gerne nach. Von der Schuld erdrückt in die Arme der Justiz getrieben, um mich von der Last meines Vergehens zu befreien. Will ich Vergebung? Mich reinwaschen von meiner Sünde? Will ich das? Nein, ich glaube nicht, ich verzichte! Worüber ich in jedem Fall Gewissheit hatte, war, dass Sie mir nicht die Zeit lassen würden, mich zu entschließen, ob ich mich freiwillig stelle oder nicht. Denn es gibt ja noch einen anderen Weg, meiner Schuld zu entrinnen. Eine Flucht von der Art, die mich wieder mit meiner Frau zusammenbringt. Darauf bin ich schon eine Weile vorbereitet.«

Wieder entstand eine Pause. Weiterhin geblendet vom Licht hinter ihm, konnte Helena nicht erkennen, welche Regungen seine Gesichtszüge zeigten. Alles, was sie hatte, waren die Emotionen, die seine Stimmbänder modulierten. Er sprach davon, keine Vergebung zu wollen, und dennoch legte er vor ihr eine Beichte ab. Seine Zerrissenheit ließ ihn in ihren Augen noch gefährlicher und unberechenbarer erscheinen. Selbst wenn ihre

Zunge es erlaubt hätte, mit ihm zu verhandeln, sie hätte sich keine großen Chancen ausgerechnet, ihn zur Vernunft und folglich zur Aufgabe zu bewegen.

»Nun, ich hatte erwartet, dass Sie bei Ihrem nächsten Besuch Verstärkung mitbringen«, redete er weiter. »Doch dann stehen Sie wieder allein da. Was mache ich jetzt also mit Ihnen? Weiß überhaupt jemand, dass Sie zu mir wollten? Denn wenn ich Sie so betrachte, beschleicht mich der Eindruck, dass das nicht der Fall ist. Sie zwingen mich damit in einen echten Konflikt, Inspetora. Wie soll ich unsere kleine Zusammenkunft hier interpretieren? Gewährt mir das Schicksal noch einen Aufschub? Und wenn ja, warum? Was muss meine Wenigkeit im Diesseits noch erledigen?«

Er rollte noch näher zu ihr heran. Legte seinen Kopf ein wenig schräg und betrachtete ihre Starre. Was sah sie da in seinen Zügen? Mitgefühl? Zumindest Bedauern.

»Nicht nur Elisabet hat eine Weile mit verschiedenen Pharmapräparaten herumexperimentiert, um ihren Patienten den Tod so angenehm wie möglich zu machen. Ich bin da auch nicht untätig geblieben. Die Augentropfen haben bei Senhora Schiller besser gewirkt, als ich es mir erhofft hatte.« Er hielt ein kleines Glasfläschchen hoch, das mit einem Deckel verschlossen war, der eine Pipette enthielt.

»Als hätte ich es vorausgeahnt, hatte ich vor einigen Jahren einer Anfrage seitens des Tourismusbeauftragten der Stadt zugestimmt, mich als Augenspezialist in eine Liste von Ärzten aufzunehmen, auf die Hotels zurückgreifen konnten, wenn es unter ihren Gästen entsprechende medizinische Notfälle gab. Seither haben die Beherbergungsbetriebe immer mal wieder Urlauber zu mir geschickt. Auch nach dem Tod meiner Frau. Da war mir klar, dass sie vergessen oder nicht einmal bemerkt hatten, dass sie genau wegen solcher Fremden ums Leben gekommen war. Hätten Sie das auf sich sitzen lassen? Diese Pietätlosigkeit und Ignoranz?

Diese Deutsche, Senhora Schiller … Während ich ihre Augen untersuchte, hat sie mir verraten, was sie vorhatte. Dass sie die neue Standseilbahn ausprobieren wollte, gleich am nächsten Morgen. Deshalb habe ich sie ausgesucht. Ich wusste, dass die Zeit gekommen war. Natürlich auch, weil Elisabet begonnen hatte, ihren Plan in die Tat umzusetzen. Diese Verschwörung, über der sie seit Jahren gebrütet hatte. Ein fahrender Zug, gewissermaßen, auf den ich – verzeihen Sie mir die Bemerkung – aufspringen konnte.«

Sousa stieß ein raues, kurzes Lachen aus. Helena verstand, dass er von Dr. Pacheco sprach und dass er in deren Inszenierung eingeweiht war. Nur ging es bei ihm nicht um Sterbehilfe. Doris Schiller hatte man kein vorzeitiges Ableben gewähren müssen, sie litt an keiner Krankheit, die ziemlich bald zu ihrem Tod geführt hätte.

»Man schickte sie zu mir wegen einer Glaskörpertrübung«, redete der Arzt in ihre Gedanken hinein. »Eine Folge des natürlichen Alterungsprozesses des Auges, aber durchaus irritierend, wenn es erstmals auftritt. Der Glaskörper schrumpft und verliert dadurch den Kontakt zur Netzhaut, weshalb man anfängt, Schatten zu sehen. Man kann die Glaskörpertrübung nicht behandeln, und wenn die Auswirkungen im Rahmen bleiben, kompensiert das Gehirn die blinden Flecken nach einer Weile. Senhora Schiller hätte keinerlei Tropfen benötigt, aber selbstverständlich stellte sie meine ärztliche Empfehlung auch nicht infrage. Ich wies sie genaustens an, wann sie die Flüssigkeit ins Auge träufeln soll. Am nächsten Tag, kurz bevor sie aufzubrechen gedachte, um hinauf zum Miradouro da Graça zu fahren. Es handelte sich um ein knappes Zeitfenster, doch wie sich herausstellte, hat sie sich akribisch an diese Anweisung gehalten. Auch daran, dass sie die Tropfen griffbereit bei sich tragen sollte, falls sie eine Verschlechterung bemerkte. So konnte ich dafür sorgen, dass die Tropfen verschwinden, ehe sie von der Polizei gefunden wurden.«

Sousa hielt inne. Rutschte auf seinem Rollhocker ein Stück näher. »Na ja, Sie sind mir dennoch recht schnell auf die Schliche gekommen. Die im Hotel haben Ihnen natürlich verraten, dass Sie Senhora Schiller zu mir geschickt hatten … und Elisabet hatte auch erst kürzlich einen ihrer Patienten zu mir überwiesen. Womöglich hat auch der dazu beigetragen, Sie auf meine Spur zu führen«, sinnierte er vor sich hin. »Bäm, bäm, wie auch immer, wo war ich stehen geblieben? Ah ja, die Augentropfen. Das war eine echte Zirkusnummer. Sie müssen wissen, ich habe ein paar ungewöhnliche Patienten, was mitunter sicher auch am Stadtteil liegt. Aber wem erzähle ich das, Sie sind Polizistin, Sie wissen, was hier im Mouraria-Viertel vor sich geht. Kurz gesagt, unter meinen Patienten ist auch ein Taschendieb, auf dessen Person ich jetzt aber nicht weiter eingehen will. Er ist ein Nichtsnutz, einer, der nichts zustande bringt, der aber mit dem Talent schneller Finger gesegnet ist. Jedenfalls habe ich ihn mehrfach umsonst behandelt, weshalb er nicht ablehnen konnte, mir jetzt einen Gefallen zu tun. Er sollte darauf achten, dass Senhora Schiller auch an ihr Ziel kam, aber in erster Linie lag seine Aufgabe darin, ihr die Augentropfen wieder abzunehmen, bevor sie in den Funicular stieg. Hinterher sagte er mir, sie wären in ihrer Handtasche gewesen. Es bleibt ein Rätsel, wie er sie entwenden konnte, ohne dass sie ihn bemerkt hatte, aber genau dafür war er schließlich engagiert gewesen.«

Wieder folgte eine Pause. Sie hatte nicht gewagt, zu hoffen, dass Sousa so ausführlich wurde. Allerdings schaffte sie es bisher lediglich, ihren kleinen Finger für einen Millimeter anzuheben. Das Ketamin, das der Wahnsinnige in ihren Hals gedrückt hatte, hielt sie also weiterhin hartnäckig in dieser Bewegungsunfähigkeit gefangen. Auch wenn es ihr unnötig vorkam, überhaupt noch einen Gedanken daran zu verschwenden, verstand sie nun die Bilder der Videoaufzeichnung, die sie vor einer gefühlten Ewigkeit zusammen mit Damasos gesehen hatte. Sie erinnerte sich genau an die Person in Doris Schillers Rücken, in der Schlange am Eingang zur Standseilbahn. Die Bewegung des Mannes, dessen Gesicht die ganze Zeit im Schatten der Schirmmütze lag, die er trug. Die Hand, die am Hals der Deutschen entlangstrich. Eine flüchtige Berührung, um die Frau davon abzulenken, dass sich der Dieb in derselben Sekunde eigentlich um den Inhalt ihrer Umhängetasche kümmerte. Eine Ablenkung, die Doris Schiller womöglich gar nicht mehr nötig hatte, da sie zu diesem Zeitpunkt ohnehin schon unter den Einfluss der teuflischen Tinktur stand. Helena hatte eine Erklärung für das erhalten, was sie in der Aufzeichnung gesehen hatte, eine Erklärung, die ihr jetzt nichts mehr nutzte.

»Haben Sie Familie?«, fragte Sousa. Wieder so ein unvorbereiteter Themenwechsel. »Sie müssen wissen, ich kenne Kriminalermittler nur aus dem Fernsehen, und deren Privatleben ist immer zerrüttet und schwierig. Ist das in Wirklichkeit auch so? Sind Sie eine einsame Wölfin, Inspetora? Alleinstehend trotz Ihrer Attraktivität? Sie können blinzeln, wenn Sie antworten wollen!« Helena hatte nicht vor, ihm den Gefallen zu tun. Setzte alle verbliebene Kraft ein, ihre Lider nicht zu bewegen. Dieser Mann war ohne Frage völlig durchgedreht. Sanfte Gemütsmomente wechselten bei ihm in raschem Tempo mit Abfälligkeiten. Erneut hob er das braune Fläschchen hoch und drehte es zwischen Daumen und Zeigefinger vor ihren Augen. »Senhora Schiller war sparsam damit, daher reichen sie aus, um sie uns zu teilen. Wir zwei, zusammen in den Tod, Inspetora. Mir scheint, das ist es, was das

Schicksal für mich noch bereithält. *Desculpe,* für Sie und mich. Eine letzte Fahrt mit der Eléctrico, wir beide, Seite an Seite. Was meinen Sie, sollen wir es wagen?«

Weil der Lichtstrahl von jenseits des Raums ihn nun schräg anleuchtete, konnte sie seinen bedauernden Blick erkennen. Als würde ihn jemand anders dazu zwingen, ihr das anzutun. Dicht vor ihrer Nase schraubte er das Fläschchen auf, drückte den Gummi, damit Flüssigkeit in das Glasröhrchen gesaugt wurde. Zog es aus dem Flakon. Übergroß sah Helena den Tropfen vor sich, der am Ende der Pipette hing. Das grelle Licht, das ihr entgegenleuchtete, brach sich in der klaren Flüssigkeit, zauberte Regenbogenfarben vor ihre Augen. Sie wusste, es war jetzt dringend angebracht, die Lider, so fest es ging, zusammenzukneifen. Doch sie konnte nicht. Sie war gebannt. Verfolgte mit bebendem Herzen, wie Sousas Hand sich auf sie zubewegte. Der filigrane Glaskolben, der den Tod enthielt, den sie über ihre Augen empfangen würde. War es schmerzhaft? Brannte dieses Zeug wie Feuer, eine Säure, die sich durch ihre Netzhaut fraß? Nein, sagte ihr rotierender Verstand. Sousa hatte es für sich gebraut. Er würde sich nicht selbst ätzende Flüssigkeit in die Augen träufeln. So irre konnte er nun doch nicht sein. Doch egal, was sie sich zusammenspann, es taugte nichts, um gegen die Todesangst anzukommen. Der Arzt drückte ihren Kopf hart gegen die Lehne und damit weiter in ihren Nacken, ohne dass sie sich wehren konnte. Der Mittelfinger seiner rechten Hand blockierte ihr Oberlid, während der Zeigefinger seiner linken das Unterlid abwärtszog, womit sie ihr Auge nun auch nicht mehr verschließen konnte. Er spreizte es auf, und der am Ende der Pipette hängende Tropfen wuchs vor ihrer Iris zur Größe eines Planeten an. Das alles führte dazu, dass letztlich nur noch eine Frage ihren Verstand beschäftigte. Wie schnell würde es gehen?

43
Henrik

Fahrplan Linie 28 E, Haltestelle N° 6 Sapadores nach Praça Luís de Camões, Abfahrt 9:37 Uhr

Die Tür war nicht verschlossen, und er hatte nicht vor, zu warten, bis endlich auch Elisabet Pacheco die Treppe hoch in die erste Etage bewältigt und zu ihm aufgeschlossen hatte. Henrik stürmte in die Augenarztpraxis. Traf auf nichts als zähe Luft. Noch war keine Sprechstunde. Mit drei großen Schritten durchquerte er das Wartezimmer und polterte in den angrenzenden Behandlungsraum. Er stolperte in Finsternis hinein, blieb mit dem rechten Fuß an etwas hängen und schlug der Länge nach hin, ehe er wusste, wie ihm geschah. Dabei prellte er sich das Knie, bevor er mit dem Kopf gegen den Unterbau einer Apparatur prallte, deren Umrisse sich vage aus der Dunkelheit schälten. Vor allem aber störten ihn jetzt die Sterne, die vor seinen Augen tanzten, dabei, mehr von seiner Umgebung erkennen zu können. Benommen rappelte er sich auf. Hörte Schritte in seinem Rücken und taumelte herum. Dann ging das Licht an, und er wich zurück, bis die Kante eines Schreibtisches ihn bremste, gegen die er mit seinen Oberschenkeln stieß.

»Was machen Sie hier für einen Tumult?«, fragte Dr. Pacheco. Mit getrübtem Blick drehte er sich einmal um seine Achse. Die Ärztin war die einzige Person, die sich mit ihm in dem Behandlungszimmer befand.

»Sind Sie sicher, dass die Inspetora ihn hier treffen wollte?«

Der pochende Schmerz im linken Knie zwang ihn dazu, sich auf den Hocker zu setzen, über den er beim Hereinkommen gestolpert war. Pacheco hatte recht. Helenas Botschaft besagte einzig und allein, dass sie zu dem Augenarzt unterwegs war. Allerdings nicht, wo sie ihn zu treffen gedachte. Henrik tastete nach der Stelle im Haaransatz über der linken Schläfe, spürte, dass dort eine Beule wuchs. Sein Schädel brummte, das verlangsamte das Denken.

»Wo können Sie sein?«, fragte er und hörte sich verzweifelt an.

»Vielleicht bei ihm zu Hause«, mutmaßte die Internistin. Vom Treppenhaus her war erneutes Getrappel zu hören. Sie drehte sich um, drei Sekunden später tauchte Raoul hinter ihr auf. Seine schnelle Atmung war von einem rasselnden Keuchen unterlegt. Er japste etwas Unverständliches. Schüttelte den Kopf, sog noch einmal Luft in seine Lunge und startete einen neuen Versuch. »Hab ihn gesehen … unten … Straße …« Er deutete vage in die Richtung. »Mit einer Frau … unterwegs zur Haltestelle …«

»Wieso rufst du nicht einfach an, statt dich bis kurz vor den Herzstillstand zu verausgaben?«, entgegnete Dr. Pacheco. Henrik fragte nicht nach, wie die Frau aussah, die der Apotheker mit Dr. Sousa gesehen hatte. Wenn stimmte, was Raoul beobachtet hatte, dann konnte er Helena und den Augenarzt um kaum mehr als eine Minute verpasst haben. Er stemmte sich von dem Hocker hoch und schob sich humpelnd an den beiden vorbei. Mithilfe des Handlaufs bewältigte er die Treppe, über den Flur nach draußen, vergaß den Schmerz in seinem Knie. Auf der Straße angekommen, wusste er nicht, welche Richtung zur Tramhaltestelle führte. Hektisch blickte er sich um, meinte über den anderen Verkehrslärm hinweg das unverkennbare Quietschen der Eléctrico zu hören. Also querte er die Rua António Maria Baptista und rannte auf dieses Geräusch zu. Als er um die nächste Hausecke bog, sah er die Straßenbahn an der Haltestelle Sapadores stehen. Die Entfernung entsprach in etwa der Länge eines Fußballfelds. Leute stiegen aus, andere ein. Helena entdeckte er nicht, legte dennoch einen Zahn zu. Womöglich befand sie sich bereits im Wagen. Er fand keine Erklärung, wie Sousa es geschafft hatte, sie in die Linie 28 zu zwingen. Die Mutmaßung lag nahe, dass er eine Waffe besaß und damit ein überzeugendes Argument. Zumal Helena ihre Dienstpistole hatte abgeben müssen. Wieso war sie überhaupt so ein Risiko eingegangen? Noch so eine müßige Frage, stellte er fest, während seine Schritte immer länger wurden. Sie tat es für ihn. Begab sich in Gefahr, um seine Unschuld zu beweisen. Und das mit Erfolg, denn bis zu seiner Unterhaltung, die er vor einer halben Stunde mit Dr. Pacheco geführt hatte, hatte er keine Ahnung von diesem Augenarzt, dem Helena offensichtlich ganz allein auf die Schliche gekommen war. Jener Mann, der die deutsche Touristin auf dem Gewissen hatte, womit für ihn auf der Hand lag, wozu dieser Doktor fähig war. Noch dreißig Meter. Es warteten keine weiteren Fahrgäste mehr, der Fahrer schloss die Tür. Noch konnte er auf den hinteren Tritt springen. Sich dort bis zum nächsten Halt festhalten. Doch auch dafür reichte es nicht. Die Straßenbahn setzte sich mit dem vertrauten Geruckel in Bewegung. Alles, was er noch schaffte, war, durchs Fenster einen Blick auf Helena zu erhaschen. Sie saß neben einem Mann im fortgeschrittenen Alter und starrte ins Leere.

Henrik musste sich an einem Laternenpfahl festhalten, so sehr zitterten seine Beine. Er rang nach Luft und den Schwindel nieder, der aus der Tiefe seines Schädels zu kommen schien. Nach vorne gebeugt, mit dem Kopf im Nacken, sah er der Eléctrico hinterher. Überlegte krampfhaft, wie er Helena und ihren Entführer noch erreichen konnte. Er war noch immer außer Atem, als es neben ihm hupte. Der Mercedes des Apothekers. »Springen Sie rein!«, forderte Raoul ihn durch das offene Seitenfenster auf. Henrik rutschte auf die Rückbank. Raoul gab Gas. Er umklammerte verbissen das Lenkrad, wie seine weiß hervortretenden Fingerknöchel zeigten. Dr. Pacheco auf dem Beifahrersitz drehte sich zu Henrik um. Bedachte ihn mit einem mitfühlenden Blick aus ihren wachen Augen. »Haben Sie Ihre Freundin gesehen? Ist sie in der Bahn?«

Henrik nickte. Sein Mund war trocken. Der Himmel über ihnen hatte sich so sehr verfinstert wie die Verzweiflung, die in seiner Seele brannte.

»Vielleicht kriegen wir sie an der Escolas Gerais, uns bleiben acht Minuten«, verkündete der Apotheker.

»Woher wissen Sie das so genau?«

»Von meinem Sohn. Er hat sich immer schon sehr für Züge und andere Schienenfahrzeuge interessiert, daher konnte ich ihn auch nicht dazu bewegen, die Apotheke zu übernehmen. Jetzt erstellt er bei Carris die Fahrpläne für die Bahnen und Busse.«

»Er hat Ihnen geholfen mit den Uhrzeiten und Verbindungen, die Sie benötigten, um Ihr Komplott zu koordinieren?«, fragte Henrik erstaunt.

»Er wusste nicht, wofür wir diese exakten Zeitangaben und Relationen brauchen, hat auch nicht nachgefragt …«

»Was Fahrpläne angeht, ist sein Sohn ein Freak«, führte die Ärztin weiter aus, ohne dabei abfällig zu klingen. »Kennt an jeder noch so abgelegenen Haltestelle jede Abfahrtsminute zu jeder Tageszeit. Wenn man sich mit ihm unterhält und das Thema Straßenbahn anschneidet, ist er nicht mehr zu halten. Und er würde nie auf die Idee kommen, zu hinterfragen, wozu man all diese Informationen braucht … ein lieber Junge, ich mag ihn …«

»Wir schaffen es«, verkündete Raoul, der nicht weiter den Schienen gefolgt, sondern schon zweimal abgebogen war und seinen Boliden nach sieben Minuten in der Rua das Escolas

Gerais an den Bordstein lenkte. Die gleichnamige Haltestelle lag nur zwanzig Meter voraus. Die Bahn würde jede Sekunde aus der Gegenrichtung vorne um die Ecke biegen.

Henrik stieg aus dem Wagen.

Dr. Pacheco und Raoul folgten ihm. Er war nicht sicher, wieso sie ihm halfen. Aus Reue nahm er an. Es blieb keine Zeit, sich gedanklich weiter damit zu beschäftigen. Die Eléctrico näherte sich und blieb stehen. Henrik wollte hineinstürmen, doch die Medizinerin hielt ihn zurück. »Besser, er sieht mich zuerst«, sagte sie, und er ließ ihr den Vortritt.

44
Helena

Fahrplan Linie 28 E, Haltestelle N° 11, Rua das Escolas Gerais, nach Praça Luís de Camões, Ankunft 9:45 Uhr

Sie sah die Frau sofort. Die Bahn war voll, aber überschaubar. Und der weiße Haarschopf von Dr. Pacheco zu auffällig, um ihn zu übersehen. Sousa neben ihr zuckte hoch, als die Ärztin am Fahrerstand vorbei in den Mittelgang trat.

Helena wusste nicht, was der Wahnsinnige noch mit ihr angestellt hatte, nachdem er seine teuflischen Tropfen auf ihre Augäpfel geträufelt hatte. Jedenfalls hatte er ihr eine weitere Injektion verabreicht. Etwas, das ihre Muskulatur wieder aktivierte und sie dennoch in einem lethargischen Zustand gefangen hielt. Nur ihre Zunge fühlte sich nach wie vor wie totes Fleisch in ihrem Mund an, weshalb sie auch nicht um Hilfe rufen konnte. Das machte die Situation umso schlimmer, weil ihr Verstand weiterhin glasklar arbeitete und sie ihren baldigen Tod keine Sekunde ausblenden konnte. Dazu kam dann noch die Angst, die ihr Herz dermaßen heftig rasen ließ und das Gift, das sie über die Netzhaut aufgenommen hatte, noch schneller in ihrem Körper verteilte. Abgesehen davon, dass ihr ohnehin nicht mehr allzu viel Zeit vergönnt war, nachdem Sousa sie in eine Straßenbahn verfrachtet hatte. So leitete diese Mördertruppe doch üblicherweise das Finale ein. Sie fand keine rechte Erinnerung in ihrem Kopf, wie sie überhaupt von der Praxis bis in die Eléctrico gekommen war. Andererseits, was brachte es noch, darüber nachzudenken?

Dass der nächste Halt eine weitere Überraschung für sie parat hielt, war unter den gegebenen Umständen eigentlich nicht mehr zu verkraften. Sie konnte nur gebannt noch vorne starren und dabei zusehen, wie Dr. Pacheco in die Bahn kletterte. Was wollte die Ärztin hier? Ihr ebenfalls beim Sterben zusehen? Sich vergewissern, ob der abstruse Plan auch bei ihr aufging? Und das, obwohl sie weder alt noch krank war.

Mit der nächsten Sekunde explodierten ihre Überlegungen. Hinter der Internistin tauchte Henrik auf. Hatten diese Irren auch ihn erwischt? Durfte er sich nun neben sie setzen, damit sie gemeinsam starben? War das die nächste Zündstufe dieser obskuren Verschwörung? Sie konnte Sousa nur aus dem Augenwinkel sehen, doch was sie mitbekam, wirkte nicht so, als hätte er mit dieser Begegnung gerechnet. Für einen kurzen Moment glaubte sie sogar, er beabsichtigte, aufzustehen und aus dem Wagen zu flüchten. Doch dann war Dr. Pacheco schon bei ihnen.

»Es ist vorbei, Paulo!«, herrschte sie den Augenarzt an, ungeachtet der Fahrgäste um sie herum.

»Was redest du da? Es kann nicht vorbei sein«, antwortete Sousa und klang dabei hörbar weniger selbstsicher als vorhin in seiner Praxis.

»Du bringst Leute um, die nicht bereit sind zu gehen«, erklärte Dr. Pacheco. »Das war nie Teil unseres Vorhabens.«

»Was hast du ihr gegeben, du Drecksack?«, fauchte Henrik über den Kopf der Ärztin hinweg. Pacheco klammerte sich an die Haltestange, damit er sie nicht beiseiteschieben konnte. »Lassen Sie mich das regeln«, erwiderte sie, ohne ihren Blick von Sousa zu nehmen.

»Dafür bleibt vielleicht keine Zeit«, schrie Henrik. Die Leute um sie herum wurden unruhig. Aufgescheucht durch die Berichterstattung in den Medien, durften viele, die Nutzung der

Straßenbahn betreffend, ohnehin ziemlich nervös sein. Plötzlich wurde es den Passagieren zu eng, doch es gab keine Möglichkeit, sich in Sicherheit zu bringen.

»Wir machen das jetzt auf meine Art!«, keifte Sousa und stand von seinem Platz auf. Gleichzeitig zog er eine Pistole aus seinem Hosenbund. Das führte dazu, dass auch Dr. Pacheco erschrocken zurückwich und gegen Henrik prallte. Hinter ihm stand ein weiterer Mann, der dem Rempler nichts mehr entgegensetzen konnte und zu Boden ging. Das war der Moment, in dem die Panik losbrach.

45
Henrik

Fahrplan Linie 28 E, Haltestelle N° 11, Rua das Escolas Gerais nach Martim Moniz, Abfahrt 9:53 Uhr

Raoul war gestürzt. Er kauerte zwischen den Beinen der Fahrgäste. Henrik sollte ihm helfen, doch er riss seinen Blick von dem Apotheker los und konzentrierte sich wieder auf den Mann, der Helena in seiner Gewalt hatte. Und so wie es aussah, nun auch alle anderen Leute in diesem Straßenbahnwagen. Spätestens jetzt, da er mit einem Revolver herumfuchtelte.

»Woher hast du die Pistole?«, hörte er Dr. Pacheco sagen, eine Frage, die er zum jetzigen Zeitpunkt für absolut irrelevant hielt. Absurder war nur noch, dass sie von Sousa eine Antwort erhielt. »Stammt aus den Beständen meines Vaters. Hab sie wieder hervorgeholt, kurz nach dem Tod von Inês. Damals, als ich es noch für angebracht hielt, mich zu erschießen.«

Diese Alten waren allesamt verrückt. Er musste das jetzt irgendwie beenden, bevor noch jemand zu Schaden kam. Vor allem aber, um Helena zu retten, falls es dafür nicht schon zu spät war. Der Blick, den sie ihm zuwarf, war ein einziger Schrei nach Hilfe. Die unermessliche Angst um seine Liebe setzte eine Unmenge an Adrenalin in ihm frei. Und während Dr. Pacheco es weiterhin mit Worten versuchte, fixierte Henrik die Hand des Augenarztes, in der er die Pistole hielt, ohne sie jedoch auf eine bestimmte Person zu richten. Ohne die nötige Steifheit im Handgelenk, um einen sicheren Schuss abgeben zu können. Dieser Mann hatte noch nie geschossen und vermutlich auch nicht vor, es zu tun. Das war einerseits ein Vorteil, andererseits wurde die Gefahrenlage dadurch irgendwie unberechenbarer. Doch darüber durfte Henrik jetzt bloß nicht zu viel nachdenken. Vor knapp einem Dreivierteljahr sah er sich einer ähnlichen Situation gegenüber. Damals traf ihn eine Kugel in die Brust, die ebenfalls nicht gewollt war. Und auch wenn das Geschoss längst entfernt worden war, steckte es nach wie vor in ihm. Nur nicht mehr über dem Herzen, sondern in seinem Kopf. Außerdem bestand es nicht mehr aus Blei, seine Zusammensetzung war pure Angst. Eine Angst mit blitzschnell wachsenden Tentakeln, die sich überallhin erstrecken konnten. Die jeden Zentimeter seines Körpers erreichten und ihn zu einer Marionette dieser Angst machten. Ein Prozess, der gerade in Gang geriet. Ihm blieb keine Zeit mehr, wollte er nicht erstarren oder gar das Bewusstsein verlieren. Henrik warf sich zwischen Sousa und die Ärztin. Streckte seine Arme aus und packte mit beiden Händen den Revolver. Setzte alles daran, dass der Lauf noch oben zeigte, bevor der Schuss sich löste.

Der infernale Knall in dem engen Straßenbahnwagen verschluckte alle anderen Geräusche. Die Schreie der Fahrgäste, das Kreischen der durch die abrupte Vollbremsung blockierenden Metallräder, die funkenschlagend in den Schienen dahinglitten. Der vom Fahrer ausgelöste Nothalt warf alle nach vorne. Nicht alle, die standen, verfügten über die Kraft, sich an die Haltestangen zu klammern. Und selbst jene, die noch saßen, rutschten über die glatten Holzbänke. Ein Pulk von Leuten stürzte und verkeilte sich ineinander. Auch Henrik flog über die Sitzreihe vor ihm, prallte hart gegen die Rückenlehne, knallte erneut mit dem Kopf gegen den Fensterholm, ehe er auf die Personen drauffiel, die dort vor einer halben Sekunde noch gesessen hatten und nun ineinander verschlungen im schmalen Fußraum lagen.

Es krachte noch einmal. Die Erschütterung erfolgte im selben Wimpernschlag. Vermutlich war ein Auto auf die so unvermittelt gestoppte Tram aufgefahren. Danach vermischten sich alle Geräusche zu einem hochfrequenten Pfeifen. Henrik wischte sich Flüssigkeit aus den Augen und war nicht darüber verwundert, dass es sich um Blut handelte. Ebenso wenig erstaunte ihn, dass er Sousas Pistole in der Hand hielt. Irgendwie kam er auf die Beine, bedacht darauf, nicht über am Boden liegende Personen zu fallen. Doch er musste zu Helena. Sie war der einzige Grund, wieso er sich überhaupt wieder aufrappelte. Er klemmte den Revolver unter seine Gürtel, dann schwamm er durch die Masse aus hysterisch und gleichwohl verloren wirkenden Menschen hindurch zu ihrem Sitz. Sie war nach vorne gekippt, schien aber äußerlich unverletzt. Sofort suchte sie wieder seinen Blick. Er beugte sich zu ihr hinunter und richtete sie wieder auf. Ihre Finger krallten sich um seinen Unterarm. »Ich bringe dich raus«, sagte er und zog sie an sich. Gleichzeitig spürte er, wie jemand gegen seine Schulter drückte. »Kümmern Sie sich um Paulo, ich mache das«, raunte Dr. Pacheco.

»Sousa ist mir scheißegal«, fauchte er, schaute sich aber dennoch nach dem Augenarzt um. Wie auch immer er es angestellt hatte, er war verschwunden.

»Dann hören Sie wenigstens auf mich, wenn ich Ihnen sage, Sie sollten Ihre Freundin möglichst wenig bewegen!«

Mit dem Gefühl, etwas falsch gemacht zu haben, ließ Henrik Helena wieder sanft zurück auf die Bank gleiten. Dr. Pacheco schob sich an ihm vorbei und tastete an Helenas Hals nach ihrem Puls. »Helfen Sie Raoul nach draußen, und rufen Sie einen Notarzt! Dann gehen Sie mit ihm zu seinen Wagen, im Fußraum steht meine Arzttasche. Adrenalin und ein peripheres Kreislaufmittel habe ich auf jeden Fall mit dabei.«

Die Anweisungen überforderten ihn. Außerdem wollte er nicht von Helena weg. Doch die Aussicht auf schnelle Hilfe beflügelte ihn. Er drehte sich nach dem Apotheker um, dem Blut aus einer klaffenden Kopfwunde über der Schläfe lief, runter bis zum Kinn und von dort als stetes Rinnsal auf sein Hemd tropfte. Obwohl die Notbremsung kaum länger als eine Minute her sein konnte, hatten es die meisten Fahrgäste mittlerweile aus der Eléctrico hinausgeschafft, was für ausreichend Platz sorgte, sodass Henrik dem verletzten Mann auf die Beine und ihn mit viel Unterstützung hinaus aus der Bahn befördern konnte. Um den Triebwagen herum herrschte Lazarettstimmung. Lädierte Fahrgäste mit blutigen Nasen, gebrochenen Armen oder ausgekugelten Schultergelenken irrten umher wie Zombies. Von leisem Wimmern bis hin zu schrillen Schmerzensschreien war alles zu hören. Und über allem ein bedrohlich schwarzer Himmel, der den Vormittag verdunkelte. Allerdings sah er auch Leute, die herbeigeeilt kamen, um zu helfen. Eine Frau, die gerade aus ihrer Haustüre getreten war, kam wie selbstverständlich auf ihn zu, um ihm mit dem Apotheker zu helfen. Sie lehnten ihn gegen die Hauswand. Die Portugiesin drückte ihm ein Geschirrtuch gegen die Kopfwunde.

»Ich muss …«, begann Henrik, doch Raoul wusste Bescheid und streckte ihm seinen Autoschlüssel entgegen. »Na los, verlieren Sie keine Zeit mehr!«, ermunterte ihn der Apotheker, was er sich nicht zweimal sagen ließ. Er nahm den Schlüssel und rannte los. Bei dem alten Mercedes angekommen, waren bereits erste Sirenen zu hören. Henrik fand Pachecos Arzttasche, und als er sich damit wieder der Straßenbahn zuwandte, entdeckte er auf halbem Weg den irren Augenarzt. Offensichtlich hatte auch Sousa den Zwischenfall in der Eléctrico nicht heil überstanden, denn er hielt sich die Rippen, und in seinem Mundwinkel hatte sich weißer Schaum gesammelt.

»Ich habe keine Zeit für Ihren Scheiß!«, fauchte Henrik, umklammerte fest die Arzttasche und ging schnellen Schrittes auf den Doktor zu. Er befand sich fast auf gleicher Höhe, als der Mann ein braunes Fläschchen aus seiner Hosentasche zog. Oder zumindest den Rest davon, denn der Boden war weggesplittert. Henrik wollte nicht, blieb aber trotzdem stehen. Sousa präsentierte ihm die Überreste der Phiole auf seiner Handfläche. Tränen liefen ihm die eingefallenen Wangen hinab. Eher unbewusst nahm er das Schleifen einer sich in seinem Rücken nähernden Straßenbahn wahr. Er registrierte, dass sie mitten auf den Schienen standen, und trat weg von den Gleisen. Der Augenarzt blieb, wo er war. Seine Hand, die eben noch das Glasfläschchen gehalten hatte, war nun zur Faust geballt. Blut tropfte daraus hervor.

»Machen Sie Platz!«, sagte Henrik mit spröder Stimme. Die Bahn war noch nicht zu sehen, würde aber jede Sekunde um die Hausecke biegen. Sousa stand dort wie angewurzelt und starrte ihm entgegen. »Sie sollten sich beeilen mit dem Adrenalin«, erwiderte er. Dann drehte er sich um und humpelte die Rua das Escolas Gerais abwärts. Im gleichen Moment kam der Wagen der Linie 28 um die Kurve. Der Tramfahrer schaffte es noch, die Signalbimmel zu betätigen, was Dr. Paulo Sousa nicht davon abhielt, sich vor das Gefährt auf die Gleise zu werfen.

Über dem Schlossberg setzte der Regen ein.

46
Helena

Sie öffnete die Haustür, und da stand sie. Beide erschraken. Helena war sofort klar, dass sie schon eine Weile vor dem Laden rumgestanden hatte. Unschlüssig, ob sie nun klingeln oder es besser unterlassen sollte. Ein Glück für sie, dass der seit drei Tagen anhaltende Regen endlich nachgelassen hatte.

»Ich habe keine Zeit, ich muss nach Cascais und meine Tochter abholen«, sagte Helena barsch. Dann fiel ihr ein, dass die Pathologin sehr wahrscheinlich nicht wusste, dass sie genauso gut tot sein könnte. Alles, was von dem Drama, das vor rund zweiundsiebzig Stunden ein jähes Ende genommen hatte, noch an ihr zu sehen war, waren ihre leicht geröteten Augen. Es war Dr. Elisabet Pacheco gewesen, die sie so weit stabilisiert hatte, bis der herbeigerufene Notarzt den Rest übernahm und ihr das Leben rettete. Auch weil er von der Ärztin die richtigen Informationen erhalten hatte darüber, was in ihrem Organismus gerade falsch lief. Darüber, was Sousa ihr zugeführt hatte, um bei ihr einen Herzstillstand zu verursachen. Danach hatte sie lediglich über Nacht zur Beobachtung in der Klinik bleiben müssen, am Tropf hängend, damit alles schnell aus ihrem Körper geschwemmt wurde, was sie seit den Injektionen durch den Augenarzt beeinträchtigt hatte. Henrik war ihr nicht von der Seite gewichen und hatte sie auch danach nicht unbeaufsichtigt gelassen. Erst heute fühlte sie sich endlich hinreichend wiederhergestellt, um Sara heimzuholen.

»Ich könnte ja mitfahren«, schlug Sónia vor.

Helena erwiderte nichts darauf. Sie ging die Rua do Almada runter und Sónia schweigend neben ihr her.

»Wie geht es Henrik?«

Er war gestern nach Deutschland geflogen, nachdem sie ihm tausendmal versichert hatte, ein paar Tage auch ohne ihn zurechtzukommen. Wegen des anhaltenden Starkregens hatte es nördlich von Lissabon Überschwemmungen gegeben, wovon auch der Flughafen betroffen war. Weshalb es für eine Weile so ausgesehen hatte, als käme er gar nicht weg. Doch dann kam die Entwarnung, und seine Maschine ging sogar fast planmäßig. Ein Teil von ihr haderte nach wie vor mit sich, dass sie ihn das allein durchleben ließ. Sie fragte sich, ob es nicht ihre Pflicht gewesen wäre, mit ihm nach Stuttgart zu fliegen. Auch wenn er das strikt ablehnte.

»Bist du immer noch freigestellt?«, fragte Sónia in ihre Gedanken hinein.

»Solange die Untersuchung nicht abgeschlossen ist, bleibe ich noch zu Hause«, antwortete Helena, was Sónia vorerst genügte. Zumindest bohrte sie nicht weiter nach, und Helenas Gedanken drifteten wieder zu den Ereignissen, die überhaupt zu ihrer Beurlaubung geführt hatten. Sie dachte an Dr. Pacheco, die Frau, der sie ihr Leben verdankte. Deren Unterfangen allerdings auch erst dazu geführt hatte, dass sie auf den durchgedrehten Augenarzt getroffen war. Man würde die Internistin wegen widerrechtlicher Sterbehilfe anklagen. Helena war klar, dass sie aus ideologischen Gründen gehandelt hatte und daher auch die alleinige Verantwortung tragen wollte. Vielleicht beließ es Damasos tatsächlich dabei und grub nicht noch tiefer auf der Suche nach weiteren Beteiligten. So wie dem Apotheker, von dem Henrik erzählt hatte. Und der Armee des Schweigens, wer auch immer sich dahinter verbergen mochte. Ein Heer von Alten, die bald das Zeitliche segneten, soweit sie das verstanden hatte. Die Polizei und die Staatsanwaltschaft würden es sehr wahrscheinlich beim aktuellen Ermittlungsstand belassen, wenn nicht weitere Senioren sich zum Sterben in Straßenbahnen setzten. Wovon nach der Festnahme von Elisabet Pacheco nicht auszugehen war.

Henrik hatte auf eine Anzeige gegen die Ärztin verzichtet. Letztlich war er wohl einfach froh, dass es nicht seine psychische Erkrankung war, die ihn für eine Weile aus der Zeit hatte fallen lassen. Und natürlich dankbar dafür, dass Dr. Pacheco eingelenkt und letztlich mitgeholfen hatte, dem Ganzen ein Ende zu setzen. Wobei der einzige wahre Mörder bei dieser Ermittlung sein Treiben von sich aus beendet hatte. Dr. Sousa war nicht mehr zu retten gewesen, nachdem die Eléctrico ihn überrollt hatte …

»Machst du auf?«

Helena blickte über das Dach ihres Autos hinweg und sah in Sónias Augen, die selbst bei fehlendem Sonnenschein eindringlich grün funkelten. Was suchte die Pathologin? Vergebung? Und was kam danach, falls Helena ihr verzeihen konnte? Wollte sie das überhaupt wissen? Ja, dachte sie. Es war ihr wichtig, die attraktive Medizinerin zu durchschauen. Auch um zu sehen, was danach passierte. Sobald der Groll sich verzogen hatte, wie es die bleiernen Wolken bald tun würden, die den Herbst über die Stadt gebracht hatten. Womit sie zu der aktuell entscheidenden Frage gelangte: Wollte sie tatsächlich mit dieser Frau, der sie eigentlich feindselig gegenüber gestimmt sein sollte, hier und jetzt hinaus ans Meer fahren?

Ja, verdammt, genau das würde sie jetzt tun.

47
Henrik

Er wusste nicht, ob er seine Mutter jemals zuvor weinen gesehen hatte. Sie saß in der hintersten Ecke der Krankenhauscafeteria, verborgen durch eine deckenhohe Topfpflanze. Ein trübes Herbstlicht fiel durch das Fenster in ihren Rücken, den noch nie zuvor etwas so zu krümmen vermocht hatte. Obwohl Simone Falkner nächstes Jahr ihren fünfundsiebzigsten Geburtstag feiern würde, war sie ihm bis zum heutigen Tag noch nie alt vorgekommen. Und auch wenn er genau wusste, dass er absolut nichts für den Seelenzustand seiner Mutter konnte, fühlte er sich dennoch schuldig deswegen. Henrik ging zu dem Tisch und setzte sich ihr gegenüber. Die paar wenigen Patienten, die zusammen mit ihren Angehörigen an diesem Vormittag die Cafeteria mit ihnen teilten, saßen allesamt weit genug entfernt. Vielleicht auch aus Pietät, weil nicht zu übersehen war, dass der älteren Frau mit dem eleganten Kostüm und der akkuraten Hochsteckfrisur gerade großes Leid widerfahren war. Sicher kein so seltener Anblick in einem Klinikum. Es war nicht schwer, zu erahnen, wie die Leute, die sich an den Nachbartischen mit ihren Besuchern bei Tee und Kaffee versammelt hatten, die Tränen seiner Mutter interpretierten. Auch wenn sie wohl weitaus weniger Zurückhaltung an den Tag legen würden, hätten sie den wahren Grund für diese Verbitterung gekannt. Er war auch nicht zu ihr gekommen, um ihr Trost zuzusprechen, was man ihm nach außen hin gewiss als Hartherzigkeit auslegte. Denn die Worte, die er an seine Mutter zu richten gedachte, würden, selbst wenn man sie an den anderen

Tischen im offen gehaltenen, verglasten Atrium nicht verstehen konnte, keinesfalls mitfühlend und versöhnlich klingen. Henrik war gestern Mittag in Stuttgart gelandet. Zu seiner Überraschung wurde er von seiner Schwester Miriam abgeholt, die zu seinem Erstaunen bestechend gut aussah. Deutlich besser jedenfalls als all die Jahre, in denen sie mit seinem Ex-Schwager Thorsten zusammenlebte. Er konnte sie für ihren Entschluss, sich scheiden zu lassen, nur beglückwünschen, was er freilich nicht laut aussprach. Ohnehin hatte er Thorsten nie leiden können, vielleicht auch, weil Simone nur allzu große Stücke auf ihren Schwiegersohn hielt und dieser von ihr überaus häufig für Vergleiche herangezogen worden war, mit denen Henrik nicht mithalten konnte, die er allerdings auch niemals zu erfüllen gedachte.

Während der Fahrt runter in die Stadt erzählte Miriam von ihren Kindern und wie es ihr als Alleinerziehende so erging. Henrik blieb diskret mit seinen Nachfragen, aber er hörte recht schnell heraus, dass Miriam jemanden Neues kennengelernt hatte. Er freute sich für sie, beließ aber auch dies unausgesprochen. Im Gegenzug erzählte er ein wenig von seinem Zusammenleben mit Helena und Sara, was den Geschwistern ersparte, über das Schicksal ihres Vaters zu sprechen. Seine Schwester wusste natürlich, wieso er gekommen war. Dass er ein Opfer zu bringen hatte, dem sie, allein bedingt durch ihre familiäre Situation, entkommen war. Weshalb sie ihm die ganze Zeit über, seit er aus der Sicherheitsschleuse auf sie zugekommen war, nicht hatte in die Augen sehen können. Henrik nahm an, sie plagte das schlechte Gewissen ihm gegenüber. Vermutlich war sie auch gottfroh, dass dieser Kelch an ihr vorüberging. Aus welchem Pflichtgefühl heraus auch immer, Miriam erfüllte den Auftrag ihrer Mutter, ihn vor dem Klinikum abzusetzen. Wo sie dann allerdings deutlich machte, dass sie nicht mit hineinging. Aber natürlich wäre Henrik später liebend gerne eingeladen, bei ihr zu Abend zu essen. Sie wussten beide, dass es dazu nicht kommen würde.

Simone nahm ihn auf der Station für Nieren- und Autoimmunerkrankungen in Empfang. Wie sich herausstellte, wartete man bereits auf ihn. Henrik hatte richtig vermutet, dass durch die Beziehungen seiner Mutter die Erkrankung seines Vaters im Stuttgarter Klinikum zur Chefsache erklärt worden war. Jedenfalls sah er sich ohne große Umschweife einem Prof. Dr. Schweikardt gegenüber, der ihn auf mehrere Tests einstimmte und ihn dann an seine Assistenzärzteschaft weiterreichte. Zwei Stunden danach, mit einem Pflaster in jeder Armbeuge, konnte er dann auch endlich seinen Vater sehen. Allein, wie er von Simone verlangte, die deswegen nur kurz protestierte. Schließlich hatte sie ihren Willen bekommen, damit fiel es ihr nicht allzu schwer, auch ein wenig Nachsicht walten zu lassen.

Albrecht vermochte nicht zu verbergen, wie sehr er sich freute, ihn zu sehen. Gleichwohl hielt er nicht mit seinem Groll hinter dem Berg, dass Henrik entgegen seiner Anordnung doch nach Deutschland gekommen war. Mit aller Eindringlichkeit stellte er klar, dass er sich dieser Operation verweigerte. Dass er stattdessen fest entschlossen war, sich einer fortwährenden, beschwerlichen Dialyse zu unterziehen, auch wenn diese bei seiner Diagnose von den Spezialisten als kritisch und nicht effektiv genug erachtet wurde. Doch lieber wollte er seinem Lebensende aufrecht entgegenblicken, statt seinem einzigen Sohn diese Last aufzubürden.

Henrik fehlte die Kraft, seinem Vater auch nur in einem der von ihm vorgebrachten Punkte zu widersprechen, was letztlich dazu führte, dass er lange Zeit schweigend an Albrechts Krankenbett saß, dessen Atem lauschte ebenso wie dem leisen Surren des Automaten, der das Blut seines alten Herrn aus ihm heraussaugte, von Verunreinigungen befreite, um es danach wieder in ihn hineinzupumpen. Irgendwann gesellte sich Simone zu ihnen, was Henrik bald darauf veranlasste, sich bis zum nächsten Morgen zu verabschieden. Dann, so die Aussage von Prof. Dr. Schweikardt, lagen seine Testergebnisse vor, und sofern die genetische Kompatibilität damit bestätigt sei – wovon man bei einer Vater-Sohn-Verwandtschaft ausgehen konnte –, könnte man zur Tat schreiten.

Henrik blieb in der Stadt, in einem Hotel nahe dem Klinikum. Seine Mutter bot ihm natürlich ein Gästezimmer in der elterlichen Villa an, doch er hatte nicht vor, dort zu übernachten.

Abends telefonierte er eine Weile mit Helena, die sich von der Attacke durch Dr. Sousa zu seiner großen Beruhigung wieder gut erholt hatte. Danach schlief er ein, und als er mitten in der Nacht aufwachte, war es zu spät, um zum Essen noch irgendwohin zu gehen. Er fand auch keine Nachricht von Miriam auf dem Handy. Er war nicht enttäuscht, dass sie nicht noch einmal nachgefasst hatte, genauso wie sie vermutlich erleichtert darüber war, dass er nicht auf die unverbindlich ausgesprochene Einladung bestanden hatte. Es fiel ihm schwer, erneut Schlaf zu finden. Unruhig wälzte er sich bis zum Morgengrauen von einer Seite auf die andere und war der Erste im Frühstücksraum. Im Anschluss spazierte er ziellos durch die Stadt, in der er fast fünfzehn Jahre als Kriminalkommissar Verbrechen aufgeklärt hatte. Ziellos und freudlos, wie er letztlich feststellte.

Er konnte nicht sagen, dass er besonders aufgeregt war, als er um halb neun erneut Prof. Dr. Schweikardt gegenübersaß und sachlich nüchtern erklärt bekam, was seine Mutter schon vor ihm erfahren hatte. Hinterher steckte er freilich in einer völlig anderen Gefühlswelt, bei der von *aufgeregt* zu sprechen einer gewaltigen Untertreibung gleichkam. Dermaßen aufgewühlt zu Albrecht zu gehen, kam vorerst nicht für ihn infrage. Doch seine Mutter nahm ihm die Entscheidung ab, was er als Nächstes tun würde. Sie ließ ihm von der Stationsschwester ausrichten, dass sie ihn in der Krankenhauscafeteria erwartete.

Henrik suchte ihren Blick, der wässrig von den Tränen war, die sie wegen ihrer Verfehlung vergoss. Oder der Lüge wegen. Oder all dem, was sie nun auf immer verloren hatte. Ansehen. Integrität. Vorbildcharakter. Es gab so vieles, was sich Simone Falkner mit Disziplin und eiserner Härte in ihrem Leben erarbeitet hatte. Nichts davon schien nunmehr von Bedeutung.

»Nach dem ersten Schock über Vaters Nierenversagen habe ich angefangen, mich zu fragen, wieso du so vehement darauf bestehst, dass ich ihm eine Niere spende«, begann Henrik. Er hatte vorab versucht, die ersten Sätze in Gedanken vorzuformulieren, stellte nun jedoch fest, dass er alles davon vergessen hatte. Er verspürte weder Wut noch Enttäuschung noch sonst etwas. Genaugenommen fühlte er sich unsäglich leer und empfand diese Leere als keineswegs negativ. Beinahe kam er sich vor, als führte er ein Verhör mit einer Verdächtigen, zu der ihm jeglicher persönliche Bezug fehlte. Ihm wurde bewusst, dass er unter Schock stand. »Ich denke, ich kenne jetzt die Antwort«, sprach er weiter. »Oder soll ich sagen, die Wahrheit? Die schmerzliche Wahrheit, die mich verstehen lässt, dass es dir mit dieser ganzen Aktion in erster Linie gar nicht darum ging, deinen Ehemann zu retten. Letztlich hast du wieder nur versucht, dich selbst zu retten. Und obwohl du dir ziemlich sicher gewesen sein musst, hast du dich diesmal verspekuliert. Wären die Umstände andere, könnte ich es sicher genießen, einmal zu erleben, wie du von deinem hohen Ross geholt wirst. Doch selbstverständlich treibt mich jetzt nur eine einzige Sache um, die alles andere in den Schatten stellt. Also sag mir, liebe Mama, wer ist mein leiblicher Vater?«

10 X LISSABON

Liebe Leserinnen und Leser,

sofern Sie demnächst eine Lissabonreise planen, kann ich Sie vorneweg nur beglückwünschen. Die Stadt wird Sie nicht enttäuschen, selbst wenn nicht immer alles perfekt ist. Aber auch nicht perfekt zu sein, gehört zum Charme von Lissabon. Selbstverständlich brauchen Sie keine Angst davor zu haben, die Eléctrico zu benutzen. Was Sie unbedingt tun sollten, denn die Fahrt, gerade auf der Linie 28, gehört unbedingt mit dazu, wenn man Lissabon erleben will. In vollen Zügen, versteht sich, und hier ist die Zweideutigkeit durchaus beabsichtigt. Nicht immer bekommt man sofort einen Platz in der Straßenbahn, aber der Takt ist dicht, und als Tourist kann man sich die Zeit nehmen, auch mal ganz entschleunigt auf die nächste Bahn zu warten. Wenn ich auch sonst in meinen Romanen stets, so genau es die Story zulässt, die Örtlichkeiten beschreibe und wiedergebe, übernehme ich keine Gewähr für meine in diesem Buch angegebenen Fahrplandaten. Gelegentlich bedarf es kleiner, der Handlung angepasster Abweichungen von der Realität. Angesehen davon, dass man dem Verfasser fiktiver Geschichten ohnehin nicht immer alles glauben sollte.

Schier unglaublich kommt es mir jedenfalls vor, dass Sie mit *Portugiesisches Schweigen* meinen zehnten Lissabon-Krimi in Händen halten. Zehnmal habe ich Henrik und Helena bereits in der Stadt am Tejo ermitteln lassen, und es freut mich ungemein, dass die beiden nicht immer einfachen Charaktere nach wie vor so viele Fans haben. Diesen Fans und natürlich auch allen anderen Leserinnen und Lesern sei hiermit gesagt, dass ich schon an einem weiteren Kriminalfall arbeite. Was ich immer auch mit einer Recherchereise in die portugiesische Metropole verbinde. Sollten Sie also tatsächlich demnächst in Lissabon unterwegs sein, halten Sie doch die Augen offen. Wer weiß, ob ich nicht in der Eléctrico hinter Ihnen sitze oder Sie dabei beobachte, wie Sie verträumt und begeistert zugleich über den Praça Luís de Camões flanieren.

In diesem Sinne, *muitos cumprimentos de Lisboa*!

Ihr
Luis Sellano